FENG QI XU WEI
Xiangcun Shenru Gaige Jishi

金萍　主编

风起徐圩

——乡村深入改革纪实

合肥工业大学出版社

作家在徐圩乡合影之一

作家在徐圩乡合影之二

序

汪若怀

又是一年石榴红，又是一年瓜果香。在这个色彩斑斓的凉爽之秋，心中却满是春天的暖意。

当前的农村，农业还是“四化同步”的短腿，农村还是全面建成小康社会的短板。“三农”发展的诸多难题，依靠改革才能破解；农民群众的更多期盼，依靠改革才能实现。2014年元旦刚过，中共中央就印发了《中共中央国务院关于全面深化农村改革加快推进农业现代化的若干意见》。2014年的初春，一场涉及农业、农村、农民“三农”发展核心问题的“一户一块田”试点工作，就在怀远县徐圩乡殷尚村悄然进行。借土地确权之机，殷尚村农民把手中零散的土地都拿出来，通过丈量和整合，把所有农田进行重新分配，让每户村民都得到一整块大田，村民形象地称为“小田并大田”。

涡淮大地，沃野平畴不仅孕育了华夏粮仓，也孕育出怀远人民敢为人先的信心和勇气。“小田并大田”这个自下而上的试点，在政府规范有序的引导推广下，越来越多的村庄加入其中。大胆创新又充分尊重农民意愿的创新举措，上下呼应产生出强烈的共鸣，使“小田并大田”的“一户一块田”改革迅速在徐圩大地形成燎原之势，从而促进了土地集约化经营，推动了农业供给侧结构性改革，为徐圩乡农业现代化的发展打下了坚实基础。

在“一户一块田”改革中，既有时不我待的干劲，也有静水深流的稳劲，改革创新释放出的“红利”，激发了农村的发展动力。中央农村工作领导小组来怀远调研时认为，“一户一块田”试点工作为农业农村发展提供了新鲜经验，不仅具有先期性，还具有很强的时代感。在此情势下，怀远县顺势而为，全县全面深化改革工作呈现出全面发力、多点突破、蹄疾步稳、亮点纷呈的良好态势。

“一户一块田”改革引起了社会各界的广泛关注。2017年春天，蚌埠市众多作家深入徐圩乡，用心灵倾听，用脚步丈量，用镜头拍摄，悉心记录下发生在这一方水土上的变革、碰撞、嬗变……作家们严格遵循真实性第一的原则，走进一户户农户家中，查阅大量的历史资料，调查采访“一户一块田”工作的见证者和参与者，用丰富的第一手数据真实再现了“一户一块田”的推进历程。一段段生动的故事，一个个真实鲜活的人物，一个个感人肺腑的现场，凸显了徐圩人在“一户一块田”改革推进中的探索和实践，作品既有报告文学的真实性，又有文学作品的观赏性，引发了人们对中国农村改革等一系列社会问题的深刻反思。

我们深知，改革永远在路上，“一户一块田”改革的前路依然任重而道远。唯其艰难，方显勇毅。我们坚信，敢为人先的怀远人民，一定会在蚌埠建设“两个中心”、实现“两个全面”的征程中，继续做好改革攻坚排头兵和创新探索先行者。

在党的十九大即将召开之际，我们饱含期冀地捧出这本《风起徐圩——乡村深入改革纪实》，既为过往的探索积累经验，汲取不足，更期待更多人来关注徐圩，关注“一户一块田”改革的“徐圩样本”，关注发生在怀远大地上的深刻变化。

在此，谨向为怀远“一户一块田”改革鼓与呼的作家朋友，谨向为此书出版而呕心沥血的编者，致以崇高敬意！

是为序。

（作者为怀远县县委书记）

目　　录

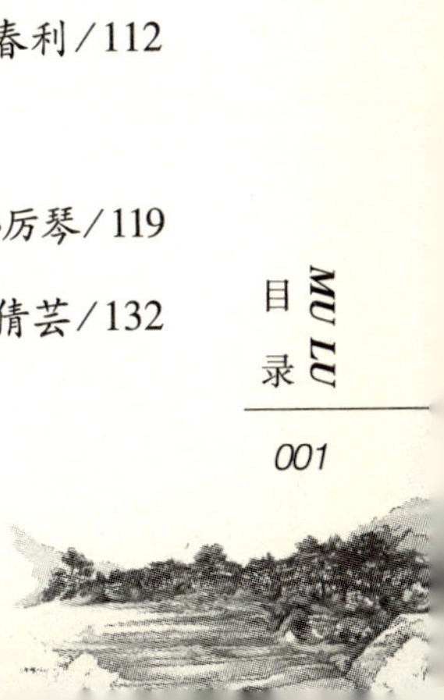

来自殷尚村的报告

——怀远县徐圩乡殷尚村“一户一块田”的探索之路

陈 锋 陈 锐

作为中国人，如果你不了解土地对人的意义，你肯定不能热爱你脚下的土地；如果你谈不上热爱她，你就永远不知道如何从土地获得生养你的一切。而谈起土地，你就必须了解中国的农民。所谓皇天后土，指的就天和地。古人认为天地能主持公道，主宰万物。人，无非是天地护佑下的生命。

土地是多么博大和宽厚，她养育了一方生灵生生不息；土地亘古苍凉贫瘠，任岁月在她身上留下斑斑痕迹；土地犹如一位老人，任风雨吹打她的身躯，述说着无限的真情爱意；土地是老百姓的命，有老百姓的魂，流着老百姓的血，扎着老百姓的根。人们对土地的依恋，就是对自己母亲的爱恋。古往今来，老百姓对土地有千般万般的牵挂，有剪不断理还乱的情思。

今天我们要报告的就是发生在涡河与淮河之间一片土地上的故事。虽然它不是惊天动地的事件，却有一波三折、跌宕起伏的故事情节，它是一个普通的农村发生的一个牵涉到千家万户的重要事件，是这块古老的土地与现代农民生存条件息息相关的事件，是土地对土地制度改革的呼唤，是人们对土地守望的吟唱与呐喊。这些故事最早发生在徐圩乡叫作殷尚的行政村。

“烟袋湖”和殷尚村的前世今生

涡河，由于受黄河南泛侵扰，其源头河道屡有变迁。上游贾鲁河在郭厂村附近接上涡河，有了贾鲁河的滋养，涡河开始在河南境内的黄淮平原上恣意流淌。然后，她曲折回旋，逶迤南下，途经亳州、涡阳，于怀远县汇入浩浩荡荡的千里淮河。怎奈，好景不长。花园口复堤后，上游水位逐年下降。慢慢地，涡河源头断流。没有贾鲁河之源的涡河，因其在上游接纳了诸多涓涓细流和支流干流，依旧热情奔放，气势不减。介于西淝河与涡河之间的茨河，与涡河本干基本平行，源出涡阳县梭沟南侧，缓缓地自西北向东南流去，上游有两段被截流入涡河，下游有一段被截流入淮河。在涡河与茨河之间，形成一个东西走向的狭长地带，这个狭长地带东西约30公里，南北约11公里，形状酷似当地烟民使用的烟具；同时，在徐圩乡的东部，有一条沟通涡河、茨河两个水系的“烟袋大沟”，这条古老的大沟连接着几个名叫湖的古老村落，所以自古农民把这一带称为“烟袋湖”。据龙亢农场擅长收集文史资料的赵文明介绍，在明清时代，湖里有零零星星的村庄，形成至今仍有的“一溜十八湖”，如褚湖、韩湖、大湖、白湖、李湖、陆湖、张湖、杨湖、李湖、钞湖等，到最西边的蒙城县境内，有施湖和段湖，段湖的“段”谐音就是“断”了，再往西的确没有湖了。由于湖里地势低洼，农民说：“雨天蛤蟆一翘腿就淹了，十天不下雨又旱了。”历史上，烟袋湖的核心地区水深约20米，由于黄河屡次夺淮，淮河涡河泛滥，洪水滔天，带来大量的黄土高原的黏土，把原本的砂姜黑土深埋在底下，所以这里的上层土质是黄黏土，这黄黏土逐渐把湖面淤积成平原了，就成了这里的一片黄土地。

1949年前，这里就有垦荒的历史，但由于灾害频繁，土匪骚扰，境内大部分土地抛荒；1949年后，农民开垦了少量土地，但因土质瘠薄，远离村庄，多数废弃。当地民谣说：“烟袋湖，砂姜窝，黄泥瓣子，漏风土，兔子不拉尿，茅草不发棵。”据殷尚村谢孟伦、邵为记、邵东洋等老人回忆，他们小时候，喜欢到湖里玩耍，那里长满了几尺高的蒲草、茴草及芦苇，平时鹭鸶如云，野兔成群，每到秋天和冬天，成千只大雁落在这里，

蚌埠作家看徐圩

人们时常听到它们“咕咕嘎嘎”的叫声，所以烟袋湖也有“雁待湖”之说。那时，这里的湖地经常遭受水患，白水茫茫，长达几个月，因为排水沟很少，水耗不下去，到处是一派寂寥和苍凉的景象。1957 年，中共安徽省委决定开垦烟袋湖。1958 年 1 月，正式筹建龙亢农场，包含蒙城县境内的小部分，一共开垦 9 万多亩土地，但因当地农民有对土地的强烈诉求，意见反映到省里。省里尊重民意，决定农场将大部分已开垦的土地归还给附近农村，只留下湖里核心最低洼的地带，这就是后来的龙亢农场。农场实有土地 4 万多亩，其中耕地 3.28 万亩。周围还有几个规模小一点的农场。应当说，龙亢国营农场的建立，给这里带来了勃勃生机，如今农场的总部已经成为怀远县西部商贸繁盛的重镇。

殷尚村就坐落在“一溜十八湖”最西端的边缘地区，北面东面与龙亢农场相邻，1992 年撤区并乡时，由原来的大湖村和殷尚村合并而成。大湖因十八湖中面积最大而得名，“殷尚”由姓殷的和姓尚的两大姓而得名，又因村部曾设在殷尚自然村，所以行政村名就叫殷尚村。这个行政村有 14 个自然村，形成自西北至东南的菱形分布。全村有 1200 多户，户籍人口有 4960 人，土地面积为 1300 亩，上报耕地面积为 12120 亩。

殷尚村的地理位置在蚌埠市和怀远县的西北部，一条名叫“炮台沟”的大沟把怀远县与亳州市的蒙城县隔开，离蚌埠市区 70 公里，离怀远县城 48 公里，相对于市区和县城而言，殷尚算是偏僻的西部了。距它北部 3 公里的 S307 省道东西穿过，宁洛高速公路与 S307 省道平行伸展，两条公路上车辆的喧嚣，打破了湖区往日的宁静。

笔者已三次踏进这个村子。

第一次是2017年4月14日，上午9点多钟，我们乘坐村党总支书记王千开的车从钞湖村过来的。从南向北，一条县道柏油路，进入殷尚村时，拐了一个弯，还有断头路。村村户户都通了水泥路，路两旁的绿化带是刚栽不久、显得稀疏低矮的女贞树。走过一条400多米长的骑路街道，就是西邵、殷东和殷西三个村民小组。殷西十年前曾逢过集市，自从建设了新街道之后集市即关闭了，现在老集市的旧址还依稀可见。现在的新街道，除了可以见到停在街面的几辆运输汽车和几台拖拉机外，几乎看不见有人走动，冷冷清清。各个自然村都建了不少新楼房，新楼房与低矮陈旧的平房同在，不那么整齐，但在高大茂密的杨树林的映衬下，有一种原生态的风貌。村里新建的行政中心的两层白色小楼，孤零零地坐落在一个陈旧的叫作“新庄”的东头，西边约500米远的地方是具有70多年历史的殷尚小学，历史上叫大湖小学。这个新庄就是历史上的“大湖”自然村，东边1公里远的大湖自然村实际上就是过去的“邵大湖”，不知为什么自然村的名称发生了这样的变化。这里能给人带来兴奋点的是麦田，正在灌浆的小麦连片成方，齐刷刷的，绿油油的，一眼望不到边，有一种大农业的气象。农民的房前屋后，小片油菜正是盛花期，一齐伸着脖子在微风中摇曳，好像在欢迎远道而来的客人。王千说，如果你去年来，没有一条好路，若遇到下雨天，就只有脚踏泥泞了。

2017年5月10日至5月13日，我们再次来到殷尚村。不过，这一次是从村的北部进来的。5月10日早晨7点钟，我们从蚌埠乘长途汽车出发，按照王千的指点，行程两个小时，就来到S307省道边的一个标着“邵院”的地方下了车。我们搭了一辆从身边经过的农用车，沿着一条新铺的柏油路，直朝南奔去。这里的交通还是很方便的，感觉并不那么偏僻，五六分钟就来到了殷尚村的行政中心。这里的村庄建筑与淮河两边大多数的村子没有什么不同。所建的新楼房散落在各个自然庄。邵大湖自然村有两排十几户一条脊的楼房，那是以组为单位建设的。邵井、湖西、方庄等有三四户一条脊的楼房，那是农户联合建设的，单门独院的偏多，楼房周围新栽的景观树还很低矮。与很多地方一样，这里也有临路建楼的习惯，面对面地、整齐地排列延伸开来。分散排列的旧院落被树林遮盖，不过树种单一，一色的意大利杨，没有错落，没有特色。树林下的池塘有的水面明如镜，有的却已干枯得底朝天，长满了杂草。村中间有一条一二十米宽的南北大沟，水清澈碧绿，给村里带来了灵秀之气。小满季节将到，农田里的麦穗直挺挺、沉甸甸的，深绿一色，一览无余。房前村后的油菜已经收割堆垛。门前可以看见妇女正在采摘新鲜的豌豆和蚕豆。村民种的蔬菜见缝插针，有的农户把莴笋、茄子等蔬菜种到了沟底。早晨7点钟前后，随时可以遇见用电瓶三轮车送孙子孙女上小学或上幼儿园的男女农民，南来北往，各有各的去处。接送儿童的橘红色校车是村子旁边最醒目的亮色，安静地等候在村里。一切都显得平静、平常、祥和。

第三次是6月1日。这一天是今年立夏以来最炎热的一天，气温达到36度。我们乘坐着小车沿着S307省道，9点多钟才到达。县里驻村扶贫工作队的韩洪广陪同我们，跑遍了大部分自然村和农田。我们数了一下，全村14个自然村也只有十多台收割机正在收割，每个自然村分不到一台，连驾驶员在内，满湖不过五六十个人。收割机收到谁家的麦地，就由谁家的人在田头用拖拉机装运刚打下的麦粒，有男有女，虽然忙碌，却不紧张。我本以为在城里打工的年轻人会回来收麦子的，村庄和田间一定很热闹，谁知回来的却寥寥无几。村庄里除了偶尔看见有人在水泥路上晾晒刚收的麦粒以外，整个气氛与往常没有什么两样，照样空空荡荡，冷冷清清。农民说，一户一二十亩小麦，两三个小时就收完了，连天加夜，全村小麦不出五天就可以净湖。今年的小麦籽粒饱满，亩产超过千斤，价格1.1元一斤，比去年提高三四毛。这边收获，那边就可以卖给粮食经营专业户了。麦秸打成了大捆，由外地一家公司专门来收运，卖给发电厂，农民可以得到上级发给的一亩地20元的补助。由于天气好，在这五黄六月最繁忙的季节里，农民却不紧不忙，只要收割机还没割到他家的田头，家里的人则该干什么还干什么。只不过那田野已由绿色换成了金黄，依然是那样辽阔和空旷。

我们三次来这个村，从面貌上看，与周边的村比较似乎属于后进村。有什么新鲜事吸引我们连续三次来到这个村子呢?

一个不谋而合的想法牵动了千家万户

2014年的3月，早晨还有一丝寒意，当太阳爬上屋顶的时候，已经是暖意融融了，小草已经葱绿，杨树的嫩芽刚钻出了枝条，淮北的大地到处洒满了春意。

这一天上午9点钟，坐落在殷尚村西邵自然村的村行政服务中心平房里，已经座无虚席了。村党总支和村委会正在召开全村党员和村民代表会议，会议内容是传达贯彻乡党委和乡政府关于土地确权的会议精神，村总支书记王千和村委会主任魏伟分别讲话，强调要把土地确权工作交给群众去办，充分发动群众，尊重群众的意愿。

东邵组的邵志敏、邵志兴、邵志刚、邵志好等几人参加了这次会议。

邵志敏已经66岁了，是一位有30多年党龄的老党员，曾当过村委会主任，虽然早已退下来了，身体多病，但是对村里的事一直很关心。这次开会回来，他在心里琢磨着：我们组土地确权面临的最大问题是土地零碎分散，四至不清，耕作不变，纠纷不断。如果这次确权时不把这些问题处理好，再拖下去，不知牛年马月才能解决，不如同大伙儿商量商量，借这次东风把土地合并算了。他找到了胞兄弟老三邵志兴，谈了他的想法。邵志兴也是党员，他说："大哥，你的想法与我不谋而合，不过村里只布置土地确权，并没有要求合并啊。我看不如把邵志刚、邵志好和老四都找来商量商量。"过了一段时间，邵志刚、邵志好来到了邵志兴家里。邵志刚听了他俩的想法，当即表态："合并土地我举双手赞成，群众也一定会拥护。"他停了一下接着说，"咱农村有'老婆孩子不让人，田头地边不让人'的说法，群众因为土地四至不清的问题，经常发生纠纷，成为乡村干部最头痛的一件事。还记得吧？邵圩的邵建军和邵磊本来没有矛盾，就因为土地承包几十年了，地边不清楚了，互不相让，以致打起架来了。怎么样？两败俱伤，都住进了医院。到后来，双方还不是后悔莫及？这种事情不能再发生了！如果把小块并成大块，这些矛盾就解决了！"邵志好曾经当过村民小组组长，现在是农机专业户，东邵组的收割、耕种，他至少承担百分之八十。他深知，土地零碎给大型机械作业带来了麻烦，积极主张小块并大块，他说："老百姓说我们种的是'巴掌田''补丁田'，大型机械开进去转不过身来，每年到收种的季节，耽误了多少事，真是干急无汗。合并农田，农户互相交换，是好事！"邵志敏发了话："我看合并土地的事是人心所向，但这是大家的事，真正做起来并不容易。人多智慧多，多招呼几个人来商量商量吧！"于是，一桩引起全体村民关注的好事就这样开了头。

这件事一传开，一石激起千层浪，会里会外、家家户户都参与了议论。平心而论，小田并大田，有百利而无一害。大家心里都明白，三十年前，在进行第一轮土地承包时，生产队为了公平起见，把不同类型的农田分为三个等级，然后平均分配，对于低洼一些的地，就给予打折优惠分配。一户承包一二十亩地，少的分成四五块，多的分成十几块，有的地块相隔一二里路，甚至更远，不仅耕种不方便，而且增加生产成本。在第二轮土地承包时，为了稳定，怕出乱子，就没能解决这个问题。随着农村普遍使用大型农业机械，土地零碎的弊端愈加凸显。但最难的问题是有的户占有的土地比别人的多，怕重新分配时会减少面积；也有的人担心重新分配时分到孬地。其实，那些多占的可耕地除了打折的因素以外，多数是他们把属于集体的田头地边开了“荒”。至于土地孬好的差异，已基本不存在了。因为经过多年的耕种，各家都加大了对肥料的投入，土壤培肥了，田地整平了，下雨能放掉积水，施上化肥，就能有好收成，已基本上没有孬好之分了。虽然理是这个理，但是因利益驱使，真正统一思想还要通过一定的形式，还有一个过程。

6 月的一天，东邵组的十几家户主聚集到邵志光的家门口。这次“老四”也回来了。“老四”是邵志敏的四弟邵志辉。他是一位精明强干的人，年龄刚到 50 岁，1984 年高中毕业，毕业后当了十五六年的代课教师，为了生计，他只好辞掉代课教师一职，来到 11 公里外龙亢农场做起了农资生意。他有经济头脑，生意做得不错，但对承包地一直没有放弃。平时他不回村，不参与组里的事，只要参与，说话就有一定的分量。邵志刚给他打电话，让他回来商量合并土地的事，他很感兴趣，欣然答应了。

他对合并土地的事有着自己的想法：他家 22 亩地，共分 12 块，每年午季收割，家家户户排队等待收割机，收一块，拉一块，12 块地连续十多天才收完。因为地太零碎，在收割时还会把邻边的麦子碰倒了，以致他家常与人产生一些不愉快。如果把小田并成大田，耕种方便，还减少成本，增加收入，一举多得。按理说，这不算什么大事，但也非同小可，因牵涉到家家户户。他个人也曾经同几家协商过，但没有协商好，没办法，前几年就把十几亩地无偿地转给别人耕种了。但是他对土地有很深的感情，不能割舍。这次，他接了邵志刚的电话后，就给殷尚村党总支委员、村会计邵亚军打了电话，问他合并土地的事能不能办。邵亚军与邵志辉关系很好，就坦诚地对他说：“合并土地是好事，但上级对合并土地没有文件规定，乡里特别强调维护稳定，不要因此而弄出乱子来，要慎重！”

邵志辉是一位干事执着的人，只要认准的事情，总是要干出点名堂。他分析了有利因素：东邵组一共23户，姓邵的21户，占91%，我家胞兄弟就占四个，其中两个是党员，还有堂兄弟邵志好。邵志刚的亲三叔是邵东洋，也是共产党员。姓杨的和姓张的是姓邵的女婿，单门独户的只有两三家，只要姓邵的思想工作做好了，又不能让人家单门独户的吃亏，事情就好办了。为了让更多的人支持他的这个意见，他又分别给几家户主打了电话，沟通一下自己的想法。

村里有些人对他回来寄予期望，有的说：“老四，你回来了，看能不能把合并土地的事办成?”这次仍是在邵志光家聚会，而不是正规开会，大家随意聊聊，务务虚，你一言我一语，各自谈了小块地并大块地的好处，议论土地零碎分散的坏处，分析可行性，越说越有劲。这些话都是能够摆到桌面上的，是掏心窝子的话。可是邵志阳却提出不同意见，他说：“我几个孩子没有宅基地，家里有10亩地是块‘宝地’，我想留给孩子做宅基地，不然，我不同意合并！”他的话刚落音，就遭到几个人的反对。性情直率的邵志好说：“你这样做不合适！你怎么能把可耕地当作宅基地用呢？你能随意在农田里盖房子吗?”但是性格倔强的邵志阳，已经60多岁了，是不会轻易放弃自己观点的。十几个人商谈了一个多小时，无果而终，不欢而散。

邵志辉就要回农场去，他骑着摩托车经过东邵组几家门口，每家都有人挽留他说：“坐坐！坐坐！别急！别急！”“再聊聊，再聊聊。”连那几个态度暧昧的人都说：“再商量商量。”这时邵志辉的心中有了数：这事一定能成。

又过了一段时间，还是由邵志刚用手机通知，大家来到了邵志兴家门口。参加的人员略有些变动，增加的多，缺席的少。大家接着上次的话题继续协商。有人提出，邵志阳的要求有合理的一面，人家孩子大了，总得让人盖房子吧？大家决定对他做点让步，同意从他认为的“宝地”中保留一半，预留给他家作为宅基地，其余统一作为农田重新丈量。不过，这只是预留指标而已，最终还需经过上级批准才能定下来。邵志阳表示可以接受。

这个口子一开，接连有几户也提出预留宅基地的要求。大家认为，人口不断增加，村民有宅基地的需求是合理的。前两年村里在进行“空心村”工程时，已经腾出了一部分宅基地，可以考虑村民的正常要求。这种答复满足了一些人的愿望，就减少了分歧，缓和了矛盾。

邵志好也有自己的特殊情况。他的承包田里有15亩苗圃，这块苗圃是经过乡里批准发证的。如果不能把这块地确权给他，就会造成损失。他就提出了自己的要求，大家觉得合情合理合法，也同意把这块苗圃地留给他继续承包。

这次聚会把这几个特殊问题都解决了。好事总算有了实质性的进展。下一步就该讨论具体方案了。

这一天下午，近二十位村民代表再次聚集，这一次又换到邵志兴家门口。大家推选了八位办事公道又热心的人员来主办这件事，他们是：邵志敏、邵志兴、邵志辉、邵志好、邵东洋、邵志刚、邵志光、邵志阳等。这实施方案的制订和具体操作就由他们几个人来牵头了。

制订什么样的方案呢？开始有人提出：按照每户应该分到的土地，一家一户挨着丈量，量到谁的算谁的。但是不少人认为，丈量土地就如过秤一样，“十秤九不宜”，难免有点误差，万一在丈量时，出现地多一点，或少一点，容易造成感情因素干扰，怀疑是故意所为，矛盾不好处理，搞得不好，可能会造成不公，产生矛盾。于是，大家提议：“老四是个文人，还是让他来起草个方案吧！”其实邵志辉早已胸有成竹，他趴在桌子上，不一会儿就写好了方案。写好后，邵志辉先念给在场的村民征求意见，没有意见后，再宣布执行。

方案的主要内容是：

“在不违反国家二轮承包相关文件规定的情况下，经东邵全体村民几轮协商，一致同意以下方案，把土地重新分配，再确权，实现每家一块田。

1. 按原农村二轮承包分地，全队总人数由103人参加分地。

2. 把东邵所有地界的土地包括宅基地一并实地丈量，得出的地亩总数由103人平均分，其中首先把本队（组）内的地内沟、路、渠、大的规划、公共用地进行预留，必须共同监督搞好地界。

3. 宅基地丈量后，首先归属本户计算入其分地数字之内。”

方案最后对于已经讨论决定了的邵志阳的宅基地和邵志好的苗圃地单独做了备注，并明确邵志好的苗圃不参与抽签，另外两户是爷俩并户的，同意由一人签字，实际23户签字的只有20人。

大家认真地对方案进行讨论，方案的关键是，先把沟、渠、路和绿化等公共用地预留好，把宅基地和农田捆在一起，先丈量，再分配，有言在先，阳光操作，公平合理，公开透明，避免感情因素干扰。大家都不讨巧，也不吃亏，尽量不留瑕疵。大家算了算账：东邵组的现有生产路南北向的5条，半截路5条，合并土地后，从东往西只留一条生产路，可以开收割机和农用车。还有死水沟、半截沟要疏通，废水塘要填平，这样可以多出三四十亩可耕地。大家一致提议，预留的公共用地，今后谁也不要再耕种了。邵志辉说："我们各家的田头地边，生不带来，死不带走，都是集体的，是大家的。作为个人不能计较这点蝇头小利而不顾大局。"是的，中国的农民，长期与土地打交道，最知道如何按照黄土地的意志办事。黄土地的意志是什么？谁懂得最合理地使用土地，谁就能得到最大的报偿。

抓阄分田

但是，还是有人在打着自己的小算盘，磨磨蹭蹭，说了些不太好听的话。这时天气十分燥热，急性子的邵志好有点着急，说话也有点火药味。邵志刚和邵志辉怕节外生枝，就低声地劝告他："打铁看火候，庄稼赶时候。要耐心，哪怕是'老扁'这样的人，也要让他把话讲完。你不能拿人家的手指头去按指印吧?"

"老扁"，名字叫邵建德，智力有障碍，说话思路混乱。邵志好对这话心领神会。就这样，大家一直讨论到天黑。这一次聚会的成果，就是通过了一个实施方案。

这天上午，对于本村来说，最郑重其事的会议开始了。这一次的会址选在邵志刚家门口。每一家来一个户主，外出打工的让家里人用手机通知，最好都能回来，实在不能回来的，也要委托一位代理人签字。前天，在浙江打工的邵亚强接到手机就回来了。他一回来，就要求给他家预留宅基地，开始没有人答复他，他一生气，就跑到乡里去找。意见反馈回来，大家考虑到他的实际情况，就答应了他的要求。

"说话为空，落地为终"。在老百姓看来，只有签了字才算大头落地。邵志辉对上次讨论的方案再次做了说明，强调：把宅基地和农田捆在一起，按照二轮承包时的分地人口作为这次土地确权的人口数，"生死不动，嫁娶不动，添进人口不动"。邵志辉率先在方案上签了字，摁了红指印；大部分代表都签了字，摁了红指印。谁知，又起了波折——邵志敏的儿媳赵秀珍却不同意签字了。邵志敏问她："你为什么不签?"赵秀珍说："我家地多。签了就没有那么多地了。"邵志敏知道她家的情况，便柔中寓刚地说："你说的不是理。你占的田头地边是集体的地，你已占那么多年了，还能再占下去吗？你不怕人家有意见吗？再说，你家六七亩地，分在村庄的四个方向，种起来方便吗?"这一番话，说得赵秀珍无话可说了。其实她心里有数，这次合并土地她家并不吃亏，只不过是想尽量多争一点利益罢了。既然公爹说话了，她也就想开了，就不再争取了。

村民代表签完字，摁了红指印。下一步就是抽签了（也就是抓阄）。分两轮抽；第一轮抽顺序签，保证秩序不乱；第二轮就是抽土地签，不管抽哪块地，就一锤定音，不能反悔。抽过签后，就用皮尺丈量，10 亩地为一个单元，一个单元丢一个石灰点，再插标定界。如果某一家地多，就自然朝下顺延，保证一户一块田。

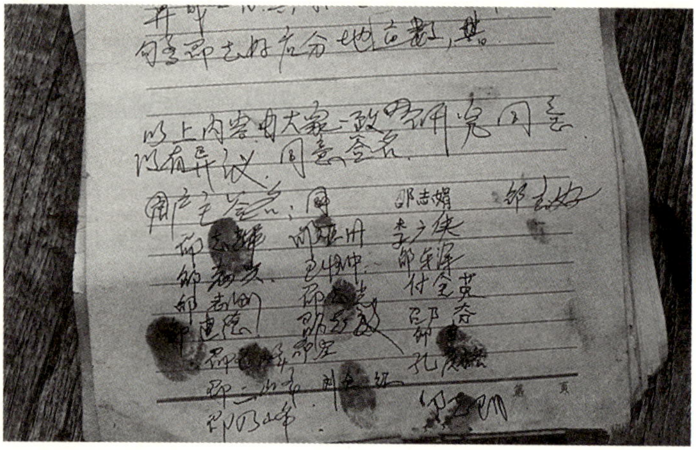

签字按指印

正在丈量的时候，新问题又出来了。张少海说：“不行！抽过签了也不行！我不同意。”怎么回事？原来他抽的一块地稍微低洼一些，没垫平。这时有人咕咕唧唧地为他帮腔。事情又闹到乡里，差点炸糊了。工作做到这个份上，哪能前功尽弃？时间已到8月份了，眼看秋种就要开始，不能再拖下去了。这事引起了乡里包村干部和村委会的重视，他们把村民代表邵东洋、邵志敏、邵志兴找到村行政中心办公室，坐下来商量。经过协商，邵东洋、邵志敏几位代表承诺，把张少海新分的洼地平整好。村委会主任魏伟当场表态：从土地复耕资金中拨3000元，把洼地整理好，张少海表示满意了，问题解决了。谁知，刚从外地打工回来的邵军抽过了签也反悔了，他感觉这次抽的地，比他原来的地少了一些。原来在二轮承包时，他家分的是洼地，1.2亩折算为一亩，后来他又多开了田头地边的“荒”，实际耕种的农田面积超过了账面的数字，也超过其他农户的地。现在一合并成一块田，没有他原来的多，觉得吃亏了。但大家认为他的理由不能成立，他就憋着气开着拖拉机去犁他原来的地。邵志敏劝不住他，就打电话向魏伟汇报。魏伟找到邵军说：“你吃什么亏？把多占的集体的地交出来，是公平合理的。你不能只站在自己的角度看问题，你的话拿不到台面上，吐到地上的吐沫也不能舔起来！”最终，邵军也无话可说。

在谈到这一段往事时，邵东洋回忆道：“殷尚的村民是挺朴实的，其实抽签摁红指印的办法是没有法律约束力的，但是它有良心的约束力，谁愿意昧着良心办事啊！”是啊！古人敬畏天地，是缘于对天地万物的了解和认识所限，视天地为人类命运的主宰者。这种对土地的敬畏和依赖传承了几千年，仍然在中国农民的心里占据着重要的位置，许多谈不好的问题，出于对天地的尊重，最终都归于良心。

抽签、摁手印、丈量、打桩、定界、记录，如期进行，田地量到哪里，村民就跟到哪里，田野里洋溢着欢声笑语。农村实行土地家庭联产承包责任制三十多年来，还从来没有见过这样热闹的场面，也没有听说哪一户放弃了土地承包权。邵志刚、邵志兴、邵志辉这几位骨干人员冒着酷暑，汗流浃背，有的丈量，有的记账，整整干了三天，没花集体一分钱，没吃群众一顿饭，全凭一股热情，圆满地把土地合并好了。这村民小组，从春天酝酿到夏天操作，历时三四个月，才实现小田并大田。虽然过程一波三折，其中还有许多小插曲，但总算把问题解决了。这件事在全村产生了不小的反响。此时，邵志刚、邵志兴、邵志辉等几人觉得能为群众做成这件好事，感到由衷的欣慰，心里比大热天喝一杯凉西瓜水还舒坦。

从合并土地的过程来看，农民对土地的热情是很高的，对一分一厘的土地都很顶真、很珍惜。不要讥笑农民的斤斤计较，他们这种嗜地如命的精神，着实令人感动。没有他们对土地的辛勤耕耘，哪有我们餐桌上米面的芳香。东邵组的并地做法，是一次没有上级参与的农民自发行动。

在采访中有人曾经建议，文中把真实姓名隐去吧。我们认为没有必要，本着尽量还原事实真相的原则，有必要对这个历史事实作一次客观公正的记录。这里没有刻意去表扬谁，也没有批评谁，没有损害任何人的形象，这里记述的就是一群最本色的中国农民。农民是朴实、真挚、可爱的，他们应该有维护自己权益的意识和要求；如果没有，上级就难以了解他们的诉求，不了解他们的诉求，就难以作出正确的判断和决策，就不可能最大限度地保护他们的合法权益。试想一想，在当年龙亢农场过量开垦土地时，如果没有周边农民的强烈反映，上级能及时知道民意吗？今天这里农民的耕地不就少了许多吗？至于有的农民存在目光短浅、只顾眼前小利的问题，可以理解，可以逐步引导。他们由于所处地位和条件的局限，不可能站在多么高的高度看问题，社会没有必要忽视人最基本的生存权，更不应该要求他们在某一天早上，突然就成了大公无私的人。

邵志敏、邵志刚、邵志辉告诉我们，他们这种小田并大田、互换农田的冲动是个人和大家利益的驱使，没想到这个小小的动作，引起了这么大的反响。在东邵组的影响下，大一组也开展了这项工作。他们经过了一两个月的酝酿，操作起来却比东邵组省劲多了，只有三四天就顺利完成了。两个组79户村民的1280亩地，从原先的1000多块小田，合并成81块，一共多出土地54亩。这两个组的做法，开始并没有引起上级的重视。直到一年后，才引起了乡里的重视，这是后话。市县两级农委分别表态，每亩给予100元的奖励。消息不胫而走，各级组织都派人总结经验，新华社记者以及《人民日报》《光明日报》《经济日报》《安徽日报》《蚌埠日报》及各级电视台等多家媒体的记者陆续前来采访，农民的一个小小的动作牵动了千家万户，更引起了全社会的关注。

一份调查报告引起的政策讨论

又是一个春天，2016年春节后，和煦的东风吹遍了淮北原野上的每一个角落，温暖的阳光照耀在大地上，唤醒了大地的万物，给大地带来无穷的希望。在这样一个充满希冀和美好愿望的季节里，人们的心灵焕然一新。刚上任不到三个月的徐圩乡党委书记蔡永，来到殷尚村调研，对这个村的东邵组和大一组把土地确权与“小田并大田”结合起来的做法，非常敏感地意识到：看起来这是个小题目，实际有大学问；是小探索、大变革，是牵一发而动全身的大事啊。

蔡永是教师出身，给人的第一印象是很儒雅的，但他又是地道的农民出身。他老家就在本县的唐集镇，家里有50亩耕地，分成十几块，对土地零碎分散的问题感同身受。他思考过多年，“都云作者痴，谁解其中味”？殷尚村这两个村民小组的经验与他的想法产生了共鸣，激起了火花：一定要把这个问题解决好！有上级支持要干，没有上级支持也要干！当然，干归干，还要有科学态度。

回到乡里，他找到了经管站站长褚作新说，“最近，你们经管站调研三个问题：第一，全乡土地碎化的程度；第二，农民对‘小田并大田’的满意度；第三，‘小田并大田’的政策依据”。

经管站的褚作新带着几人来到殷尚村，又是开座谈会，又是走访村民，一共总结出“小田并大田”的七条好处。

第一，明确了承包田的产权关系。有利于解决面积不准、四至不清、空间位置不明确、登记簿不健全等问题，把承包地块、面积、合同、权属证书全面落实到户，依法赋予农民更加充分而有保障的土地承包经营权。这是最重要的一条。殷尚村有一户农民长期开小店，不经常下地，一次他种小麦，因四至不清，把麦种播到人家地里去了。人家有意见，找上门来，他不仅要重播，还要给人家赔不是。

第二，便于耕作和管理，省工、省时，节约能源。以前农田零碎，不方便大型机械作业。合并后，一户农田 10 亩左右，户户相连，成为大块，方便了大型机械操作，还省时、省油、省机械。过去每亩成本 200 至 300 元，现在每亩成本减少了 60 至 80 元。邵志敏算过这笔账：过去外出打工的农民来家收麦子或收玉米，连收带种至少半个月，现在 20 亩地，用大型机械一两个小时就收完了，再加个把小时也种完了，来回三天就可以回城打工了。一个季节可节省 12 天时间，在外打工一天可收入 200 元，比以往就可多挣 2400 元。

第三，减少了生产成本，增地、增粮、增收入。过去东邵组有 463 亩地，通过填平废沟废塘，减少不必要的地墒沟和生产路，多出 34 亩地，增加有效农田 8%。原来小麦亩产 800 至 900 斤，现在达 1000 至 1100 斤。邵志敏说，仅增加土地一项，东邵组每人平均一年就增加收入 500 元。而且这是长久性的。由于使用大型机械，土地深耕到 40 厘米，有利于秸秆还田，改善了土壤结构。

第四，有利于调整产业结构。过去，土地零碎，殷尚村有几个繁育良种合作社，近年来想扩大繁育面积，但是土地零碎分散，不好操作，连维持都很困难，现在合并成大块，这个问题解决了。

第五，减少了土地纠纷。过去东邵组农田里有 159 条地墒沟，每年发生土地纠纷十几起到二十多起，是令村干部十分头痛的事情。现在地墒沟只留 21 条，缩小了近 90%，这方面的纠纷也大大减少了。过去农户土地的交界处需要挖沟沥水，地头需要埋涵管，邻近的农户不同意，就干不成。现在调整土地时，预留了水利设施的地，避免了这方面的纠纷。

第六，有利于土地流转。过去田块太小，不便于流转，现在一户有 30 至 50 亩一块地，至少也是 10 亩 8 亩一块，几户连成片，有利于大户承包或租赁。过去东邵组的几户农民 400 到 500 元一亩租给别人，合并后租金提高到 800 元到 1000 元一亩。

第七，有利于农田水利建设。因为在合并农田之前预留了沟、渠、路和绿化的地，为高标准农田治理打下了基础。大一村调整土地后打20多眼机井。一眼机井可灌溉50至100亩地。

乡党委和乡政府一班人，认真听取了这个有理有据的调查汇报，边听边议论，集思广益，最终大家认为，一户一块田，有百利而无一害，决定把殷尚村的经验概括为：农田互换合并，“一户一块田”。

乡经管站站长褚作新做进一步说明：“一户一块田说起来容易，真正推广起来，也有一定的难度。因为涉及个人利益问题，有些人思想有顾虑。”他在调查报告中归纳了十个方面的思想问题：

第一，有的农户在耕种时，以开荒的名义，多占了田头地边的路和沟，想长期占有。

第二，在两轮土地承包时，对孬地实行折扣，往往是1.1～1.2亩地折算为1亩地，形成耕种的土地比别人的多，怕被集体收回。

第三，个别人非法占地，怕在合并时被集体收回。

第四，有的耕种了外出务工人员的地，怕合并时，务工人员要回。

第五，有的农田靠近集镇和公路，升值空间大，怕调换后吃亏。

第六，有的农田不太零碎，不愿意折腾。

第七，承包田里有自家的祖坟，怕调换后影响风水。

第八，有的在承包田里打了机井，设置了塑料大棚等附着物，怕互换时造成损失。

第九，有的村民把承包田当作私有家业，有恋土情结。

第十，还有的村民对干部心存芥蒂，不放心。

这十个方面的思想问题都是群众中存在的问题。最重要的是在乡、村两级领导班子中，求稳怕乱的思想比较突出。因为没有上级的红头文件，担心对现行政策拿不准，犯政策性错误。上级也没有布置这项工作，岂不是背着石头上山——自找麻烦吗。这一思想问题，是影响推广殷尚村经验的关键。殷尚村党总支书记王千本人就有顾虑。他家就住在王塘组，组里的绝大多数村民要求推行“一户一块田”，可是有一位长期在外打工的村民却不同意，原因是他的两个弟弟和堂哥的地都给他种了，如果合并了，担心人家会趁机把地要回去。但是他的理由却是：“合并土地不是国家政策，是乡里的政策，对乡里的政策我不相信。”一贯谨慎的王千渴望上级最好下一个红头文件，文件能明确提出“少数服从多数”就好办了。他的这个想法有一定的代表性。

蔡永书记说：“群众自发地创造了经验，我们要善于总结，因势利导，积极推广。上级没有红头文件，在推行时要慎重。按理说，广大群众赞成的事情，就不会与上级政策发生冲突，只不过我们还没有把政策把握准而已。”

政策问题是一个严肃而又严谨的问题，不能含糊，不能回避。乡党委和乡政府安排经管站的同志认真查阅国家有关法规和中央一系列文件，并组织领导班子成员学习。大家看到2003年实行的《农村土地承包法》确实规定：“承包期内，发包方不得调整承包地。”如果“借少数服从多数，强迫承包方放弃或者变更土地承包经营权而进行土地承包经营权流转”，“应承当法律责任”。谁愿意为了群众的利益去违法呢。

无怪乎基层干部对“调整土地”的提法讳莫如深，不敢越雷池一步；怪不得县里不能允许实行“少数服从多数”的表决，因为这里设定了一个“禁区”。合并土地是不是调整土地呢？推行这一做法，是不是“长官意志”呢？他们要从国家法律和中央文件的字里行间去寻找依据，从法律和文件的内在逻辑上理解精神实质，既不能断章取义地理解，也不能教条主义地领会。中央的政策也是与时俱进、不断深化的。

《农村土地承包法》的其他条款规定：“通过家庭承包取得的土地承包经营权可以依法采取转包、出租、互换、转让或者其他方式流转。”“承包方之间为方便耕种或者各自需要，可以对属于同一集体经济组织的土地的土地承包经营权进行互换。”

2014年11月中共中央办公厅、国务院办公厅印发《关于引导农村土地经营权有序流转发展农业适度规模经营的意见》更加明确了：“坚持农村土地集体所有，实现所有权、承包权、经营权三权分置，引导土地经营权有序流转。”

“鼓励创新土地流转形式。鼓励承包农户依法采取转包、出租、互换、转让及入股等方式流转承包地。鼓励有条件的地方制定扶持政策，引导农户长期流转承包地并促进其转移就业。鼓励农民在自愿前提下采取互换并地方式解决承包地细碎化问题。”

他们认为：这里边有两个关键词：“依法”和“自愿”。殷尚村的做法实质是土地承包权流转的一种方式，是农户之间等量农田和农田位置的互换，是连片整理耕地。很显然不是变更土地承包权意义上的“土地调整”，是合并后的一种流转。因为它没有改变农民对土地的承包权，恰恰是为了土地承包权长期不变所采取的有效措施。在合并农田之后，没有减少农民的承包田，反而增加了农民的承包田。虽然具体到某一农户的农田可能比合并前略有减少，但实际减少的部分是他们多占的部分，有的是侵占的部分。从给农民土地确权的档案面积上来说，一分一厘也没减少。而且通过农田互换，小田并大田，对一户一块田进行确权，连片种植，提高了利用土地的效益，增强了农民对土地的信心，激励了农民对土地的长期投资，也为促进适度规模经营、调整产业结构、推进土地流转打下了基础。

徐圩乡党委和乡政府的领导人的理解是，不要把“调整土地”和“合并土地”的概念混淆了。“调整土地”就有可能损害农民的利益，而“小块并大块”“一户一块田”，则是有效地增加农民土地的收益。因为调整土地，这关系到保护耕地红线的问题，关系到土地“三权分置”的问题。如果随意开了“调整土地”的口子，就有可能让一些人钻空子，使一些人假借“调整”的名义，侵占集体土地的所有权，侵害农民的经营自主权，或者以权谋私。近几年来，有的地方是为了“形象工程”“政绩工程”“土地财政”；有的是迫于互相攀比的无奈和经济指标的压力，盲目开发，变相地侵占了农田，造成耕地日益减少；有的人总是以“改革”的名义，一而再、再而三地损害老百姓的利益。这些教训是深刻的，这个覆辙不能重蹈。虽然近几年粮食价格下跌，庄稼难种，但是，农民从自己长远利益考虑得多，对未来依然充满着希望，希望粮食价格能够提高，希望国家有更多惠民政策到位。农民不能失去赖以生存的土地，“但存方寸地，留与子孙耕”。因为毕竟春种秋收还是绝大多数农民的生存之道，是他们的命根子和血液。农民一旦失去了土地，也就失去了春华秋实的生机和活力，就失去了生存的根基。一个国家，如果失去了农业，势必影响国家的战略根基。当年，千千万万个“泥腿子”“穷棒子”，舍家弃子跟着共产党闹革命，不就是因为共产党维护了他们的生存根基了吗？同样，如果今天我们的党不能保护农民的生存权益，也会失去执政的基础。中央三令五申地强调这个问题，其意义不就在这里吗？

因此，乡党委和乡政府认定，殷尚村的做法不仅不存在违规违法的问题，还有创新之处。要把农村改革这篇文章作好，从“一户一块田”选择突破口，从这里起步，思路是正确的，想法是实在的。合并土地的事情看起来是个小题目，但小题目连着大问题，小题目能作出大文章。如果这个问题解决不了，下一步农业改革就无法深化，建设高标准农田就是空话，更谈不上去作适度规模经营、调整产业结构和土地流转这些大题目、大文章。

另一个问题就是看群众是否“自愿”了。任何新生事物的出现，不可能很快得到百分之百人的同意和支持。真理往往掌握在少数人手里，因为证明真理、发现真理有一个过程。真理只有被大多数人接受、掌握，才能产生改造客观世界的巨大力量。一个正确的意见要变为群众的自愿行动，需要做大量的艰苦细致的工作。殷尚村的群众把这种艰苦细致的思想工作由自己分担了，不就是“自愿”吗？“自愿”不等于说群众的意见完全一致了才去干，而是指群众自己教育自己、自己引导自己、自己解放自己的过程。群众通过说服教育和算账的办法，把分歧统一了，把矛盾化解了，自己解决了自己的问题，没有让行政干预，没有让组织担责任，不就是“自愿”吗。殷尚村的做法，是群众的创造，实际是帮助各级党委和政府破解土地承包制改革的一道难题，为全面深化改革提供了群众自我教育的一种好形式、一个好方法。

徐圩乡党委和乡政府把对法规和文件的理解与殷尚村的经验结合起来，统一了认识，理清了思路，于是，以乡党委和乡政府的名义，编印了一本《操作指南》，这个《操作指南》对组织领导、推行“一块田”的意义、法律和政策依据、应坚持的原则、实施步骤、奖励办法都做了清晰明确的表述，实际就是一个工作流程说明书。他们把这本《操作指南》发到各村，为各村推广工作提供具体指导。

2016 年 3 月 3 日的这天，又是一个阳光明媚的日子，一大早，两辆大巴车从徐圩出发，大巴车里载着全乡各村书记、主任和乡机关负责人，去殷尚村参加乡里召开的“一户一块田”动员会，进行观摩交流，殷尚村的部分群众也来参加旁听。东邵自然村前的一片打麦场上，聚集了三四百人。乡长杨光主持了会议，66 岁的邵志敏拖着沙哑的嗓子，给与会人员介绍东邵组实行“一户一块田”的做法。乡党委书记蔡永激昂地说：“东邵组和大一组农民的做法，是有智慧的，是被问题憋出来的改革。我们要思索，这一改革该不该？好不好？这一步改革是群众自发的，下一步就看我们各村党组织和村委会及干部如何因势利导地推进了！”他向村干部提出一个倡议：“我们的干部要从被动应付型向改革创新型方面转变。看我们干部在农村改革方面是不是及格？就看推行‘一户一块田’做得怎么样！从今年开始，每个村都要先进行试点，典型引路，以点带面，逐步推行。

我们不要求速度，但要有质量；不下达指标，但要有所突破；不搞一刀切，但要整体推进。在方法上，要探索群众自己教育自己的路子，不搞强迫命令。”会议给这个村带来了热烈的气氛，也点燃了全乡干部深化农村改革的热情。至此，徐圩乡拉开了推广“一户一块田”的序幕。

“1%>99%”的命题说明什么

王千今年47岁，他曾经去海南与别人合伙种过西瓜，回乡办过玻璃球加工厂，在村里从计划生育专干开始，当了20多年的基层干部，经过了正面反面的经验教训的积累，使本来内向的性格更加沉稳，也产生一些困惑：过去的任务是“催粮要款，刮宫引产”，工作主要靠行政命令，对干部的要求是有魄力、敢管理，就是好干部，个人说了算的作风大行其道。可是如今不同了，工作由管理型向服务型转变，农民的民主意识、维权意识增强了。有人总结说，“外出打工不理你，遇到事情他找你，事办不成他骂你，出了问题他告你。”老办法不能用，硬办法不敢用，软办法不管用，可是新办法不会用。工作作风和工作方法怎样适应新形势的要求呢？

他向我们介绍了沟东组的情况，在2014年春夏之间，沟东组、东邵组和大一组同时进行小田并大田的工作，当时村民邵为言到浙江打工去了，他儿子邵万在家参加了小组的会议，没有征求他父亲的意见，就在合并土地的方案上签了字。土地已经丈量好了。邵为言回来了，他说，土地这样大的事，村里没有人与他沟通。他很生气地说：“儿子签字不算数！”组里把这一情况汇报到村里，村里请示到乡里，乡人大常委会主任答复：“有一户不同意也不能进行，搞出问题不好办。”后来组里做了几次思想工作也没做通。季节不等人，事情就只好放下了。一放就是一年多。到了2016年，乡里推广了东邵和大一两个组的经验，王千着急了。王千找邵为言侄子邵建喜，让他帮助做工作。邵建喜就给在浙江打工的堂弟邵建辉打电话，由邵建辉出面与邵为言进行一番沟通，很快，邵为言就表示同意了。原来，邵为言认为他是承包土地的法人，他不在家，事先应当征求他的意见。看来，群众工作的每一个环节、每一个细节都不能忽略。

说到这里，王千说：“个别村民不同意，你不能说人家思想落后，更不能说人家胡搅蛮缠，情况是复杂的，强扭的瓜不甜，解决思想问题，只能靠说服教育，耐心等待，不能急躁，不能强迫命令。还要创造条件，待机而动。”村监委会委员邵夫田也有这方面的体会：“像合并土地这样的事情，在过去，村干部说怎么干就怎么干。现在不行了，你当干部的要把权力放到一边，让群众说了算。你干部的责任是做好服务。”

方庄组的土地确权工作也是从2014年春天开始的，可是几次会议都是无果而终。一拖就是两个年头。其实这两年里围绕合并土地的事经过了曲曲折折的过程。

方振星是村民代表，已经62岁了，身材瘦瘦的，很精神，大集体时当过生产队长，是个说干就干的人。2014年3月份，村里刚开过土地确权的会议，他回家就想把土地确权与合并农田的事合二为一来做。这天一大早，他就拿个本子，挨家挨户地让村民签字认可。然后召集大家讨论。一共讨论了两次，都是各人站在各人的角度，各吹各的号，各唱各的调，意见无法统一，吵吵嚷嚷，不欢而散。会议解决不了问题，他就手捧着土地台账，挨家挨户做思想工作，这边思想问题解决了，那边思想问题又冒出来了，可是一开会，总是有人不同意。不同意就不同意吧，却不说明什么原因，实际就是别劲。急性子的人说气话了：“并个熊！”这时方振星想：我以前当过多年的生产队长，是不是得罪人了，才造成工作不好做，为了有利于工作，我还是回避吧。

方振星果然甩手不问了。让方振传几人牵头继续干。谁知时间过了一个多月，却一点动静也没有。一问，才知道，工作遇到了同样的阻力，连会也没有开成。这件事就搁下来了，一搁就是一年多。

2016年全乡都在推广东邵和大一组的经验，王千找到了方振星说：“方庄土地确权的事，你不牵头谁牵头？”实际方振星心里也着急啊，“一户一块田”是多好的事情啊，却好事难成，他左思右想，责任心促使他撑不住劲了，想想书记的话，这是对我的信任，也是群众的盼望，如果我不干，拖延时间，就是一种浪费啊！他又想，灯不亮要人拨，事不明要人说。组里多数人想搞“一户一块田”，少数人不同意，大概是因为没有算好细账，如果把账算好了，让大家看到了自己的切身利益，还是能解开思想疙瘩的。于是他表态：“那就试试吧！”

王千亲自到村行政中心打开广播，通知方庄组村民明天到方振传家门口开会。这次会议，村干部王千、魏伟、邵亚军、邵夫田都来了。拉个架势就是要把事情办好。方振星是个种庄家的行家里手，不仅对方庄组的情况了如指掌，也是一把“好算盘”。就说算种地的账吧，一般人算不过他，他的一笔笔的账早就装满肚子了。他单刀直入地对大家说：“过去零碎的地块收割，每亩要付六七十元费用，现在并成大块了，每亩只收三四十元。俗话说：不违农时。播种时如不抓住季节，既浪费种子和化肥，又会造成减产。如果10月10号播种，一亩下种28斤；到10月15号播种，一亩30斤；到10月20号播种，一亩35斤。如果一亩超过35斤种子，小麦就容易倒伏了。播种期推迟了还要多施化肥，不然麦苗长不起来；但是化肥撒多了，小麦容易倒伏。尤其是小块田，化肥难撒均匀，撒不到边，中间撒多了，小麦容易倒伏；两边撒少了，长不起来。迟播的小麦，增加机械、种子和化肥的费用，一亩增加30到40元。如果小麦倒伏了，一亩至少减产200斤。倒伏的小麦的收割费还要增加。再拿犁地或旋耕来说吧，大块田一亩收费30到35元，小块田一亩收50到55元。大块田仅机耕费一亩就节约20到25元。大家比比看，大块田每亩至少节约200多元。”他这一番如数家珍地算账，不光是算账，简直就是上一次科技培训课，不得不让大家心服口服。参加会议的村书记王千和主任魏伟也分别做了说明，意思是说：现在进行土地确权，合并大块，东邵组的经验最实用，将宅基地与农田合二为一，占宅基地多的，就从农田中扣除，占宅基地少的，就从农田中补上，一把尺子量到底，公平合理，还可以多出有效的耕地面积。但还是有两个人是你说你的，他听他的，就是不表态。方振星说：“不着急，先把农田里的沟挖好，涵管子埋好了，再谈合并土地的事！”这话中的话是表明该给点压力了。在场的多数村民说，沟挖得好啊！休会的当天夜里下了一场大雨。

这场雨，不大不小：说不大，是因为没有形成滂沱之势；说不小，是因为哗哗啦啦地下了一夜，满地积水。王千书记迅速调来两台挖掘机，到方庄组的地里挖沟排水，整整两天时间，开挖了4000米排水沟，埋了80节涵管子，修通了2000米田间道路，保证今后庄稼不会再受淹。这时有人说：“只有合并成大块田，这水利才能干成。”方振星乘势而上，立即让方振传通知各家户主去丈量土地。并让传话：“你去也丈量，不去也丈量！”方振星、邵东华、邵建军、方振清每人拿一个记账本负责记账，方振忠和方振坤扯着皮尺丈量，方振军负责撒灰点和插桩，他们各有分工地来到了田里。没想到，你这边插桩，方振敏却去那边拔。方振星过来问：“你怎么回事？”方振敏说：“我有 8 亩 6 分地，怎么就只剩 8 亩了？”方振星说：“那好办，重新丈量！”结果一重新丈量，一分也不少，他无话可说了。谁知，方振胡也跟着吵嚷起来：“我家的地也少了 2 分。”方振星表态，“重新丈量！不论谁说他家地少了，都可以重新丈量！”结果一重新丈量，不仅不少，还多出 2 厘。其实他俩是怕吃亏，想借题发挥罢了。当然，丈量也有弄错的地方，方振民说他家地少了 3 分，经过算账，是因为没有把他家的老坟地扣除，小组的几个人当场给他补了 3 分。但是这后补的地与他的大田不连片了，他仍然不同意。经过协商，把他这后补的 3 分地并给与他连边的一家，这一家一年给他 180 元，双方都表示同意。

就这样，7 个人整整忙了三天，才把地量好，合并土地的事算告一段落了。后来大家才知道，那两位意见最大的户，恰恰抽到了比他原来更好的地，那最低洼的一块地却被方振星抽去了。方振星不仅不说吃亏，反而笑呵呵地说，“把这块地改种水稻不正好吗！”经统计，方庄组实行宅田合一、土地确权后，多出可耕地 49 亩。总之，这件事办得皆大欢喜。70 多岁的邵建江拉着方振星的手说：“你给我们组干了一件大好事啊！”

在徐圩乡政府一个宣传展板上，写着“1%>99%”的不等式，这是一道连小学生都知道的不能成立的命题，是在表达什么意思呢？乡人大常委会主任王冠勇解释说：在推行“一户一块田”的过程中，出现了“关键少数”的难题，就是个别农户实际耕种的土地多于农户的平均土地，在合并互换中，必须重新丈量，这个别人担心自身利益受损，从而产生阻力，导致改革搁浅。虽然大多数人同意合并土地，但因为少数人反对，就无法实施，形成1%大于99%的局面，有失公平。在这种情况下，乡党委和乡政府提出，一定要尊重民意，要做过细的思想工作，如有一个人不同意，也不能强制推行。

这个不等式，在殷尚村进行“一户一块田”的过程中，得到了充分的体现。从东部、大一、方庄组的整个操作过程来看，没有行政干预，没有实行“少数服从多数”的表决，没有压制不同意见。虽然村干部参与了，他们只是敲敲边鼓，做好服务工作，帮助解决群众不能解决的问题。村民通过算账对比的方法，通过一把钥匙开一把锁的方法，起到春风化雨的效果。尤其是注意听取不同意见，哪怕是不正确的意见，也要让人家充分发表，体现了对群众民主权利的尊重，是真正意义的自我管理、自我教育、自我服务的好形式，是尊重农民意志的一次历史性突破。

有一句外国名言："我并不同意你的观点，但我誓死捍卫你说话的权利。"让人家充分发表意见，就可以集思广益，撞击出闪光的火花，形成正确的意见和决策。如果只求得表面的意见统一，就可能因为权力的作用而压抑或掩盖了不同意见。尊重民意，就能收获民心。殷尚村党总支和村委会的两委成员一致认为，他们从群众自发的改革中，吸取了营养，既增强了改革的意识，学习了工作方法，也宣传和推广这种方法，实行群众自我教育与干部引导相结合，更有力地推进了全村的"一户一块田"工作，2016年，全村19个村民小组，有14个组完成了土地确权工作，实现了"一户一块田"，占小组总数的73%。全村1.21万亩土地，已合并互换7000亩，占土地面积的57%；新增有效耕地面积245亩，增幅为3.5%。

点上的经验开出了面上的花朵。徐圩乡的"一户一块田"工作，推进很快。到我们采访时为止，完成了91个村民小组，占全乡229个村民小组的40%；涉及农户3531户，占全乡12046户的近30%；合并土地49057.85亩，占全乡土地确权面积12.5万亩的40%；增加农民有效耕地5000亩，增加了4%。根据省农调队测算，每亩耕地每年节约生产成本60元，户均增收1300元。乡里打算，2017年一户一块田实现9万亩，占耕地面积的70%。2018年实现100%。这项改革的进度和成果，是乡党委和乡政府始料未及的。

黄土地上描绘的金色蓝图

蔡永在推行"一户一块田"的现场会上，说过这样一段话："一户一块田的改革还是浅层的，是限于看得见、摸得着的小利益的改革。如何把这一改革的成果提升，把土地的文章做活，把改革的利益放大，才是深层次的改革。"这一段话是他经过深入调查研究后，深思熟虑得出来的结论，既是他个人的见解，也是乡党委和乡政府的共识。

蔡永从殷尚村"一户一块田"的经验中得出了这样的启示：东邵组通过合并土地就多出34亩地，全乡仅合并40%的土地就多出5000亩。这新增的是惠及子孙后代的宝贵资源啊！农村还有没有这方面的潜力呢？他跑遍了徐圩乡的沟沟坎坎，走访了部分农户农民，算了三笔账：

第一，自然村的占地账。徐圩乡现有5.71万人，1.2万家农户，229个自然村。这些自然村多数是“空心村”，就是房屋距离远，宅基地多，土地浪费大，一个自然村至少占地100亩，就占有2.29万亩，全乡平均1户占地1.9亩。在这里我们作一个设想，如果把徐圩乡的农民居住点缩小为30个，每个点居住2000人，居住6万人口，按1户5口人计算，约400户，1户占地1亩，即400亩；30个居住点占地1.2万亩，比现在节约土地1.09万亩，这只是个保守的设想。

第二，坟地账。以每户5座老坟计算，就是6万座老坟，一座老坟占地20平方米，就是120万平方米，就有1779.9亩土地。历史上农村曾经进行过“平坟运动”，因没解决农民的实际问题和思想问题，而采取强迫命令的不近人情的办法，结果适得其反，这边平了，那边就恢复，屡次都失败了。如果先把公墓建设好了，启发和动员农民把老坟迁移到公墓里去，既照顾到农民的风俗习惯和风情，移风易俗，又有效地节约了土地，相信农民一定会拥护的。

第三，废沟废塘账。每个自然村至少有1到两个废沟废塘。每个废沟废塘约1亩地。如果把这些废沟废塘垫平整治，或者养鱼种莲藕，充分利用，又可以增加有效土地面积229亩。

算了这三笔账，实施这三项土地治理工程，就可多出1万~1.3万亩可耕地，为下一步打造“田成方、林成网、沟相通、路相连”的高标准农田，提供了基础条件。这一改革举措，激活了潜力，盘活了资源，把资源变为资本，再利用资融资，不要向国家伸手，就可以解决建设高标准农田的投入问题。这笔账还没算可能会获得国家的奖励资金呢。

像殷尚村这样的大部分农村的种植模式太单一了，一季小麦，一季玉米；经营也太粗放了，科学种田水平低，效益低，农民的收益低。如果我们各级组织去责怪农民是没有意义的，最明智的选择是引导农民调整产业结构，充分利用土地，实行集约经营，使土地增产增收增效益。徐圩乡在推广“一户一块田”的过程中，不限于合并土地，而是充分利用“一户一块田”的改革成果，积极围绕农业供给侧结构性改革，做好“三大调整”，补齐“两个短板”。

三大调整是：（1）调优产品结构。因地制宜，一村一品，着力培育“名、特、优、新”农产品，加快推进“万亩蔬菜”“万亩梨园”“万亩园林”“万亩良种繁育”“万亩优质糯稻”“生态养殖”基地建设。农产品突出"优质专用""特色优势"，增加有效供给，减少无效和低端供给。(2)调好生产方式。推行绿色生产方式，落实水环境治理河长制，改变脏乱差形象，恢复治理生态环境。加大"空心村"改造力度，优化土地资源，加速推进两条主干道"绿色长廊"建设，以线促面，实施生态村建设，逐步将传统农业提升到农业观光、绿色农庄等乡村旅游业的层次。(3)调顺产业体系。着力发展梨园村的果树、湾西村的莲藕、褚湖村的苗圃、白湖村的蔬菜、陆湖村的西瓜、永红村的养殖、新集村的运输等新产业新业态。扶持燕飞粮贸粮食加工、永红养殖区的禽蛋深加工等，拉长农业产业链条。利用"互联网+农业"模式，发展农业电商，激活农产品供应市场，促进一二三产业深度融合。

补齐两个短板是：(1)补齐基础设施短板。加快与龙亢农场融合对接，促进城乡基础设施互联互通，共建共享。依托邵徐、湾东、湾西灌区，建成全乡通灌南北、畅通东西、渠系发达的水利贯通工程，争取茨河大桥建造项目，实施"平安徐圩"监控全乡覆盖，加快全乡"水、路、气、电、讯"等基础设施建设，改善农村生产和生活条件。(2)补齐公共服务短板。谋划和推进农村土坟进公墓工程；积极推进文化广场、老年公寓、民俗馆项目建设；扩大文、教、卫、体、就业创业、民生保障等公共产业覆盖面，让农民和城里人一样享受基本公共服务，增强农业农村的发展后劲。

徐圩乡提出的调整产业结构的设想，不是凭空臆造的，而是根据全乡各村的实际情况提出的因地制宜的设想，有的村和项目已经有了很好的基础，有的正在实施。然而有的项目还要创造条件。

创造条件，不仅要依靠当下农村自身的能力，还要充分利用各方面的社会资源，借梯上楼，借船出海，借鸡下蛋，因此，重要的途径就是引导农民盘活土地，进行土地流转。徐圩乡提出以下三个途径：

(1)土地出租。引进外地经营户落地徐圩，把新产业、新技术、新思维传入徐圩。如褚湖和陆湖等村引进浙江西瓜种植大户，流转土地面积近2000亩，宗庙村实行了"一户一块田"后，外地蔬菜种植大户主动上门，已租用1000亩地经营大棚蔬菜。传统农耕正在徐圩乡发生转变。

(2)土地入股。永红村积极试行"一户一块田"的升级版，探索土地入股经营的新模式。在农民自愿、民主决策的基础上，村委会组织农民把土地集体入股到专业合作社，由合作社统一经营管理，把农民从土地中解放出来，实现农民增收、农业提质增效。

（3）土地托管。徐圩乡盛世兴农农机专业合作社积极试行农村社会化服务，与农民签订协议，从种、管、收、生产资料投入等多方面为农户提供服务，实行了土地托管，有效地解决了部分农民劳力不足种田难的问题。

徐圩乡坚持规划先行，深度谋划现代农业总体发展思路。2016 年，通过招标的方式，请科研单位制订了“1381”战略远景发展规划。

“一”，就是一个发展蓝图。这个蓝图构建了“一核一带四区”的发展空间布局，即绿色有机农业示范核心区，生态农业观光休闲带，优质高产粮食示范区，有机稻米示范区，循环生态农业示范区，现代农业综合开发示范区。“三”，就是三个整体推进：整体推进“一户一块田”的土地改革，整体推进现代农业产业结构调整，整体推进“产城一体化”探索。“八”，就是做“活”土地资源，做“优”现代农业，做“长”工业发展，做“实”服务业建设，做“强”基础设施建设，做“绿”乡村建设，做“美”集镇建设，做“细”党的建设。“一”，就是实现一个目标。通过推进“崇尚创新、注重协调、倡导绿色、厚植开放、推进共享”五大理念，按照“提标、提速、提形象”的总体要求，坚持“一年打基础，三年大变样，五年大超越”的工作目标，切实实现“农民增收，农业增效，农村增绿”的发展目标。

聪明的人不仅要善于发现问题，而且要善于举一反三。徐圩乡从殷尚村“一户一块田”的经验出发，引申出这一系列的改革设想，绘制出这样宏伟的蓝图，并且正在实施，蓝图是激动人心的，效果也是令人振奋的。

蔡永说，改革是有风险的，这个风险不是怕自己犯错误，而是怕改革失败，给工作带来损失。改革也可能会遭到各种非议。有的朋友曾劝说：“组织让你到这个后进的地方来主要是搞稳定的，你出什么彩啊?”但是，蔡永是那种对事业充满激情的人，是一心想为群众办好事、办实事、而且是一定要办成事的人。改革不是为了有政绩让领导注意，不是为了邀功请赏，而是要解决群众最关心、最需要解决的现实问题和发展问题。现在遇到了一个干事业的好时代，机遇稍纵即逝，不干，就是错失良机，贻误百姓，就是失职，就是不作为。“正像渔夫遇见了成群的鱼，你不下手还等什么?”他曾经遇见过这样的事，若干年前，一个单位的领导，倡导了一场竞争上岗的改革，触及了一些人的既得利益，这些人到处告状，最终使改革方案流产。蔡永也有失败的思想准备，但他是个“乐天派”，更多的是有成功的准备，有成功的信心，这种成功，可能是以几何的级数上升。他认为只要持科学态度，实行民主决策，稳步推进，就会把失误的概率降到最低程度。即使走些弯路，也不奇怪，也不害怕，要勇于担当，总结经验，鼓足勇气，继续探索，就能达到目的。一个科学的规划，要一任接着一任干，长江后浪推前浪，一代更比一代强，这是不可阻挡的规律。

他们是一支真正的中坚力量

“脚下的路，坎坷，漫长，确定了飞翔，一如既往，有一种命运需要改变，有一种爱，充满力量……”；“我要奔向远方，奔向向往的天堂，点亮心中的灯火，燃烧青春的梦想……”这首“奔向远方”的歌曲，出自一位草根歌手，那凄婉动人的歌曲，唱出了千千万万个农村青年的心声。本来农民就有一种向往城市、追求美好生活的愿望。年轻人，更是充满梦想，想与命运抗争，摆脱祖祖辈辈“面朝黄土背朝天”的生活状况。尤其是“八〇后”“九〇后”的“新生代”农民，一拨一拨地奔向城市打工挣钱。然而因为“票子”“房子”“孩子”的问题困扰着，一时难以实现自己的梦想，迷茫地奔走于农村和城市之间。车水马龙的城市生活，使他们已不再习惯寂寞的农村，渴望享有城市人一样的待遇，更有尊严、有自信地生活着。殷尚村和其他地方的农村一样，年轻人都到大城市打工去了，到发达地区打拼去了。他们是农村最活跃的分子。不要说二三十岁的人，就是四五十岁的人也出去了；不仅男的出去了，女的也出去了。这个村至少外出1500多人。剩下的基本上是50岁以上的人支撑着农村，这已经成为本村的常态。多少年来，国家出台了一系列的惠农政策，但是，依然没有改变农业比较效益低的现实。农村，对多数青年来说，的确没有多少吸引力。当他们的腰包还是瘪瘪的时候，那美丽的田园风光，对他们只能是一种怀念、一种惆怅。相当长的时间里，他们是不愿回到这块黄土地上。

现在农村青年与老一辈人不同，他们处在一个让人放飞梦想的时代，有多种选择的路径，城市给予了一系列优惠的政策，为他们实现梦想搭建了许多平台。有志青年为何不闯荡一番，不然时光让人变老，不就“白活一世”了吗？尽管梦很远，路很长，脚步踉跄，但阳光折射的七彩光芒，让他们不言放弃。

目前进城务工人员面临着三种选择：

第一是融入城市。上大学、考上公务员的不说，多数务工农民第一步需要从蓝领到白领的提升，然后逐步攀升，有了高收入，能买得起房子，小孩能在城市上学，医疗有保险，全家获得城市居住的合法地位，就具备了融入城市的条件。五姓组的王文贤今年43岁，已经在杭州闯荡了一二十年了，他开办的羊毛衫厂，一年盈利五六百万元。同是本庄的王晓马，今年38岁，在北京开办一个教育培训机构和宾馆等第三产业，一年盈利上千万元。这山沟里飞出的金凤凰毕竟是凤毛麟角啊。还有一部分人，进入工厂后，拼命学习专业技术，已成为熟练工人，收入可观，他们与工厂的关系已经不弃不离了。随着准入条件的放宽，这一部分人融入城市的可能性是很大的。在村委会，我们遇见一位回乡办事的年轻妇女，操着普通话，她姓乔，是从蒙城县农村嫁到殷尚村的。她告诉我们，她和她丈夫在南方一个工厂打工，在金工车间，两口子一年收入十多万元，如果把孩子上学、医疗保险问题解决了，在城市站稳脚跟了，就不打算回来务农了。

第二是游离于城乡之间。目前40岁左右的进城人员，干杂活、出体力的居多，今后年纪大了，干不动了，有的受文化知识和技能的限制，岗位提升的空间很小，或者说，城市里没有适合他们的岗位，他们感到待不下去了，就会回来。再说，他们对土地十分眷恋，有一定的种地经验，一旦种地有好的收益，也一定会回来的。我们在方庄，遇见一位姓李的农民，看样子有50多岁，他沮丧地告诉我们：“到城市打工也不容易，我的两个儿子所在的工厂已不景气了，儿子快下岗了，找不到工作。”可是，同样是在这个方庄，我们遇见一位穿着讲究的中年妇女，她说，她的两个女儿在南方打工，都学会了技术，一个月收入万把块，一年吃干落净，还余四五万元。看来，这些进城务工的年轻人，不到万不得已，是不会回来的；但是万一遇到企业倒闭、转岗困难时，回来也是一个退路，所以男青年大部分还是在农村盖了楼房。

第三是返乡创业。有的通过进城务工，增长了见识和胆量，有了本领，或捕捉到了相关信息，才有可能返乡创业。也有的青年热爱农村，怀念故土，到外地挣了钱，增长了智慧，立志返乡创业。五姓组38岁的王文义，1997年初中毕业后，去深圳打工，一打就是10年，回来一看，家乡还是那么穷困，心里不是滋味，立志在家创业。2010 年，他用打工得来的收入买了一台 80 马力的收割机，后来又买了一台 120 马力的拖拉机，当起了农机专业户，为村里解决劳动力缺乏的问题。新庄组的戚明、戚朋胞兄弟和邵付辉在南京郊区学习了养奶牛的技术，积累了资金，回到村里办起了奶牛场，牛奶供应给蚌埠市福林奶业公司。后来因为牛奶场离城市太远，运输成本高，他们就把牛奶场搬到了 7 公里外的陆湖村了。尽管他们走的路很艰辛，但是他们的创业精神却值得赞叹。我们认为，农村就像徐圩乡远景规划的那样，它的发展一定会有机遇的，一定会蒸蒸日上的，农村的发展呼唤着有志、有胆、有识的青年返乡创业。

有人说："'七〇'的不想种田，'八〇'的不会种田，'九〇'的不谈种田，留守种田的都是'五〇'和'六〇'的农民。"这话反映的是客观现实。留守的农民虽然年龄大了，他们既要承担着种田的责任，又要给在外打工的子女看守孩子。虽然如今种地不需要消耗多少体力，耕地、播种、打药、收割，只要打打电话，自有专业大户给你提供全方位的服务，但是，还需要多操心，需要处处花钱，种地的成本就高了。种植结构也很单一，一般是一季小麦、一季玉米。这种情况，让留守老人去研究科学种田、供给侧改革、调整产业结构、实现适度规模经营、优质高效，几乎是天方夜谭。

有的农民说："现在盖楼房的资金来源主要靠打工的收入，指望种粮食，连西北风都喝不上。"这话有些偏颇。近几年，粮食价格在波动中下跌，化肥、农药等生产资料价格不断上升，种地不划算。我们同村监督委员邵建设细算了 2016 年种粮食的效益账，一亩小麦一年的纯收入可达五六百元（2017 年小麦纯收入要提高到七八百元）；种玉米一年一亩收入三百元。种粮食一亩地一年收入八九百到一千元，不如一个月的打工工资。如果把劳动力成本算进去，能够维持平衡。但是，农民种地解决了口粮问题，手中有粮，心中不慌。"当年不收，当年穷"的旧观念还起着作用。若指望种粮食致富，是很难的。改种蔬菜、水果等经济作物，不仅缺少资金，不懂技术，更缺乏对信息的把握。隔壁农场有的职工，将承包田种植葡萄，到收获季节，葡萄卖不掉，眼睁睁地看着葡萄烂在地里。有的农户，头一年看人家种西瓜收益好，就一齐跟着学，第二年西瓜就过剩了，价格下来了，拉到城市卖钱，连运费也裹不上。所以，种经济作物，要求更高，风险更大。农业收入不高，开销却不低。邵建设说："每年春节是人情来往的集中时期，一个春节，小孩的不算，仅我个人这方面的开支，就是万把块。”

但是我们也看到令人欣喜的一面。在留守的农民中，的的确确地活跃着一支围绕农田的创业者和开拓者。他们是黄土地上的守望者。

邵志好，46 岁的年龄，魁伟粗壮的身材，炯炯有神的双眼，很有见识的谈吐，有一种昂扬自信的气质。他拥有 4 台拖拉机、1 台收割机，还有播种机、旋耕耙、打捆机等，租用 3 台挖掘机。他除了承担本村农民的机械化作业以外，还承包了附近曹店农场平整土地的项目，去年收入上百万元。他说，村里实行了“一户一块田”改革，为他这样的农机大户提供了大展身手的条件。下一步，他有扩大农业经营的打算。他向我们推荐了尚文友。

尚文友家住殷东组，现在是盛丰种植专业合作社的法定代表人。真巧，他的年龄也是 46 岁。2014 年秋天，他做粮食生意，遇上阴雨连绵的天气，玉米霉烂了，哭都没有眼泪。他看见龙亢农场采用烘干机，避免了玉米损失。“我能不能也上一套烘干机呢?”经过考察，他在 2015 年 6 月份，筹集了 200 多万元资金，建起了烘干厂。2016 年秋天，他为村民烘干玉米 8000 亩 800 万斤。村里实行“一户一块田”后，这一年，他又动员村民自愿加入他的合作社，参与小麦良种繁育，当年繁育 1000 亩，今年扩大到 1600 亩。由他的合作社给村民提供种子、农药、化肥，播种时，村民不拿钱，等待种子收获时，扣除一切费用，他以高于市场 6 至 8 分钱的价格收购种子，价格随行就市。凡是加入合作社的村民，都得到了这种优惠，也有了较好的效益保障。在殷尚西组的正北角，有一栋钢瓦结构的厂房屹立在一片空地上，门口车水马龙，农民这边收获的小麦，那边就用拖拉机运来卖给尚文友的粮食烘干厂。烘干厂的里里外外，有七八个人在忙碌，尚文友的儿子也在其中。他是我们在殷尚村见到的为数不多的小伙子，我们问：“你怎么没进城打工?”他笑着回答：“我给我爸打工呢!”

在村行政中心的右前方的十字路口旁，树立了一个大型的广告牌。很远就望见“怀远县惠农种植专业合作社”的良种繁育广告。法定代表人叫段如民，原来是段西组的农民，今年 47 岁，1994 年毕业于安徽农广校中专函授农技推广专业，曾担任村里的农技员。2013 年 9 月份成立专业合作社，村会计邵亚军和方庄的方振星也是合作社的发起人。这个村实行了“一户一块田”后，他们几个人出面组织，把邵东组和段西组的土地连成片，2016 年繁育小麦良种 300 亩，但有 100 亩没有按照合作社的要求去做，发生赤霉病，合作社就只有按照商品粮收购。良种的价格一斤高于市场价 5 分。今年繁育小麦良种 1000 亩，由于预报早、防治早，就没有发生赤霉病，现在种子籽粒饱满，亩产 1100 斤。明年合作社打算繁育小麦良种 3000 到 4000 亩。

殷尚村的留守儿童

在村民一片“种粮不划算”的呼声中，邵井东组的邵志体却在自己去年租赁 30 亩土地的基础上，今年扩大到 100 亩。这是为什么？今年刚满 38 岁的邵志体说：“穷怕了。我六口之家，上有老，下有小，到外地打工走不掉。一年开支五六万元。让小孩受到良好的教育，需要花钱，日益增多的人情来往需要花钱，连喝水也要钱。最怕的是生病，一住院就是千把元，去年我一个皮肤病花去四五千元。养猪养牛养羊亏损，养鸡有禽流感。几年来，我一直种小麦和玉米，现在行情不好了，我到处搜集信息。听说蒙城县从山东引进蛋白质大豆，试种成功，在风调雨顺的情况下，1 亩可收 600 斤，今年我计划种 30 到 40 亩。已经春播 8 亩。这种大豆 2 块钱一斤。种子、肥料的成本也要达到 80 至 100 元。正常情况下，不愁卖，一亩可收入 1000 多元。”

正是收麦子的紧张时候，新庄自然村的前面却有八九个妇女正在用地膜覆盖栽南瓜苗，我们一打听，知道是沟北组的邵为锋租殷西组一户农民 50 亩地，一亩租金 800 元，雇用十名妇女打短工。一亩南瓜一季可获纯收入 1000 多元，一季可盈利 5 万元。像这样的种植专业户每个村民小组都有，有种植塑料大棚蔬菜的，有养几十只羊的，只要他们肯在农业上动脑筋，总比单纯种粮食收益高得多。远的不说，就是徐圩乡政府周边的农村，引进外地先进的种植模式和技术而获得优质、高产、高效的实例就更多了。

《在希望的田野上》，这首婉转激扬的抒情歌，激励着好几代农村青年，为这美丽的田野去奋斗，建设美好家园，是他们的追求。在殷尚村，我们有幸看到了像邵志好、尚文友、段如民、王文义那样一批苦苦探索的农民。从他们中间，我们看到这样一种现象，从村里的几位干部，到几位专业大户或合作社的代表，他们既不是二三十岁的年轻人，也不属于六七十岁的老年人。他们基本上是30多岁至50多岁的中年人，正处于风华正茂而又成熟的阶段。他们不离乡不离土，在自己的家乡，开创一片新的天地，这片天地是属于他们自己的，也属于当地老百姓的。他们创造的效益和收入，并不亚于在城市里打拼的效益和收入，其意义更是不可估量。他们是活跃在殷尚这块热土上的当之无愧的生力军，是殷尚村的希望。他们的根扎在黄土地，也让黄土地因为他们的存在而厚重坚实、充满生机。

探索的脚步从来没有停止

在王千的办公桌上，放了一本报告文学《塘约道路》，我们一口气把它读完了，了解到塘约走的是“村社一体”、统分结合的股份合作社的道路。塘约村通过集体化，把一盘散沙的劳动力资源有效地重新配置，实现劳动力价值的最大化，将改革的成果更多更公平地惠及全体村民。塘约道路有效地破解了单家独户的耕种无法进入市场的难题，是中国农村发展的方向和正确途径。其经验可圈可点，值得推广。那么在殷尚村有没有它的可行性呢?

塘约走集体化、合作化的道路，最主要的因素是有个强势的、两代主政的支部书记。经验模式可以复制，各地的具体情况不能复制。农民当然需要村里有一位过硬的带头人，能够带领大家，开拓进取，共同致富。人们渴望出现先进，但不能苛求先进。农民当然希望他们能走塘约的道路，但不能苛求殷尚村的领头人也具有塘约村的领头人那样的思想境界和能力。因为精英式的人物毕竟是少数，即使出现了一个两个精英人物，也不能保证今后还会连续出现。把希望寄托在一两个精英人物身上，是靠不住的。历史的经验教训摆在那儿，谁也不敢说，多数农民会对集体组织那么信任，会轻易把自己承包的土地自愿拿出来交给集体组织。即使实行这种模式，那么村集体或合作社成为经营的决策者，自然要承受经营的风险，当出现经营失误时，能够得到村民的理解和宽容吗？谁敢保证今后不会再走“一大二公”“大锅饭”的老路？农民失去了经营主体地位，丧失了主动性和创造性，逐渐产生了对集体的依赖性，养成了懒惰的习惯，即使付出多少教育的成本，也未必有效。走这种集体性质的合作经济道路，将千家万户的决策者，变为几个甚至一个人的决策者，万一出现决策失误谁来为这个失误埋单？也不敢保证不会有人利用这个模式以权谋私，滋生腐败。正因为有这些不确定因素，对这种模式，目前还要积极探索和尝试，而不能强求推行。

塘约道路，更重要的是提倡和发扬塘约精神，是一种自力更生、艰苦创业的精神，是一种团结合作的集体主义的精神，是一种由信念和理想支撑的奉献精神。我们在殷尚采访的几天里，无论是在干部中，还是在群众中，听到最多的提问是：“国家能给多少钱?”修桥铺路向上级要钱，公共绿化向上级要钱，村里文化设施向上级要钱。扶贫对象最担心的就是“脱贫”，因为脱贫了，就担心上级的补助取消了。可见，依赖性之迫切，精神状态之萎靡，走集体化的道路是没有思想基础的。

外地成功的经验告诉人们：土地流转和适度规模经营是发展现代农业的必由之路。实行“一户一块田”，为土地流转和适度规模经营打下了坚实的基础，然而真要进行土地流转、实现规模经营，还要具备一定的条件。那就是流转给谁，或者说，由谁来承接这种流转。以上说到的徐圩乡提出的盘活土地的几种形式，应当对殷尚村有直接的指导意义。

近几年，殷尚村出现过土地流转的情况。都是租赁给本村种粮大户的，但是成功的不多。邵志高办了一个经营化肥农药的合作社，他租赁了本村外出打工的农户的土地 200 亩，租金一亩 700 至 800 元，开始几年还可以，可是近几年每年亏损四五万元，去年他就不再租赁了。邵井西组的邵平光，2015 年和 2016 年，租赁本村村民的土地 100 亩，种小麦和玉米，一亩一年只收入 400 元，今年只租了 60 亩。据邵亚军说，有一种代耕代种的形式，就是一季小麦，种子、化肥、农药等生产资料归农户投入，粮食专业大户负责耕地、播种、打药和收割，小麦的收成归农户，下一季玉米从种到收的投入和收成一律归种粮大户。细算一下，农户所得的收入和自己种地的收入差不多，还省了许多事，种粮专业户主要靠机械劳动赚了钱，双方自觉自愿，基本满意。

流转给外来的农业产业化龙头公司，或者由政府牵头，承接专业化大型的开发项目。这是求之不得的事，但这仅仅是一种希望。目前这个村还没有这个机遇，一旦有这种机遇，殷尚村绝对要抓住。机遇不是等来的，而是要筑巢引凤，积极创造条件，吸引这些龙头企业到这里承包和租赁土地，进行现代化的集约经营。不过，也要尽量避免另一种情况出现：万一这些龙头企业经营失误了，流转的双方利益就难以保障。还要注意农民把自己的土地流转给别人了，失去了经营主体的地位，难以在风云变幻的市场经济潮流中得到锻炼和提高。

新形势催生新变革，新问题召唤本地合作经济的到来。殷尚村的群众对本村出现的邵志好、尚文友、段如民、邵志体这样的专业大户寄予希望。希望他们能够建立“公司+农户”或者是“互联网+”的合作经营组织，村民把土地流转给他们，或入股分红，或成为这些专业公司的员工，或承接科技项目，不仅收入有了保障，而且还是土地经营的参与者，是互相了解、互相信任、利益均沾的共同体成员。这是他们最实际的选择。但是，本村的专业大户目前多数还处于原始积累阶段，还不具备承担这一历史责任的条件。引导和培育这样的专业大户，发展合作经济组织，是摆在殷尚村面前的历史责任。作为村级组织，必须有这种扶持意识，积极为这类专业大户的发展创造良好的环境和条件。

如何调整农业产业结构，摆脱粮食价格走低的困境，也是殷尚村回避不了的问题。目前殷尚村依然贫穷。一共还有 76 户贫困户，已脱贫的 45 户，今年还有 31 户没有脱贫。脱贫标准是：2014 年一年纯收入 2900 元，2016 年是 3100 元。县里不仅要给贫困户扶贫，还要给村集体扶贫。2016 年，县扶贫办给这个村投资 60 万元，给 20 户贫困户建立光伏发电站，给村集体建设 60 千瓦时光伏电站，去年 7 月份并网，当年村集体有了收入 2. 9 万元，预计今年有 6 万元收入。可是村集体就没有其他收入了。

今年，王千从乡里得到一个重要的信息：市和县里将要安排高标准农田建设的专项资金，给予一亩 1500 元的补助。还听说，乡里规划，在高速公路以南用茨河水，在高速公路以北用涡河水，改种水稻。因为近几年水稻价格已达到 2 元一斤。亩产水稻可达 1200 斤至 1500 斤，以一亩成本 700

元计算，一亩纯收入可达 1700 至 2300 元。这个信息，让王千激动不已，也让所有干部和村民激动不已。他们村已经失去了不少机会，拿建设美好乡村来说吧，就没有得到国家优惠政策的扶持。这一次建设高标准农田，再也不能坐失良机了。殷尚村北面三公里的邵徐电管站是徐圩乡与龙亢农场共同所有的站，引用的是涡河水，20 世纪 70 年代公社组织社员“大干快上”，共同筑起了灌溉渠，社员叫它“天沟”，能够把涡河水引进殷尚村，70 年代曾经改种过水稻，可是到 90 年代以后，因“天沟”长期不用，不知不觉就被一些人建设取土破坏了，涡河水就再也没有引进来。殷尚村遇到干旱，只能靠机井保苗，而隔壁龙亢农场的万亩稻田，金光闪耀，令人羡慕和赞叹。徐圩乡还根据殷尚村土地多的优势，规划把殷尚村建设成森林生态村庄，这都是千载难逢的发展机遇。

每一条河流，不论是九曲回肠，还是汹涌澎湃，都有一个梦想，那就是能滋润万物、奔向大海。涡河是诞生老子的神圣之河，是传递着道家文化的母亲河，是能够给人们带来生命之水的幸福之河，自然有她“善利万物而不争”的优秀品质。涡河的梦想是用她清澈醇厚的乳汁，哺育 800 里涡河两岸的华夏儿女。可是，多少年来在殷尚村的农民，只能望着她年复一年地流淌、川流不息地奔向远方，这奔腾的声音，似乎总是发出遗憾的叹息。

这一天，王千书记来到了涡河边，那蓝天白云下的涡河，清亮而又安静。他抚今追昔，憧憬着旱改水的未来，似乎看见万亩稻菽掀起的金色波浪，闻见十里稻花的芳香，听见一排排收割机隆隆的声响。他们心里非常清楚：争取项目，“既是机遇，又是挑战”。村里包括自己的思想观念能否适应，能力能否跟上，村级班子的素质如何提高，发展规划如何制订，基础设施怎么做，配套资金如何筹，技术人员哪里有，劳动力缺乏怎么解决？……真要实施这个宏大的工程，村里准备好了吗？目前的条件，能迎接这些吗？

这里处处闪现着党员的身影

这次我们来殷尚村采访，呼吸到了新鲜空气，感觉党群关系和干群关系如春风扑面，发挥党员和干部的先锋模范作用，成了村级工作的主要方法和优良传统。不论什么中心任务或公益事业，只要党总支和村委会召开会议，布置下去，总能得到大部分落实。就拿这次开展的土地确权工作来说吧，处处有党员和干部起带头作用的身影。

大一组合并农田的工作，比东邵组开展得又早又快，之所以没有东邵组的名声响，是因为他们的工作开展得很顺利，没有一波三折的过程，没有曲折，就没有故事；没有故事，也就没有引起人们的注意。这个组的工作为什么那么顺利呢？原因是那里的老党员发挥了骨干作用。邵付忠 51 岁，曾担任大湖村党支部书记。邵为记 74 岁了，是老党员，曾任大湖村会计，两人都有较高的威信。他俩参加村里会议后，第二天就研究小田并大田的事。他俩既是吹鼓手，又是操盘手，他俩导演，一唱一和，邵维华等几位骨干登台表演，大家没有意见，各家各户就挨着签了字，统一思想的会议，不到两个小时就圆满结束了，整个工作三四天就完成了。杨庄组的老党员谢孟伦，已经 82 岁了，还积极支持“一户一块田”的主张，参与并地活动，所以这个组开展得也很顺利。殷西组就是由老党员邵志高主持开展的，他先动员，村委会委员魏广连带头，村民代表拥护，就一气呵成了。前面已经提到了邵东组、方庄组，有邵志敏、邵志兴、邵东洋、方振星这样的老党员、老村干部以身作则，再由他们去影响和带动自己的亲人和乡邻。

这一批饱经风霜、默默无闻的老党员、老村干部群体，身上有一种淳朴、真挚的人格魅力，有一种不忘初心、对党忠诚的执着精神。正是这种魅力和精神，才使他们在群众中始终保持着一种在职干部所不能替代的感召力，正是这种感召力和他们的骨干作用，才使群众中那么多复杂的思想问题得以解决。

从 20 世纪 70 年代开始，农村就流行着“村看村，户看户，群众看干部，干部看党员，党员看支部”的顺口溜，现在这个顺口溜，在殷尚村仍然放射着耀眼的光芒。最令人感动的是，一些六七十岁甚至是八十岁以上的老党员还在继续发挥着作用。他们说，只要能爬得起来，就没有退休的时候。这种现象，可能只有在最基层的农村里才能看到。

老党员是党组织的一个部分，他们虽然老了，但是对党的忠诚的心不老，他们在一定的场合还继续发挥着党员的作用。不重视发挥老党员的作用，甚至把老党员边缘化，会削弱基层党组织的作用，破坏党组织健全的肌体。比较而言，殷尚村做得就很好。他们坚持把“三会一课”制度的内容落到实处，一些在外打工的党员也赶来参加组织活动。尤其是老党员，他们参加党组织活动，发挥余热，体现人生价值，有一种光荣感。在我们采访期间，村里两次召开的党员、干部和村民代表会议，内容是研究扶贫和作物秸秆禁烧工作，参加会议的党员和村民代表，都是六七十岁的人，但他们都能踊跃发言，表现了强烈的议政热情。这些年来，上级党组织对老村干部给予一定的生活补助，虽然费用不多，但表明上级组织没有忘记他们，一直在关怀着他们，给他们的精神是一个很大的安慰和鼓励。殷尚村的老党员或老村干部去世了，村党总支要派人去看望，送去200元慰问金，为老人送行。事情虽小，却让人感到组织的温暖，是对活着人的激励。

有人说，“各种各的田，各赚各的钱，各管各的米和盐，用不着干部和党员”。在殷尚村的情况并不是这样。殷尚村的党员和干部比一般群众忙得多、累得多，他们天天都在为群众办事，处处带头，他们离不开群众，群众也离不开他们。实行“一户一块田”改革，首先党员和干部要抱着吃亏的态度，自己要准备吃亏，还要教育本家人和本族的人准备吃亏。土地合并好了，“一户一块田”实行了，村民都去安排播种去了，这时村干部还要为筹集资金打机井、修桥涵去奔波。村干部工作经常是两眼一睁，忙到熄灯，没有节假日，不分星期天，年复一年，无怨无悔。

殷尚村党员有80名，其中外出打工的就有30多人。经常在外的年轻人，见惯了江苏和浙江地区农村的发达，回到家看不惯本村的落后，心里有一种无形的埋怨情绪。村里没有集体经济来源和积累，无钱办事，党组织活动经费不足，难以对老、弱、病、残、困难党员给予关心和帮助，在很大程度上影响了战斗堡垒作用的发挥。老党员年龄偏高，文化程度偏低，虽然能起带头作用，但是这种带头作用仅限于一些中心工作，指望他们带头致富、开创未来是困难的。

农村基层党组织建设是深化农村改革的关键。不把党的基层组织建设好，想推进农村改革是不可能的。农村工作需要发挥老党员的带动作用，也需要年轻人的蓬勃朝气。年轻人外出打工了，受教育的条件和环境变了，有的人认为“捞党票，不如捞钞票”，对入不入党抱着无所谓的态度，并不积极靠拢党组织。这是一个严峻的问题。只有把那些对党的理想信念执着向往和追求的人，把那些愿意为改变家乡的面貌奉献自己的人，把那些愿意接过老一辈的接力棒处处起模范带头作用的人，吸收到党组织中来，党组织才能永葆青春，才能带领群众推动改革事业蓬勃向前。目前，对于殷尚村来说，这是一种愿望和期待。

基层党组织建设的关键是配备好一个能够带领农民群众深化改革、共同致富的领导班子和带头人，由这个班子和带头人去带好党员、干部和群众，明确目标，团结奋进。乡党委在党组织建设方面，瞄准的就是这个关键目标。

结束语

“烟袋湖”，这片曾经是荒芜贫瘠的黄土地，而今已是碧浪滚滚的万顷良田。徐圩乡以“一户一块田”的改革为契机，把这里打造成现代化农业基地。殷尚村正朝着这个发展的快车道走来，不要徘徊，也不能犹豫，在这个复杂的转型时期，矛盾与机遇并存，挑战与风险同在，这就需要我们的党组织和干部抢抓机遇，大胆创新，开拓进取，敢于担当，敢于负责。要找准自己的位置，确定自己的目标，选择适合自身的发展模式，振奋精神，凝心聚力，加快速度，灿烂的明天正在朝我们招手。

庄子给我们讲过的一个故事：河伯在秋天发水的时候顺流而下，他突然发现自己很伟大，两岸之间不辨牛马，于是尽情往下游漂去，来到了大海，海之大让河伯茫然四顾不知所措，他有一种从没有的失落……古老的河伯，面对着大海，才真正看清了自己的渺小。今天重复这个故事时，不知道我们中有没有人还看不到自己的差距。

流淌了千年万年的涡河之水啊，你是乡亲世代殷切的盼望，你是眼望远方把梦想放飞的农家孩子的翅膀，淮北大地给勤劳的人民带来多少世代的繁衍和生息，带来多少归仓的喜悦和秋色的金黄。我们的家乡，我们该怎么描摹你的模样、诉说我们的衷肠？

习总书记说：“中国梦归根结底是人民的梦，必须紧紧依靠人民来实现。”人的命运的集合，就是国家的命运。人人之梦就是家国之梦，梦在脚下，关键是走！

悠悠涡河水无语向东流，转千湾汇千滩终将入海，你那么快乐地奔腾，是对海洋热烈的追求，是欲与大海最急切地汇合和拥抱；你承载了黄土地上的人们对家乡最美好的梦想与希求！

在采访中，有人介绍“烟袋湖”还有两个名称：一个是“砚台湖”，意思是说这个湖像一盘砚台，但这是文人的杜撰，老百姓并不认可；另一个名称是“雁湖”，这是因为1986年龙亢农场兴建面粉厂，面粉商标注册为“雁湖”，后来农场中小学也叫“雁湖学校”，于是“雁湖”的名称也在不经意中传开。

这里的老年人对“烟袋湖”比较留恋，因为那是历史的印记，可是年轻人却认为这个名称太老气了，喜欢“雁湖”这个富有诗意的名称。笔者也认为，叫“雁湖”多好啊，寓意深刻，希望这里像一群有着共同目标、团结协作、有自我牺牲精神的大雁，展翅翱翔，冲向蓝天，飞跃千里，实现梦想。殷尚村最需要的是这种精神，徐圩乡最需要的是这种精神，黄土地呼唤的也是这种精神啊！

宗庙·标杆……

——宗庙村推行“一户一块田”实录

邵体平

视 野

现实生活中，标杆的作用显而易见，富有引领、榜样、示范之意。

2017年3月，怀远县徐圩乡宗庙村，在新一轮的土地承包中，经过重新洗牌组合，不经意间，成为徐圩乡、怀远县、蚌埠市乃至安徽省第一个100%实现“一户一块田”的村落。

《人民日报》《安徽日报》等各大新闻媒体争相报道——宗庙村声名鹊起，潮涌淮畔。皖北平原，出现了一个新的标杆。

设 题

安徽怀远徐圩乡，阡陌交通。

炊烟袅袅升腾，悠悠飘散，薄雾般笼罩着皖北这个古老的村落。

2017年4月15日，星期六。早晨，宗庙村的党支部书记宗殿用吃罢早饭，放下碗筷，随便打理一下稀疏的头发，便和老伴李书琼轻声打了个招呼：“我去村委会了。”这位57岁的农村基层干部急急忙忙出门，跨上自己的两轮电动车，离开宗庄。

宗殿用，中等身材，面容稍瘦。昨天，宗殿用接到徐圩乡党政办主任褚作新的电话通知：“蚌埠市作家协会组织14位作家来咱徐圩乡采风，明个，将安排一位作家去宗庙，采访你村推进‘一户一块田’的做法。”

宗殿用已经妥善安排，让宗庙村的支部委员王洪亮开车前往徐圩乡政府接洽。

宗庙村是徐圩乡西南最偏远的村落，距离徐圩有近十公里的路程，平日里，宗庙村的干部们去乡里县里开会、办事，大都调用王洪亮的私家车——红色奔驰。王洪亮的那辆奔驰车，也几乎成了宗庙村委会的公车。为此，宗殿用、赵长岩等村干部心里很是过意不去，曾寻思提议，私车办公事，村委会得给王洪亮补贴些油钱。不料，此言一出，王洪亮断然拒绝。往后，宗殿用便不再提什么油钱的事儿。心知肚明，村干部嘛，就得有胸怀，有责任意识，这本身也是一种担当，一种付出。

四月的天，热得如同夏天。

骑在电动车上的宗殿用轻快地穿行在田间，放眼望去，嘿，地里，绿油油的麦苗长势喜人，历经返青、拔节、抽穗、扬花、灌浆。嗯，宗殿用心想，再过个把月吧，新粮又该上市了，宗庙村将迎来推进“一户一块田”工作后的第一个午季大丰收。

宗庙有几大姓：宗、赵、李、陈、王。宗殿用有着浓郁的乡土情结，他对自己的家乡感情深厚。算起来，他可是位老资格的土生土长的农村基层干部，清廉正直，德高望重，群众基础好，在村民中享有崇高的威望。

宗庙村位于徐圩乡西部，下辖西陈、东陈、王巷、前圩、陈西、赵庄、小庙、巷东、后宗、前宗、新庄、李庄、宗庄、后赵、前赵等15个自然村，有18个村民小组、1031户、4010人，全村耕地有100407.34亩。

宗庙的地名起源，难以考证。相传，明末清初，有一宗姓人家善行义举，在此地捐款建庙——也就是宗庙。此后，该村便被周边百姓称为宗庙，沿袭至今。

宗殿用知晓，清朝道光年间（1921—1850年）残留的那段石碑可以见证，建庙之初，宗氏先人还满怀期望地在村子东口手植了两棵柞树。

宗氏祖先捐款建庙，虔诚祈福，香火旺盛。宗氏先人期盼上苍护佑，风调雨顺，人丁兴旺，一方百姓繁衍生息，安居乐业。

宗庙后来成为小学的校舍，再后来，成了宗庙村委会的办公场所。

自然造化。千百年来，如同村东口那两棵粗壮的古老柞树那样，树皮粗糙，饱经沧桑，根深叶茂，生生不息，宗氏家族在此地代代繁衍，生根发杈，散枝蔓叶，终于成为宗庙村的大户人家。

1960年，宗殿用出生于宗庙。

那时的宗庙，可谓穷乡僻壤。乡间，放眼眺望，满目皆是低矮的泥皮土墙茅草屋。乡村民居的房舍大多建造于土垒的高高台子之上，以避水患。阴雨连绵之际，村庄犹如孤岛，进不去，出不来。当地百姓有句笑话：蛤蟆撒泡尿，涝了；若是几天不落雨呀，嗨，旱了。一遇阴雨，乡里田间便是泥泞湿滑，难以迈步。家家户户几乎没有桌子，堂屋冲门，全是用泥土垒起的泥台子，没有一块砖墙半间瓦房，墙根下，若能有一排不规则的石头根基，那便是全村最好的建筑了。而如今，家家户户都能在自家的宅基地上盖房起楼。

当年，宗庙的生产力十分低下，不要说生产队，就连整个公社，压根儿就没有农用机械，什么拖拉机呀、播种机呀、收割机呀，根本就没见过。常用的农具不过是些锄头、镰刀、扬场锨，若是哪个生产队能够养上几头牛，用于耕地犁田，便算是富村了。村民们世代沿袭着刀耕火种近乎原始的生产方式。

宗殿用出生于饥荒岁月，成长在“革命”年代，家境贫寒，饱经苦难，经常食不果腹、衣难遮体。宗殿用打小刻骨铭心的记忆，除了饥饿，还是饥饿。在物质贫乏的环境下，幸福生活似乎可望而不可即。

宗殿用是个本分的庄户人，他的生活轨迹相对简单，出生至今，宗殿用就扎根于宗庙这片生他养他的热土上。

宗殿用的老伴李书琼，贤妻良母，1978年，这个善良的农村姑娘，由四川巴中远嫁到宗庙。40年间，夫妻俩在皖北这片土地上，相濡以沫，含薪茹苦，面向黄土背朝天，养育拉扯大了四个孩子。

宗殿用是个能人，当年，15岁时买不起鞋袜，这个乡村男孩无师自通，居然学会了针线女红，纳鞋底缝鞋帮。他还学会了简单的裁剪和缝纫活计。咳，不是被逼无奈吗，说起来，都是一把辛酸泪呵！

1976年，16岁的宗殿用还在立仓中学读高中。当时，农村识文断字的人并不多见，宗殿用有幸成为宗庙村难得的“秀才”。生产队长找到他商议，恳切表示，想让他担任生产队的会计，宗殿用满口应承，为生产队做事，何疑之有。

学以致用，就这样，宗殿用谨小慎微，用他所学知识，尽职尽责地参与生产队的管理。宗殿用为生产队做账，核算工分，分钱分粮，年终决算，一分一厘，从没错过一笔，得到社员的信赖和一致称赞。1991 年，怀洪新河工程全面铺开，宗殿用和村民们上了工地，一本账册一把算盘一支钢笔，宗殿用还是担任会计。而任生产队会计一职的经历，令宗殿用受用终身，思考缜密、精打细算成了宗殿用的良好习惯，以至于多年后，核算集体经济，乡间有些村子竟然亏空冒账几十万元，而宗庙村则从不欠账。

哼！亏空冒账过日子，不踏实呢。宗殿用想，冒账，不是管理不善、大手大脚，就是鲸吞蚕食，多吃多占。

1992 年，从挖河工地回来，宗殿用当选为宗庙村党支部书记。20 多年来，宗殿用连选连任，从没挪过窝。他公而忘私的高尚品格、雷厉风行的处事作风，不仅受到上级认可，而且赢得村民的交口称赞和真心拥戴。作为村里的一把手，宗殿用为人正直，知人善任，注意时时团结村领导班子成员，事事讲究工作方式，善于发挥群众的积极性，把个宗庙村治理得政通人和。

人心齐，泰山移。2014 年 8 月 10 日，宗庙村新一届两委班子产生，宗殿用再次当选为宗庙村党支部书记。

是呵，打铁须得自身硬。班子齐心，其利断金。

眼下，宗殿用更是打内心深深地感激村领导班子的其他成员，村主任赵长岩以及赵广洲、宗殿宝、朱永华、陈玉斌、王洪亮、陈娟等支部委员，没有他们的充分理解、大力支持和密切协作、默契配合，宗庙村能有今天的变化吗？

家庭联产承包责任制是农村土地制度的重要转折，激发了农民的生产积极性。

20 世纪 80 年代初，由安徽凤阳发轫的“包产到户、分田到户”率先在中国农村推行改革，即“家庭联产承包责任制”。

历史地分析，家庭联产承包责任制解决了温饱问题，主要生产资料仍归集体所有；在分配方面仍实行按劳分配原则；在生产经营活动中，集体和家庭有分有合。

三十年过去了。时过境迁，在社会主义市场经济体制下，家庭联产承包责任制存在的问题的弊端日益显现。

首先，家庭分散经营，规模过小，难以形成规模经济。一家一户小规模的生产经营，交易方式落后。由于势单力薄，谈判资本弱，难以保护自身利益。不便于农业机械化和现代化的实施。

其次，家庭联产承包责任制条件下耕地的条块分割不利于经营的规模化，不能进一步提高农民的积极性，难以形成规模经济。农民进行技术创新的积极性低，技术进步慢。农业的技术创新具有规模效应，创新投入很大而传播相对较容易，因而在家庭联产承包责任制下，一般农民很少有积极性进行技术创新。

再次，农民不能自由处置土地，限制了农民的择业自由；造成了人力资源浪费，减弱了农业的竞争力；不便于农业的综合治理；基础设施难以建设，农业生产长期高成本。由于单个农户的生产规模较小，技术革新带来的效用并不是很明显，而学习技术要付出一定的学习成本，在这种情况下，农户的学习积极性不高，从而导致农业的技术发展缓慢，平均土地产量难以得到很好的提升。

那么，如何深化农村土地改革，实现连片耕种，再次解放生产力。这些新的问题，时时萦绕在支部书记宗殿用的脑际。

宗殿用冷静思考，蓄势待发，他在等待，等待着宗庙村迎来土地嬗变的最佳时机——破题。

破　题

实话实说，宗殿用治下的宗庙村并不是徐圩乡“一户一块田”的破题者，然而，宗殿用却是勇于参与、取得满分的破题者。

过去，为平均起见，各村的土地从家庭联产承包到二轮承包，都是按照国家政策的规定把土地划分成三六九等，按一定比例折合成总面积，平均分给每家每户。这就导致了每家每户都有好多小块土地，因为三六九等的田块处在村里的不同区域，所以，每家每户的田地也都零星分布在村里各处，形成巴掌田、草帽地。

2013 年 11 月，党的十八届三中全会吹响全面深化改革的号角。增土地、增产量、增效益、降成本，破解了大面积集中耕作的难题。

2014 年，怀远县徐圩乡紧邻宗庙村的殷尚村成为“一户一块田”的实践者。农户的零散土地并成一块地后，至少在耕作上能够省时省力，不用东奔西跑、一块地一块地去喷农药、撒化肥，大型农机也能下地耕种。

2015 年年底，蔡永担任怀远县徐圩乡党委书记。这位乡党委书记自己也是个农民出身，双手布满老茧。在当农民时，蔡永就曾想过这个问题，深知土地零散和细碎化已经不适应现在的生产方式，给农民造成很大不便。

来到徐圩任职后，蔡永和乡长杨光搭档，得知殷尚村搞了一户一块田的模式，他们非常高兴。因为他们敏锐地意识到，这样可以有效解决当下农村土地零碎化的问题，有助于进行规模化生产，同时能够带来巨大的经济效益和社会效益。

并地好！乡长杨光感慨：平日里，为处理乡间的农田矛盾，他疲于奔命。

农村 90% 的纠纷是土地事项。地块小，机械在田里转个弯，一不留神就到别人地里去了；地块分散，抢夺机械、抢种抢收、错收漏收的情况也常有，年年都有这方面的争执，各村委会以及乡里都焦头烂额。有户村民，18 亩地有 18 个邻居，经常矛盾不断。如果并地，只跟两家相邻，而且都是用深沟隔挡，大家不再为机收、机耕、灌溉、墒沟等问题发生地界纠纷，在一定程度上避免了矛盾的发生。这也会在社会层面和农村治安方面产生较大影响。

目前中央还没有正式文件出台，具体的改革措施靠农民自身摸索加上政府适当引导，制度完善尚需要一个过程。

于是，蔡永指示乡政府党政办主任褚作新等人，认真调研，总结经验，拿出方案，全面推进，为规范改革，为徐圩乡农民探索出一系列规范和制度。

因势利导。在没有人尝试过的情况之下，蔡永、杨光等人敢于在全乡推广“一户一块田”模式，褚作新等人专门找到了政策依据，《中华人民共和国农村土地承包法》第四十条规定：“承包方之间为方便耕种或者各自需要，可以对属于同一集体经济组织的土地的土地承包经营权进行互换。”

并田互换，就是把农民手中零散的土地都拿出来，通过丈量和整合，把所有农田进行重新分配，让每户村民都得到一整块大田。简单来说，就是让农民通过土地互换的方式把零散的土地整合到一起。

虽然有了理论依据，但没有具体指导办法，实施起来同样困难重重。

怀远县、蚌埠市在得知这一改革后积极予以支持。蚌埠市农林委2015年出台了《关于引导农村土地经营权有序流转发展农业适度规模经营的实施意见》，赋予蚌埠市农村土地承包经营权流转工作领导小组统一组织推进各县（区）农户自愿互换并地工作的职能。

按照这一意见规定，对实施“一户一块田”合并土地100亩以上的村，按照互换并地面积每亩100元的标准进行奖补。怀远县则出台政策，在市级奖补100元/亩的基础上，县级配套奖补100元/亩。奖补资金主要用于并地地块农田基础设施建设。在2015年试点工作的基础上，2016年，蚌埠市农林委下发了《关于扩大农户互换并地实现“一户一块田”承包经营试点工作指导意见》，明确了试点工作指导思想、基本原则、工作方法、工作步骤和保障措施。

尽管殷尚村是徐圩乡第一个推进并田的，然而，该村的并田率只达到50%左右。

2016年3月，徐圩乡“一户一块田”改革动员现场动员大会在殷尚村召开，乡党委书记蔡永号召全乡向殷尚村学习，整乡推进“一户一块田”改革，宣布制定的指导意见和实施方案。

徐圩乡初步拟定目标：2017年全乡“一户一块田”的规模达到70%。

响鼓不用重槌。

开会前，蔡永见到宗庙村的村党支部书记宗殿用，两双布满老茧的手掌紧紧相握之际，蔡永笑问：“老宗，你们宗庙村有什么想法?”

“有政策支持，还等啥，干呗。”望着蔡永书记充满信任和期许的目光，宗殿用爽快地承诺表态。

“嗯，生姜还是老的辣。那，乡里看你们的了。”蔡永乐呵呵地抖着宗殿用的手，爽朗地笑出声来。

开过动员会，回到宗庙村，宗殿用热血沸腾，他立即找来村委会主任赵长岩以及赵广洲、宗殿宝、朱永华、陈玉斌、王洪亮、陈娟等人合计，统一思路。

心往一处想，劲才能往一块使。

会议决定，宗庙村成立5~7人的工作小组，推举村民代表，具体制订实施方案和原则，包括规划组内沟路渠桥如何预留、土地丈量办法、确定分地办法等，经农户代表会议通过之后再具体实行。

宗庙村全面推进“一户一块田”，全程透明操作，每一个步骤的结果都会在村里进行公示，接受全体村民的监督。

说干就干，大张旗鼓。支委们做了分工。

宗庙村成立由包村干部、村组干部、老党员、群众代表组成的推行“一户一块田”工作组，同时按照整村推进“一户一块田”的不同形式，成立由有威望的党员、群众代表组成的群众自治组织，负责推行“一户一块田”过程中的评议、丈量、互换、调处等具体工作。

宗殿用在家中亲自开通了有线广播，他不厌其烦地操着不太标准的普通话，再三向全体村民宣传“一户一块田”的好处，反复向村民们解释优惠政策。

村党支部书记宗殿用那亲切熟悉的语音，久久回荡在宗庙村的上空。

宗庙村所辖 15 个自然村、18 个村民小组、1031 户的村民们听到后，议论纷纷，他们心头开始热乎起来。

洗牌。村民们将历经涉及多方利益的又一次土地再分配。

一时间，并田成为宗庙村民们热议的话题。

因为，这是一道难题。

阅　题

2017 年 4 月 15 日上午 8 时，按照约定，宗庙村的支部委员王洪亮驾驶着自己的红色“奔驰”，准时来到徐圩乡政府大院，在会议室门口等候。

停车不久，只听有人在喊：“宗庙村的来了吗？”

“来了。”王洪亮应声举手示意。

王洪亮，娃娃脸，浓眉大眼，算得上是个英俊后生，言语不多，略显腼腆。他 1976 年出生于王巷自然村，2016 年 1 月起任宗庙村党支部委员。2012 年之前，王洪亮曾在江苏、浙江等地打工，承包土建项目，每年至少能挣个 20 多万元。这不，他开上了自己的奔驰。

采访在车子驶出徐圩乡政府大门时就已经开始了。一问一答。

“‘一户一块田’，宗庙村果真达到 100%？”

“嗯，是的！”

“容易吗?”

“不容易。”王洪亮摇摇头，笑笑，他轻快地把握着方向盘。

“并田首先得逐户征求农户意见，确保100%的农户同意?”

“对。”

“有没有阻力?”

“当然有!”

“如何化解?”

“嘿嘿，俺们宗书记有办法。他呀，思路灵活，工作做得细哩。”王洪亮笑笑，言语中，透出对村支部书记宗殿用的钦佩。

红色的奔驰轻快地驶离徐圩集长约300米，宽20米的南北街，向西南拐去。

“村村通公路的项目让农民受益，私家车可以直接开到家门口哩。”王洪亮感慨。方便出行，按照规划，宗庙村先后修通了后赵至小庙、后宗至赵庄、后赵至西陈等三条水泥路。

养眼。车窗外，广袤的皖北平原，秀色可餐。

大片平整的农田，地里，黄色的油菜花与青青的麦苗相间，浓墨重彩，油画一般。间或，窗外闪过一排排规整有序的大棚，波浪般层层推进，如卷起千堆雪，一波波地涌向无边的天际。

一望无际的农田，满是生机勃勃的绿色。与别处不同，宗庙村的农田不再是一块块小小的田地，而是不见横七竖八的田间小路、没有错综复杂的小排水沟渠的大田。每块农田都是十几亩甚至几十亩见方，界碑清晰，田间道路平坦，可容农机通过，田与田之间是又深又宽的沟渠，每块地以沟渠和道路分隔开来。

王洪亮当选支委后，工作积极性高涨，本来，他也很想撸起袖子大干一场，不料，3月份便碰到硬骨头。

村民要看到眼前实际的利益，才能打消心头的顾虑。

在“一户一块田”的改革中，绝大多数改革参与者都是受益者，只有部分靠近路边、渠边和开荒地边的农户在实际上利益受损，但在法律层面这种“损失”却站不住脚。

还有一些土地在路边的农户，觉得土地升值空间巨大，不愿意改革。实际上短期看可能利益会受损，其实从长计议，并地后实施土地流转、发展特色农业、实现乡城一体，最终的结果一定是人人受益。

宗庙村里的干部们开始以并田为契机，做部分靠近路边、渠边和开荒地边的农户村民的思想工作，耐心细致地向村民宣传并田的政策。

村委会主任赵长岩，支委赵广洲、宗殿宝、朱永华、陈玉斌、王洪亮、陈娟等人一起，一拨拨地分头做工作，忙得团团转。

并田，哪怕你说得天花乱坠，嘴皮磨破，部分思想不通的农民毫不理会。他们看不到眼前的实惠，加之白天家里没人，干部们只有等到晚上，等待村民干完活回家之后，再挨家挨户上门做工作；有些人家在外地打工，干部们便想方设法，通过亲戚朋友广为宣传。

大家苦口婆心，不管你说出上千种好处，任凭你描绘百样美景，觉得自己并田吃亏的农户还是油盐不进。

西陈村的陈传永，家庭四口人，在沟塘、路坝、边拐处开垦荒地，扩大了 4 亩土地面积，再交出来并田，陈传永翻翻白眼：傻呀。

西陈村的陈传佩，先前承包的是破窑厂，低洼地，全家通过苦干，经多年投资，搞基础设施建设，打了深井，改良土地，历经千辛万苦，好不容易清理拾掇得像个样，土地面积扩大了 6 亩，收成逐年增加。如今，你说并田，陈传佩瞪瞪眼，歪歪嘴巴：“呸！先前俺付出的血汗，巨额投资付诸东流，那，岂不是替他人作嫁衣吗？”

不仅如此，就连邻村宗殿用的本家兄长宗殿柱，当初也是并田的激烈反对者之一。

宗殿柱 1958 年出生于后宗村，共产党员，可当他听到堂弟宗殿用的广播宣传，却不以为然，打心眼里一百个不乐意。宗殿柱家有四口人，他的两个儿子都在江苏南通打工，挣钱不少，全家 13. 5 亩地全靠宗殿柱夫妇打理。如果按现行政策，并田再分配，他家只能得到 12 亩，将损失开荒所得的那 1 亩多地，还有很多棵树木也将失去，明显吃亏；且不说能分到何地，单就他花在田地上的工夫、种的树、打的机井所花费用，还有那台为排水专门添置的开沟机，嘿嘿，全都派不上用场了。

其实，并田的好处明摆着，宗殿柱就是心理不平衡。

当初，宗殿用登门，宗殿柱却冷着个脸，不理不睬。

宗庙村，宗姓属大户，亲戚里道的，抬头不见低头见。自家都行不通，还有嘴说别人吗，哼，小农意识。于是，宗殿用严厉地告诉兄长：“哥，你是共产党员，你不牵头谁个牵头。村民们可都看着俺们呢。”言罢，他拂袖而去。

宗殿柱思来想去，堂弟容易吗，他起早贪黑，忙前跑后，为了谁呀。咱是党员，辈分又长，若不配合，这让自家堂弟的脸面往哪儿搁。

经过激烈的思想斗争，他想通了。后来，宗殿柱起到至关重要的表率作用，在自然村整体拆迁复耕并田过程中，涉及放树，宗殿柱领头，仅用10天便率先完成全村的拆迁任务，仅此一项，就为村里尽增耕地面积30亩。

困难重重，干急无汗。面对冷漠的面孔，说得口干舌苦的赵长岩、赵广洲、宗殿宝、朱永华、陈玉斌、王洪亮、陈娟等人面面相觑，无趣无奈之际，只得转身离开。嘿，就这，算是给你面子，赏你脸的了。

更有甚者，明明屋里亮着灯，等前来造访的王洪亮等人来到家门口，上前敲门之际，任你千呼万唤，屋内的村民就是死活不给开门，并装腔作势地打着哈欠："睡下了，有事，明个再说。"

瞧，只给你米吃，不给你面见。明个？明个，你恐怕连他的辫梢子都见不着了。

村民的抵触情绪千奇百怪。闭门羹，王洪亮不知道遇到了多少次。还有比这更离奇的，只要你上前一敲门，屋子里闻声立马关灯，漆黑一片，无声无息。

王洪亮有苦难言，他寻思，农村的基层工作真是太难干了。一赌气，王洪亮想打退堂鼓。妻子在怀远县超市上班，儿子在怀远禹王中学读书。干脆辞职，还是去外地打工自由快活，哪年不挣个二三十万元。何至于在家当这个芝麻粒大的村官，受此窝囊气。王洪亮几次找到村支书宗殿用，然而，他根本不加理会，不接茬。

其实，王洪亮等人遇到的难题，宗殿用心知肚明。

那次，宗殿用、赵长岩、宗殿宝、朱永华、陈玉斌、王洪亮等人为了田整体规划沟渠，前往西陈组做工作，上午八点钟去的，直到下午两点，还没能吃上中饭，真是又累又饿又急。见到大伙如此辛苦，宗殿用便电话通知老伴：你呀，收紧的，简单炒几个川菜，犒劳一下大伙儿。

憨厚朴实的村委会主任赵长岩见状，买了几样熟食，于是，一行人在宗殿用家吃了饭。

见王洪亮闷闷不乐，情绪低落，说话吞吞吐吐。宗殿用眨眨眼，他理解，心想，嘻嘻，年轻人，还是缺少磨砺。没经过风雨，受点挫折便容易产生畏难情绪。

确实，培养一个年轻的村干部可不容易呵。

“共产党员，不忘初心，为民造福，百姓抬举。”宗殿用推心置腹的几句话，令王洪亮面红耳赤，哑口无言。

王洪亮出生于王巷，王巷村的布局由来已久，极有特色，民居相邻，穿插迂回，如同迷宫，偶有生人进入，会找不到出来的路径。

先前，外出打工之际，王洪亮每每会在收获季节赶回家中，他的哥哥家有8.9亩地，而王洪亮所承包的地有5亩6分，兄弟俩的地块都分散在好几个地方，极为不便。

以往，耕种收割的时候，村里很多人家都要雇专门的农机手，但是地块小，机械不好操作，地块分散，只得等农机手把一片区域的任务全部完成，才能转移到下一个片区，耕种收割加起来起码得半个月。

一户一块田会带来粮食增产。以前巴掌田不一定是四四方方的，农药化肥种子撒不均匀，边上撒不到，中间撒太多，撒不到和撒太多的地方都没产量。

王洪亮家最小的一块地在坝头，仅三分田，前年午季，收割完毕，农机手按照一亩地的标准，向他索要50元的费用，王洪亮看着田垄间收下的那一小堆麦子，哭笑不得，心想，得不偿失，卖不了几个钱，还不够本钱哩。于是，王洪亮便开玩笑说：“干脆，你把这些麦子拿去吧，我不要了。”农机手闻言也笑了：“你不要麦子，我也不要。”

你瞧瞧，如果并了田，一块播种，一齐收割，会节约多少时间，多少农资成本。

破解农村土地零碎化问题，将让更多的农民得到实惠。想想并田的好处，王洪亮心里渐渐敞亮起来。

光靠热情远远不够，鉴于并田出现的利益再分配的新格局，要保证农民获利。

一把钥匙开一把锁，宗殿用做工作可谓细致入微。

这天，夕阳西下，回家途中，宗殿用远远地看见，有位不赞成并田的老汉正蹲在自家地头出神。

意欲何为。宗殿用决定一探究竟，他缓缓地在地头停下电动车，径直来到老汉身边，递上一根香烟。

烟雾弥漫，两个儿时般上般下光屁股长大的伙伴蹲在地头，拉起了家常。

“宗书记，俺可不是反对并田。就是……”老汉愁容满面，欲言又止。

“嗯，说吧，有啥顾虑。”宗殿用笑笑，吐出一口烟雾。

“是这，书记，你是知道的，俺是独子。”

“知道，知道。”

“饥荒年，俺大俺娘吃糠，吞树皮，咽野菜，全身浮肿。他们，他们把红芋干省下给俺吃……”老汉眼睛湿润了，“没有俺大俺娘，哪有如今俺们这一大家子。”

“是哩，是哩。”

“可，俺这地里，埋着俺大俺娘哩。”说着说着，老汉哽咽起来，泪流满面。

见此情景，宗殿用心中咯噔一下，鼻子一酸，心里很不是滋味，半晌说不出话来。

“书记，你说说，这年景刚好，俺大俺娘可没享上几年福，就走咧。这并田，保不齐分给了别人家，俺家这老坟，若是被移了、平了，咋办哪，俺，俺到哪块给俺大俺娘烧纸啊，那，俺，俺还算是个人吗。”老汉手指颤抖，指向田间的坟包，情绪越发激动。

人之常情。宗殿用心情沉重，沉默了一会，他轻声安慰道：“嗯，我说伙计，人心都是肉长的，谁人不是父母所生，父母所养。共产党人不是不讲人情，不讲人性。再说，传承孝悌也是中华民族的优良传统，这个问题家家都会有，村委会一定认真对待。”

后来，宗庙村委会针对这一问题做出人性化的决定：量地分田时若遇到坟墓，适当放宽给予补偿，此田无论分到谁家，不准移动，不准平坟，给村民们留下祭奠先人、寄托哀思的场所。

解　题

2017 年 4 月 15 日 8 点，宗殿用来到村委会，也就是原先的宗庙。

这里曾是破落的校舍，三排低矮的泥皮土墙的瓦房，东倒西歪，风雨飘摇，屋顶露光，四壁透风。几个窗子，不，说是几个窗子，倒不如说是在一排土墙之上，随意开凿了几个泥洞，用破旧的塑料薄膜封堵着，阵阵风吹过，直扯得塑料薄膜哗哗啦啦作响，再探头一瞧，哟，屋内，光线昏暗。人进屋里习惯几秒后，才能看清东西。

宗殿用就是在这里念的小学。

不多会，王洪亮接来了采访宗庙的作家，宗殿用站起，笑脸相迎。

不用寒暄，无须客套，宗殿用开门见山，直奔主题，不用提纲。

2016 年 3 月，紧锣密鼓，宗庙村的“一户一块田”筹备工作整体运作起来。

宗庙并田坚持“五个不变原则”，即现行家庭承包经营制度不变；农村土地集体所有性质不变；原二轮承包村民小组为单位互换范围不变；农村土地确权到户面积和二轮土地承包人口基数不变；土地发展现代农业用途不变。这些原则的制定，打消了很多村民的顾虑。

村民小组里的农民全部同意之后，经过选拔，组成 5 ~ 7 人的工作小组，具体负责制订实施方案，包括规划沟路渠桥如何预留，农田丈量办法，确定具体分配方案、抽签办法和矛盾解决方案等。经农户代表会议表决通过、签字确认之后具体实行。

实施过程中最多的反对意见是针对每户分配人口方案，有人觉得自己家人口多，应该多分地。宗庙村坚持与国家政策保持一致，按照二轮承包时登记的每户人口数处理，做到去人不去地，增人不增地。

丈量土地、确定农户土地分配人口、抽签整个过程，全程透明操作，接受群众监督，每一个步骤的结果都在村里公示，凡是有问题有矛盾的都可以提出来，村里集中研究解决，确保每个农户都能够满意。

先易后难。

开始丈量土地时，有人说，别的村子给丈量土地的人员每人发了一双鞋。

宗殿用闻言摇摇头，严肃地表态：“嘻，一双鞋，值不了多少钱，咱村买得起。不过，我看还是免了吧。咱村的钱，要花在刀刃上。不然，红口白牙，遭村民骂哩。”

为了鼓励“一户一块田”的推广，政府部门实行了适当的奖励办法。对于村集体经济组织按照规定程序实施“一户一块田”合并土地 100 亩以上的村，蚌埠市政府给予每亩 100 元的奖励，同时怀远县政府配套奖励每亩 100 元，奖金将给予村集体经济组织，主要用于组内公益事业和基础设施建设。

互换并地过程中地块测绘、变更影像信息、数据库调整等所发生的费用，由怀远县财政承担。农户互换并地实现户均“一块田”或“两块田”承包经营，免费变更换发土地承包经营权证，所需费用也由怀远县财政支付。

丈量土地，以 10 亩为单元，打下灰桩标记，便于编号。

2016 年 3 月 12 日，宗殿用坐镇宗庙村西陈组，主持西陈组首轮并田分地。

至于每户村民具体能分到哪块土地，为公平公正起见，抓阄抽签。

采取两轮抽签：第一轮抽顺序签，确定农户并田互换抽签顺序；第二轮抽地块签，按照农户第一轮抽到的顺序签，确定并田互换顺序。

村民们一家一个代表，在外打工者采取委托抽签方式。

这个老办法也许不是最科学的，却是村民最容易接受的，对村民是一种约束，对干部，则是一种监督。

初战告捷，西陈组顺利完成。

立竿见影。宗庙的村民积极性得到空前迸发。

紧接着，趁热打铁。宗庙村的东陈、王巷、前圩、陈西、赵庄、小庙、巷东、后宗、前宗、新庄、李庄、后赵组有条不紊地向纵深整体推进，势如破竹，全面播种，次第开花。

几个月下来，宗庙 15 个自然村的 18 个村民组，陆续推进了 17 个。

按照徐圩乡推行规划拟定的目标：2017 年全乡“一户一块田”的规模达到 70% 左右。至此，宗庙村已经超额完成指标，完全可以偃旗息鼓。

然而，宗殿用自我加压，他果断提议：“不行，干脆，要干，咱们就 100%，宗庙村绝不留尾巴，抱残守缺。既然宗庙的村民信任我们，我们就要不负众望，让宗庙的全体村民受益。”几句话说得铿锵有力、掷地有声。

全村并田率达到 100%，难道没有遇到难缠户？

前赵组成为最后一个攻坚对象。

该组有户主事者是位农妇，心直口快，性情泼辣，性格要强，持家过日子，那是一把好手。她工于心计，精打细算，在自家渠边开荒，扩大了几亩，如若并田，明摆着，实际利益受损。于是，她态度顽固，软硬不吃，无论谁说，她就是横竖不同意。

徐圩乡政府的红头文件要求：并田，群众必须完全自愿，群众意见

1%>99%，只要有一户农民不同意或者不签字，可以把这个项目缓一缓，没有要求过分追求速度和规模。

通过调研，宗殿用得知，该农妇自家的地虽说零星，但高岗地多，加上她早年间还花费几千元打的机井，投资巨大，故而想不通。

经再三做工作，还是无效，没辙。

磨破嘴皮，最终，狡黠而又有心计的农妇抢白一句："并田嘛，好是好，自愿吧。"

"那当然，自愿!"

"那——我不自愿。"

瞧，一句话，还不噎得你退避三舍。村干部们个个哑口无言，败下阵来。

真是豆腐掉到灰堆里，吹不得，打不得，让你无可奈何。

猴子不上树，多敲两遍锣。世上，没有过不去的火焰山。

半途而废不是宗殿用的性格。通过走访，他得知一户村民家与该农妇家关系密切，不分彼此。于是，宗殿用眼前一亮，心生一计，他决定另辟蹊径，采取迂回战术。

那天，宗殿用家中的餐桌上摆上两瓶酒，他要请客。

宗殿用把与农妇家关系密切的那位村民请到家中，叫老伴炒了几个小菜，三杯下肚，宗殿用开始与他促膝谈心，陈述厉害："她家是开的荒地多，但这不是个理，那田本来就是集体的，她家已经受益多年。"

"那是，那是。"

"并地是大势所趋，当然，如果她实在想不通，村里也不强勉，但我想请你转告她，并田肯定要搞。这样吧，把她家的几块单独留着，其他村民照样并田。一块田实施后，路修好了，分散的小田埂和小墒沟，统一平整、统一挖沟、统一灌溉，全部变成了适宜耕种的土地，大机械能下地一次性耕种，只需要一个上午。你看，成本降低了，产量提高。这样一来，她家可就苦了，她得分七八次才能收种完成。到时，她可不许后悔。至于她家打井的花费，如同意参与并田，经抓阄抽签，对分到这块地的农户，我负责协调，给她家相应的补偿。对于前赵组研究好的规划，有块地中间有条 2 米的深沟，无论谁抽到，开沟的费用村委会将给予补助。如何。"

油灯不拨不亮，道理不说不明。晓之以理，动之以情。宗殿这桌酒席请得值呵。

终于，再三权衡利弊，农妇松口，问题迎刃而解。

天时、地利、人和。2017 年 3 月 10 日，前赵组成功并田。

至此，尘埃落定。宗庙村全村 100% 实现“一户一块田”。大戏完美谢幕。

评　题

徐圩乡党委书记蔡永是在怀远参加美好乡村建设会议时，得知宗庙村全村 100% 实现“一户一块田”的，闻讯后，他兴奋异常，第一时间拨打宗殿用的手机，表示祝贺：“哈哈。老宗，了不起呀，宗庙一年之内实现 100% 一户一块田，功劳大着咧！你可知道，宗庙村可是咱全乡、全县、全市，乃至全省第一个实现 100% 一户一块田的村子哩！”

“咱宗庙还有大事要办咧，我们还要合理安排好水利工作。赵南新沟清淤，中沟清淤结束，再把堵坝清除掉，主要路口，保证涵管到位，推进改水咧。”宗殿用从不居功自傲，他不急不慢地岔开话题。

高调做事，低调做人。没想当典型，却成了典型，宗庙村成了标杆。

徐圩乡党委书记蔡永信心满满，他的手机没挂：“是啊，今后我们还要通过这项改革，引进更多农业项目，对并项目进行整合，同时对空心村进行拆迁，将人口集中实施产城一体，推动整个乡镇发展格局的改变，让农民享受到更好的生活。”

采访接近尾声。

此刻，又有两位客人跨进宗庙村委会。宗殿用介绍：他们是乡里搞水利工程的技术人员。咱宗庙决定，借重新整合土地的契机，让宗庙的水利设施建设进一步完善。

好事！于是，作家对王洪亮提议，到地里转转。

王洪亮发动了红色“奔驰”，西陈、东陈、王巷、前圩……

一路走来，所到之处，地成块，渠通畅。

西陈村与蒙城接壤。

嘿，以前一下雨，田边的小水沟就满了，要排涝就要扒田，可是谁都不愿意扒自己的田，每年自家田里都有两三垄庄稼要被淹死。宗庙村村委会主任朱永华坦言，现在田边的排水沟又大又深，根本不用刻意排水，产量增加。

西陈村的王金英，6 口人，16 亩；陈享家 6 口人，20 亩；陈传洋家 5 口人，18 亩。原先，他们每家每户的田地都分在几个地方，播种、收割和田间管理十分不方便。田块多、四邻多；四邻多，矛盾多。分明是自己家的地，由于户主在外打工，地界荒废，他们回来一看地被邻居误种了一部分，这种情况几乎年年发生。

东陈村的陈广敏是宗庙村的村民代表，他很自豪：村里并田，包括沟路渠桥如何预留、土地丈量办法、确定分地办法等，都得我们同意。

东陈村的陈传厂、尹记玲夫妇正在包韭菜馅的饺子，他们家有 16 亩地，谈到并田的好处，他们感触颇深，喜形于色："哎呀，太好了。你想，一块田实施前，有的地离家近，端着饭碗就能种；有的地离家远，得骑着摩托车走上两三里地，几块地就得分几次计算农资，分几次耕种，分几次收割，哪怕一块地只有三分，也得单独耗时耗力，花上一亩地的钱。这中间的过程让我们疲惫不堪，其中隐形的浪费，更让生产成本大大提高。而现在呢，劳动力得到解放，你看，我们夫妇便在街边开了个小超市，方便村民，自己还能多挣钱，多好。"

谈到并田，东陈村 80 高龄的陈殿科和他 81 岁的老伴儿更是乐得合不拢嘴："最头痛的就是那些个小墒沟，占地方、没啥用，还要浪费农药、化肥、种子。墒沟周边粮食产量偏低，有的甚至成了废地。以前每亩成本要 200 到 300 元，现在每亩成本能减少 60 到 80 元哩。"

宗庙成了安徽的标杆。

不久前，中央农村工作领导小组副组长袁纯清率调研组来到蚌埠，就蚌埠"一户一块田"试点工作和农业产业化联合体发展情况进行专题调研。中央农办、农业部经管司、安徽省农垦集团、蚌埠市政府有关部门领导参与调研。

徐圩乡党委书记蔡永热情接待，他特意安排宗殿用做典型汇报。

蔡永微笑着示意宗殿用："那，你就说说吧。"

宗殿用侃侃而谈。

谈到并田的好处，宗殿用笑逐颜开："小田变大田，实现田、水、路、林、村综合配套，大大改善了农业生产条件，提高了农业生产能力，为土地流转、农业产业化经营创造了良好条件。一户一块田实施后，优化了土地资源，降低了生产成本，提高了生产效率，减少了矛盾纠纷。村里的土地增加了。小地块之间的田埂、垄沟得到整平，水渠和小路得到复垦，初步测算，宗庙有效土地面积增加了5%左右。”

袁纯清认真听取汇报，他对宗庙村“一户一块田”的推广给予充分肯定，他指出，徐圩乡宗庙村“一户一块田”试点工作，为农业农村发展提供了新鲜经验，不仅具有先期性，还具有很强的时代感，为推进农业机械化和标准化生产、开展适度规模经营、促进农业提质增效提供了基础条件。

袁纯清强调：“一户一块田”的推广已经具备了相应的主客观条件。经过多年开垦，一些荒地发展成了熟地，土地间的差距逐步缩小；农村基础设施的改善，降低了农民的生产成本，减少了地域的空间差别。农民本身对“一户一块田”有实际需求，尤其是新型农业经营主体出现后，这一做法有利于农民增收和新型农业经营主体降低成本，让农民和新型农业经营主体实现双赢。

蚌埠市的有关领导表示，蚌埠将循序渐进地做好“一户一块田”试点工作，注重农民自愿自觉。将在现有工作的基础上，进一步完善政策措施，扩大试点范围，力争形成更多可复制、可推广的经验模式。

引领、榜样、示范、复制、推广。瞧，宗庙村的标杆作用立现。

为官一任，造福一方。宗殿用坦言，为人做事，要对得起天地良心，对得起宗庙百姓。

眼下，宗殿用思考更多的是“旱改水”，乘势而上，推进农业生产方式转变，实现农业大增产、农民大增收。近期，首先把宗庙村的所有沟渠疏通。地里种上水稻，千百年来一直以耕种玉米、小麦等旱地作物为主的宗庙村，耕种模式会得到彻底改变，风儿起处，便会沙沙地响成一片，齐刷刷、逐浪般地涌向远方，稻浪翻滚，稻谷飘香，这该是怎样的一幅激动人心的田园美景。

瞧，咱宗庙的百姓，总算能吃上由自己亲手种植的水稻碾米做的白米饭了。

一路接力

洪何苗

在广阔的农村，还要不要种地？由谁来种地？如何更好地发挥土地的产能和效益？这个关系农民切身利益的问题日渐成为当下新农村建设的重要议题。

王诚市长调查“一户一块田”

为此，党中央率先吹响了深入进行改革的号角。2015 年中央一号文件明确提出：“在确保土地公有制性质不改变、耕地红线不突破、农民利益不受损的前提下，按照中央统一部署，审慎稳妥推进农村土地制度改革。”习近平总书记也曾在中央农村工作会议上指出：“坚持家庭经营基础性地位，农村集体土地应该由作为集体经济组织成员的农民家庭承包，其他任何主体都不能取代农民家庭的土地承包地位，不论承包经营权如何流转，集体土地承包权都属于农民家庭。”并且在进行顶层制度设计时，强调坚持农村土地农民集体所有是农地制度改革的前提。这些高瞻远瞩的政策主张为农地制度改革、具体的土地流转形式的创新提供了切实的理论依据。正是在这种时代背景下，怀远县徐圩乡各村的老百姓自发地组织起来，开始了“一户一块田”的探索之路。

不平静的钞湖村

徐圩乡在怀远县的最西部，而钞湖村则位于徐圩乡的最西部、涡河以南，淮河以北，东迎荆涂山麓，西接庄周故地，处于三县交界处，基本上属于淮河流域多灾多难的低洼地带。因为地处偏远，路也不好走，所以少有外面的人来。往昔，村里人的工作和生活节奏也总是老三拍、慢三步，但是，随着中央好政策的落地，这种状况得到了彻底改观。

早在2010年，紧邻钞湖村的蒙城县就开始了推行农村土地互换并块、户均“一块田”试点工作，将农户的零碎地合并成大地块，实现由“一户多块田”向“一户一块田”转变。作为邻居的钞湖村密切关注着“一户一块田”的变革，村里人在学习中央政策和这种实践关注中得到了极大启发，改革的意识也逐渐在大家心中萌芽、滋长。其时，钞湖村的实际情况是：全村目前有4324人，共79户，有土地100305亩，地是426块，平均每家都有5～6块地。由于地块过于零碎，小面积的农地没有办法使用机械耕作，只能完全靠人工。有的家里孩子都去打工，家里的老人真是难以耕种这么多地；而且小块的田，地连地，乡里乡亲的常为农地边界发生摩擦纠纷，产生了很多矛盾。钞湖村民时常边干农活边议论：

“不知有没有政策，我们要是一户一块田就好了。”

“那是阜阳，我们蚌埠还没有呢。”

“我不想合，我的地是好地……”

“我想合，那大机子在地里多来劲……”

那段日子真是不平静，大家一会儿看，一会儿讲想，一会儿说要干，一会儿又摇头，村里的人碰在一起，说的也大都是这些事。

钞湖人想将自家的小块地也合在一处，可是路在哪里呢？

村民的心逐渐变得不平静了，大家慢慢形成的共识就是：那些巴掌田、零碎田真的是束缚了农民的手脚，要是我们村也能改就好了。

蔡书记来了

2015 年 8 月，蔡永书记受命来到怀远县徐圩乡担任党委书记。上任伊始，他就迅速扎根田间地头，很快就发现了农户的想法和求变的苗头。这是个需要肯定和推广的问题。徐圩乡的地到底合还是不合？如何为老百姓分忧、给老百姓带来实惠……都成为他思考的问题。2015 年 8 月 19 日，蔡永书记召开班子全体会议，广泛听取大家的意见；随后召开全乡大会，一方面向群众广泛宣传上级精神的实质，另一方面也仔细聆听老百姓自己的心声。此时，蔡书记也来到了钞湖村，虽然蔡书记官儿不大，但在钞湖村人眼中：多少年来，咱们钞湖村终于也有领导关注了！

转了一圈后，蔡书记决定："合！合成一户一块田。"蔡书记当时说："目前中央还没有正式文件出台，具体的改革措施靠农民自身摸索加上政府适当引导，制度完善还需要一个过程。"为了规范改革，由徐圩乡农民来探索规范和制度。当然其中除了探索之外，蔡书记还请专家为整个徐圩乡绘制了一幅"一年打基础，三年大变样"的大发展的蓝图。这"一年打基础"的样子我看到了，采访时，钞湖村的赵书记来接我们进村，车子沿着一条宽敞、笔直的水泥路向村子驶去，见到钞湖村村标后，视野一下子宽阔了起来，放眼望去，整个村庄都被绿色环抱，这郁郁葱葱绿色的田地中，深绿的是大块大块的麦田，浅绿的是村里两旁、房前屋后种下的绿化树木。

村子以前是什么样呢？作为一个读者，我曾从作家金萍的作品中看过很多有关钞湖村的故事，但觉得那些总是故事。作为一个采访者，在与几任村书记和一些村民的聊天中，我开始对钞湖村有了更多的了解。

1984—1997 年

钞金领，1984 年担任钞家湖村青年书记，后担任钞家湖村书记，一直到 1997 年。

金领书记一见面就说了他那时当干部的主要工作：一手夹包，一手拿刀，肩上扛揪。

见我这个“80 后”一下子没有听懂，金领书记给我解释了：一手夹包主要是指向农民要粮要钱。他这么一解释，我懂了。我想起以前看过陈先森同志写的《亲历安徽农村税费改革》一文，文中介绍了 20 世纪八九十年代：农民负担的表现形式可谓五花八门、名目繁多。其中符合法律、法规和政策规定的负担就有五大类：一是依法向国家缴纳的税收，即农业税、农业特产税、屠宰税、契税、耕地占用税等；二是根据国务院颁布的农民承担费用和劳务管理条例规定，向乡镇政府和村级组织按照不超过上年农民人均纯收入 5% 缴纳的村提留和乡（镇）统筹费，即“三提五统”；三是每个农村劳动力每年承担的 10 个义务工和 20 ~ 25 个劳动积累工；四是依据《中华人民共和国教育法》的规定向农民收取的教育集资；五是各级政府和有关部门出台的涉及农民负担的行政事业性收费、政府性基金、集资和各种摊派等。仅以 1999 年安徽全省来说，农民承担的农业税就达 14. 17 亿元，人均为 28. 43 元；农业特产税为 7. 80 亿元，人均为 15. 65 元；承担的“三提五统”为 34. 14 亿元，人均 68. 50 元；承担的各种集资摊派达 9. 26 亿元，人均 18. 58 元；承担的义务工 26800 万个，劳动积累工 42188 万个，人均约 14 个，按每个标准工日 10 元折算，人均劳务负担就达 140 元。总体来看，农民每年人均承担的各种负担高达 270 多元。当时在种种压力之下，钞湖村很多农民只好以外出打工补贴家用。

在钞湖村，说起那一段，随便问上一个人，大家都有自己的一本账。

村民钞金昌说：“我们以前种地，购化肥，买种子、耙、耕、犁、翻，哪样不花钱？这些下来每亩地至少都得摊上七八十元，加上浇地钱，一亩地就得搭进 230 块，可到头来一亩地产粮能卖多少呢？按亩产 250 公斤小麦算，也就是 200 多块，真是划不来啊！再加上还要交钱、交粮，所以我们见到金领书记就躲啊。”

一手拿刀主要是指计划生育工作。金领书记说，当时计划生育是村里工作的重点，对村干部考核都是实行“计生不升位、干部就让位；计生不摘帽、干部就摘帽”。“扒屋牵牛”也是一些乡镇干部开展计划生育的主要手段。村里的育龄妇女、已婚妇女，结扎数、上环数、独生子女数样样都要检查，样样都要抓。钞湖村有一个故事还被作家金萍写进了书里：“计划生育检查组到村里，问了一个60多岁的老汉说，你家几个孙子。老汉想了一个就说，我一个孙子，我儿子也一个儿子，我儿子媳妇扎了，我孙子媳妇也扎了，我老伴去扎，公家说不扎了，老了。惹得检查组一片哈哈大笑，村干就熊那老汉说，咋搞的？抢功呢？老汉说，都扎了不就省事了吗？省得再问！”他一说，在场的群众又笑了。金领书记说那时村里有些人见他就跑。

肩上扛锹是指在“平坟复耕”政令之下，平老百姓家的坟头。在钞家湖，“入土为安”的丧葬观念根深蒂固，死人与活人争地的矛盾突出。那时平坟，村干部要带头，一是带头平自己家的，二是平村里人的。说得容易，做着难，真实情况是金领书记自己家平坟的事，家人都没有通过，他是带头强制执行。平到别人家的就更难了，有一次正要平坟，从麦秸堆里爬出的村民大喊大叫地挡住他们：“我是个孝子，谁挖跟谁拼了！”

金领书记说：“你看我那时这个书记当的，到处与群众有矛盾，其实我是一心想干好工作。”

我能感觉到金领书记为工作的认真，我问他：“您当书记时，做得最满意的工作是什么啊？”金领书记说：“是1994年10月钞家湖开集。我当时想，不开集，钞湖人永远住在泥窝窝里。”

听了金领书记的介绍我才知道，这钞家湖在怀远县最西边，村里人要出家门先要走上几十里的土路。这土路，作家金萍在书中有写道：“一年到头，那路难得有几天平坦的时光。干旱时尘土蔽日，大大小小的坷垃如卵如豆，稍微落几滴雨便又泥黏如胶，走三五步，脚下就粘得像只骆驼蹄子般沉重难行，每年冬季，一场冬雪过后，雪化了又冻，冻了又化，没有十天半月，别想干利索。可是，这一边泥地才露了白头，那一边又雨雪霏霏了。所以一整个冬天里，乡路便成了一段让乡民们人人皱眉的泥沼。”

说到土路，有村民说：“这路害过人也救过人呢？”我忙问：“怎么回事呢？”村民介绍说：“前些年，村里有产妇难产，要送龙亢农场医院去看，大家就用架车送她，泥路太颠，又难走，还没到龙亢农场医院，孩子就被颠出来了，这算不算救人？”我说：“要这么说，这土路真是救了人了。”他接着说：“可这条路，也害过人啊，那时村里小妇女家里吵架，喝了点农药，只要能送到龙亢农场医院洗洗胃就行了，可从家里送龙亢农场医院快花了四五个小时，本来没啥事的，可就因为救得不及时，命没了，你说这可是害人啊！”

说起那土路，村里每个人都是一把辛酸泪啊，老人看病、孩子上学、外出办事，买卖点小东西……只要出门就要过这路，晴天只是跑得累还好，阴雨天那泥路粘着脚，就是想跑也跑不出去啊！

金领书记想，要想过上好日子，路一时修不好，那钞湖村就搬！

于是，钞湖村在老村旁边，交通便利之处，建了一个新的乡村集镇——淮西集。集上有村民的瓦房、饭店、商店，钞湖村民们可以自己在集上摆摊设点，公平买卖。当时那座崭新的乡村集镇一建成，就成为蒙怀二县交界处的政治、经济、文化中心。

在金领书记的介绍中，我看出时隔二十多后，他仍有几分激动，在一手夹包、一手拿刀、肩上扛锹的村干工作中，他是为老百姓做了实事的。

1992—2014 年

钞金德，1991 挖怀洪新河时是钞湖村带队大队长，1992 年担任钞家湖村青年书记，后担任钞家湖村书记，一直到 2014 年。

金德书记在工作中一是重视农田水利工作，二是在淮西集原有基础上建了农民小区。

说到重视农田水利工作，金德书记带着我来到了他当书记时疏浚的炮台沟，并为我介绍了一段炮台沟边上发生的有关彭雪枫将军的抗日故事。

炮台沟在蒙城县和怀远县的交界处，是蒙怀二县的中间的一条大沟。抗日战争时期，为粉碎日寇扫荡，彭雪枫司令员曾在这里修筑过炮台，与敌人展开激战。当时炮台沟边上的两县人民携手并肩，共同抗日作战。1939 年 9 月 11 日，彭雪枫给胡服（刘少奇化名）的电报中说：“……在淮上共吸收新战士 1800 人，支队总人数将近 8000 人。”

年轻的村官们

1940年3月1日，彭雪枫将军在四师的《拂晓报》上，发表了安徽怀远抗日子弟兵团抗议皖南事变的《怀远抗日子弟兵团为皖南事件代电檄文》，代电云：

叶项军长及江南新四军万人，惨被反共顽固派歼灭，消息传来，全团悲愤！盖新四军抗战以来，转战大江南北，餐风露雨，历尽艰辛，奇功传著，中外威震，其抗战之诚，世界正义人士莫不有口皆碑，万众称许，抑其抗日而有罪乎？然则今日之炎黄子孙，中华裔胄，莫不畏惧当亡国奴之苦痛，坚决奋起抗日而得罪，则全国得罪者多矣……我怀远抗日子弟兵团全体指战员业于春节特誓告竣，枕戈待旦，愿与反共亲日者一拼死活……

炮台沟记录了一代代兵水混战，也记录了沟两岸人民一代代血泪横流。历史的烟云散尽，炮台沟又成了一条泄洪的通道。

金德书记说，过去年年修水利，主要是冬春挖大沟。家家都有出工任务，论人头分土方。可四周的农民呢，依然是水来了淹着，天旱了干着。而炮台沟因连年犁耙耕种，沟沿坍塌如平地，沟底长满荒草，堆满淤泥，灌溉排涝已起不到多大作用。为了修好水利，金德书记1999年领着村里人疏浚炮台沟，当时全村人挖的挖，甩的甩，抬的抬，平的平，接连干了一个冬天，将炮台沟挖成一条十几里路长的灌溉渠，真正解决了当时排涝灌溉难的问题。

随着金德书记的脚步，我们又来到新建的农民小区，这在整个徐圩乡各村中还是头一份。当年金领书记带着大家建了淮西集，十一届三中全会以后，钞湖村人民咂摸出了滋味儿，随着收入的不断增加，大家多数都想在新集上建房。这一方面是新集上建房占用耕地现象有所抬头，还有迅速蔓延的趋势；另一方面，老村子几乎成为一个空心村，却挤占大片好耕地，这势必将给农业生产的发展带来严重影响。金德书记果断提出了空心村分批搬迁拆房还田与新集镇规划，让钞湖村人集中住一起，家家都是三层近200平方米的小楼。仅2010年就安置200多户，复垦土地1200亩。昔日的旧村庄变成了高产稳产优质大块田，往日的小集镇建成了楼上楼下、庭院兼有的新型村民住宅区。

我们随意在集上走着，来到村民刘芳家中，她满面春风地把我们迎进家门。一进门是一个大客厅，屋里窗明几净，空调、电视、沙发、饮水机应有尽有，墙上挂着鲜花，只是大客厅中还有一两件做农活用的笆斗、铁锹，显示出这是个农家。楼梯设在客厅中，二楼是卧室，三楼是小储藏室和大晒台。客厅的北墙有个小门，通向楼后面的小院子，厨房建在院子里。我穿过北墙小门，来到院子里，走进厨房，才发现这里的厨房一点都不比城里人的整体厨房逊色。墙壁是白色瓷砖，台面是黑色大理石，抽油烟机、燃气灶配置齐全。我对刘芳说："这房子住得比城里还好啊!"。刘芳说："农村就是地方大。我们现在住这么好，放以前都不敢相信。我小时候最想嫁到淮南去！说那边过的是吃喝不愁住洋房的日子。"刘芳说着，我们都笑了。"电灯电话，楼上楼下，到处不见泥糊子。"现在的钞湖村过的不就是这日子吗，而且有了大块田，日子会过得更好。"现在我们钞湖村的女孩儿不愿意嫁到外村了，就想嫁在我们怀远……"又有村民说，大家又是一阵快乐的笑声。

"除了修水利，您也谈谈办企业的事。"

金德书记介绍说：我当书记时，想带领群众致富，只有带头闯出一条路，群众才能跟着干部走。啥事也办不了，干喊不动真格，在群众中就没威信，群众凭啥跟我们干部走？当了"官"，就得给乡亲们干点实事。为我们钞姓争争光。我钞大姐（作家金萍）介绍过《金史·列传》中关于我们钞氏的记载。我们钞姓是女真族姓，先祖是女真人，是真正的马背上的民族。先祖钞兀曾经是大金国南征北战所向披靡的上将军，铁马冰河战旗猎猎。据金史载：金代有钞兀，为猛安（千户长）。在《二十五史人名大辞典》中有记载：

尼庞古钞兀，金将。曷速卧；勇敢善战，善同孜虚实，故而屡获捷，累迁东北路招讨使。与完颜思敬有隙，既而思敬为平章政事，钞兀以私取诸部进马事觉被逮捕，至海滨县自缢死，英勇善战。

金德书记说，知道这些历史，我很激动，有很多想法。最初是收红芋做粉丝，由于交通不便，信息不灵，粉丝不好卖，干了一阵就关门了。我又带着大家种大棚，开始种大蒜和大白菜，一开始也赚了一些钱，可没有科学规划，头两年赚了点钱，大家一窝蜂地都种，结果产量大又没办法销……真是“添了很多气，破了不少财”。因为没有好政策，也没找到合适的路子，所以大家也没有真正富起来，跑了一圈子弯路，想想还得在土地上动脑筋。

我在村里听村民们说，2014 年改选后，最后金德不再担任书记了，可他依然投入“一户一块田”的工作。我请金德书记也谈谈这些工作。金德书记说选下来，他有些遗憾，可他是农民的儿子，逢上好时代，对于这次新一轮的土地改革，他不能袖手旁观。钞湖村田多，又多是洼地，大家都把田看得重。小块田的时候矛盾多，他当书记的时候，一年一个生产组处理矛盾不下 20 起，还闹过很多笑话。记得有一年为了把地墒沟打直，钞金远找了各种颜色的布条结在一起，他家地多，布条不够长，他就用红毛线，在自家的地边拉起来，远远看去，地里拉了一百多米的线，五颜六色，飘飘荡荡，很奇怪。大家不知是怎么回事，都传地里出了稀奇事，走上前去才知道是为地墒沟打直，不损失一点自家的土地。

现在“一户一块田”把地规整成大田，机械化好操作了，人们之间矛盾也少了。金德书记熟悉村里情况，主要是跟着并地小组帮助大家把地并好。当然，在并地中也有各种各样的情况，现在钞湖村已经并了 6342 亩了，以后打造高标准农田，村民们的收成会更好，日子也更好，比打工、做生意强。

2016 年—明天

赵飞，2016 年任钞湖村书记，是个“80 后”，只有 31 岁。他在部队大熔炉铸就的军人作风，赢得了家乡父老的信任。

赵飞一上任，就投入“一户一块田”的工作中。赵飞书记说：“看了蔡书记请专家做的徐圩乡规划，不仅是我，全村老百姓都有劲。近年来党中央实行了一系列惠农政策，仅钞湖村就已经有六千多亩地合成大块田。在这大块田里我们农民科学种田、机械化收割，以后这些都是高标准农田。”

我跟着赵飞书记来到了村委会，只见在翻新的村委会办公楼前，悬挂着的横幅，整洁有序、干净舒展，皆显露出钞家湖村这块热土日新月异的变化。村部的南片全是大块田，望着希望田野上一望无际如绿毯一样的麦苗，赵飞书记说，南边我们还要建起文化广场，村前村后种上美化树，栽上幸福花，路两边还要装上路灯……有蔡书记的规划，不用三年的时间，一个更加美丽富饶的钞湖村，将会以更新的面貌出观。我们村干部和全村村民都充满信心！

除了这些规划之外，赵飞书记还带我们参观了钞湖村的启蒙幼儿园。幼儿园设施配套齐全，设有活动室、寝室、儿童卫生间、户外活动场地、卫生保健室。

赵飞书记说，孩子是我们的未来和希望，我们要建美丽徐圩，需要大量人才，也需要培养好我们未来的接班人。我们的孩子一到入园年龄就可入园，幼儿园就在家门口，旁边就是小学。真正是一条龙教育了。

放学了，孩子们一窝蜂地涌出现代化的校舍，学校门口人头攒动，叽叽喳喳，好不热闹。孩子们的欢笑声使我嗅到了春的气息，这是钞湖村的未来和希望。

而这未来和希望皆来自土地。

从安徽凤阳小岗村包产到户到今日徐圩乡的“一户一块田”，我们的农村有变，也有不变，变的是人民的日子越来越好，不变的是，土地是根本。包产到户让农民有了自己的田，“一户一块田”让政府与农户实现了双赢，有了大块田解决了农户的增产、增收、提高了土地的产值和效益，减少了农户之间的矛盾和摩擦。

还是本文开头提出的问题，在广阔的农村，还要不要种地？由谁来种地？如何更好地发挥土地的产能和效益？这个关系农民切身利益的问题日渐成为当下新农村建设的重要议题。

我想，真正解决农村问题的关键：一是有一批心中有农民、心中有土地的好干部；二是有一大批有理想、有技术、有担当的新式农民。好干部我们有，新式农民还得靠我们来培养，那些孩子就是未来钞湖村的希望。

走了徐圩乡这一遭，我听到了孩子们的欢歌笑语，看到了大块田里的麦香和花香，这是我们的土地，我们的家园。土地上成长的是种子，书写的是农民的故事。因为有了这一切，我觉得我们的土地更加动人，更加丰饶。

乡村的希望

徐圩村纪事

吴治兵

徐圩村，一个距离国营龙亢农场不到一公里的典型皖北村庄，它与千千万万个皖北村庄别无二致：沃野平畴，一碧千里，民风淳朴。

于我而言，徐圩村却是一个倍感亲切的村庄。

十五年前，农历三月二十七日，作为刚刚入行不久的城市电视台记者，我采访了在徐圩集上的古庙会。那是我第一次近距离见识皖北的农村：热闹、质朴、喧嚣，狂放中透着一股粗犷，上万人的壮观古会，泗州戏、端公腔交替上演，各种腔调的叫卖声夹杂其间。那鲜活的场景，至今依然记忆犹新。

杨乡长和王主任带作家到田间地头

十五年过去了，今天的徐圩村，还是记忆中的模样吗？

接到市作家协会到徐圩村采风的任务，我竟然有点迫不及待。在朦胧的夜色和疾驰的车轮中，我和同伴兴致勃勃地抵达了徐圩村。

“顽固派”朱全国

初春，一缕阳光给怀远县徐圩乡徐圩村镀上了一层静美的温柔。

这是一年中最美的季节。穿行在春风拂面的徐圩村田野，到处呈现出一片生机勃勃的景象，油菜花儿金黄，小麦苗儿泛青，养殖基地内膘肥体壮的鸡鸭欢快地啄食……一切都充满着春天的气息。

第一个采访对象，是在丁庄组散步的朱全国。

清晨六点，阳光已经很浓烈了。61 岁的朱全国走在徐圩村的机耕路上，心底里的火气让阳光一照，腾地又冒了出来。

自从上了中央电视台农业频道的《聚焦三农》栏目，朱全国的火气就变得特别大。按理说在全国观众面前露了脸，成了远近闻名的“电视名人”，连远在外省的亲戚都打电话来问长问短，朱全国应该高兴才对。可是在他心里，自己活了六十多岁，这次上中央电视台的电视新闻，上得那叫一个憋屈。

2016 年 12 月初，徐圩村里的并地换田工作进入白热化阶段，这天，村里来了两个毛头小伙，即中央电视台农业频道《聚焦三农》的记者，到徐圩村采访村庄的并地换田工作。

在丁庄的晒场上，乡干部召集动员会，听取大家对并地换田工作的意见。村干部循循善诱，让大家一定要拉拉自己的心里话。村里的老少爷们把这并地换田好处说了个遍，朱全国慢条斯理地说了句：“肯定也有人有损失呀，那损失该怎么办？”原来，朱全国的田地都在路边沟边，这些年经过自己开垦，面积更大一些，而且地块都相对比较好，旱不着涝不着。更重要的是，为了浇灌土地，朱全国自己花钱，在田块边打了好几眼深井，这投入算谁的呢？

虽说会吃点小亏，但朱全国心里其实还是很支持并地换田的，不过还得问问这政策对自己的损失有没有照顾。何况，有他这种想法的人也不在少数。可是其他人都没发言，他这么不经意地一问，现场却像炸了锅一样，丁庄的一个毛头小伙首先和他杠上了：“你开荒地本身就已经得着那么多好处了，以前就算了，现在还想多要地，不能便宜都被你一个人占了。”

朱全国无心地这么一说，却被别人抓着了把柄，心里这个气呀，当即发飙了：“我就是不愿意并地，我又不犯法。你能把我怎么的？”

毛头小伙也不能当场认㞞：“大家都同意，就你不同意，少数要服从多数，你不同意也不行。”

毛头小伙完全没把60多岁的朱全国当回事，还上纲上线，这下朱全国彻底来了脾气：“我合理合法地承包地，我就不同意，看谁敢动？”

丁庄组这场辣味十足的动员会，最终因为朱全国的不同意而不欢而散。按照并地换田必须家家户户全部同意才能进行的原则，丁庄村的并地换田，暂时搁浅了。不过，朱全国和毛头小伙在动员会上的唇枪舌剑，火药味十足，却成了中央电视台记者最鲜活的素材。朱全国说完也觉得不对劲，可是这说出去的话，泼出去的水，哪好意思反悔呢？节目在中央电视台《聚焦三农》播出了，朱全国成了反对并地换田的“顽固派”。按他自己的话说，在全国观众面前，自己成了唱黑脸的大反派，这十里八乡的乡亲，都看着他的笑话呢。

不了解朱全国的外村人，认定了他就是“顽固派”，电视播的还能有假？所以经常有人对老朱冷嘲热讽，在路上遇上了也爱理不理，说到底，是埋怨老朱拖了并地换田工作的后腿。

作为“顽固派”朱全国的“对立面”，大伙对朱全国的的反感，是有自己理由的：承包田划分得太零碎，耕种起来十分麻烦，你干了一辈子庄稼活的朱全国不是不知道。但你为了自己的利益，绑架了大家的积极性。所以，朱全国有时自我解嘲地觉得，不是大伙不爱搭理他了，是大伙太想并地换田了。

了解朱全国的都知道，其实老朱是个“改革派”。作为村里1976年就高中毕业的“能人”，朱全国年轻时头脑灵光，思维活跃，十里八乡吃香得很。他还当过蔬菜经纪人，带着乡亲们种植大白菜远销各地，曾经是远近闻名的“白菜大王”。

昔日敢闯敢干的“白菜大王”成了“顽固派”，别人不信，连朱全国自己都有点不太相信。

思来想去，要彻底摘掉“顽固派”的帽子，朱全国觉得只有靠平日里多做工作。于是，丁庄组以他为首的几个老年人，天天都在村庄里挨家挨户做工作，动员大家早点并地换田。有不愿意的农户拿他说事：“你在电视上都跟人吵架，不愿意并地，还好意思找我们做工作?”

往往这时候，朱全国会压住心头的火气满脸堆笑，拿自己当反面教材：“我都后悔了，想早点并地呢，你还那么固执?”

“肥水”流了外人田

对于朱全国来说，晚年的生活原本是风平浪静的。让他陷入烦恼的，是徐圩村正在如火如荼开展的“一户一块田”改革。按照朱全国的话说，这叫“形势逼人”。

“一户一块田”改革这场由徐圩乡殷尚村燃起的“星星之火”，烧到近邻的徐圩村时，引起的震动是空前的。作为徐圩乡“政治经济中心”的徐圩村，本应是“一户一块田”改革先行先试的典范，如今不仅被近邻的殷尚村抢了风头，自身的并地进展得也十分艰难。

更让徐圩村村民难以接受的是，本村土生土长的种田大户，纷纷“出走”徐圩村，借助“一户一块田”的政策东风，在邻村的黄园村、陆湖村干得风生水起。

在徐圩采访的时候，正是一年中春耕最为繁忙的时期，麦田里的小麦正在面临各种虫害的“侵犯”，尤其是小麦赤霉病开始肆虐，农民要下到田地里除草、防虫，才能保住一年的收成。往年这个时候，大家起早贪黑，身背十几斤重的农药喷雾器，一个人一小时最多喷洒 2 亩地。累个半死，晒个半晕，你还不得不干。

今年的农忙时节，黄园村等许多村庄的村民，却没有往年那般忙碌，很多在家种田的农户，依然在龙亢农场的街道上经商打工。在他们的田地里，虽然几乎看不到身背喷雾器的人，但绿油油的麦苗长得正旺，一点也没有受到杂草和病虫害的影响。这些“甩手掌柜”的田地，全都交给了盛世兴农农机专业合作社打理，通过购买盛世合作社的农业社会化服务的方式，由合作社这个“田保姆”统一播种、统一施肥、统一防治病虫害。合作社淘汰了喷雾器，取而代之的是“无人飞机”这些大家以前见都没有见过的“大块头”，工作起来一个抵十个，活还干得更漂亮。等到午季麦子成熟时，合作社再出动大型收割机、灭茬机、旋耕机，几十亩的地块，流水线作业，几十分钟就搞定了。

不仅为黄园村这样的村庄提供“一户一块田”的社会化服务，近邻村庄陆湖村的万亩土地流转示范区，也是徐圩村的种粮大户尚跃流转经营的。陆湖村“一户一块田”实行后，尚跃一下子流转了几千亩土地。其中1300亩土地去年全部改种水稻，采用稻鸭共作复合生态种养模式，每亩一季就增收1000元。

在徐圩村，流转土地500亩以上的大户只有三户。而像尚跃这样，徐圩村的很多大户纷纷出走到邻村的庄子，流转别村村民的土地承包经营。

俗话说得好，狗不嫌家贫，儿不嫌母丑。本村的种粮大户纷纷出走外村，极大地刺激了徐圩村的村民。这同样是土地，都是种一样的作物，咱徐圩村的土地，怎么就留不住自家人，他们要外出去流转别村的土地呢?

思来想去，大伙发现，外村的“一户一块田”，土地成块，耕种容易，成本低、产出高，这才是根本。

越种越薄的土地，成为倒逼徐圩村进行并地换田的原因所在。

在徐圩村，“6061部队”已然成了庄子里的主力军。孩子上学，老人下田，这样的场景每天在村庄交替上演。由于种田出力，产出低，土里很难刨出黄金，大多数青壮年外出打工，留下老人和孩子留守在村庄，守着土地营生。

在村委会的边上，我正巧碰上了今年六十多岁的朱友贵老人。朱友贵老人的孩子都在城里打工，自己在村庄里种地谋生。传统的一茬小麦一茬玉米种植，按照目前零散的地块来算，20亩的土地，一季麦子下来，除掉种子、化肥、农药、机收的费用，花费的工夫不算，每亩大约净赚四五百元钱。因为土地分成了七八块，每季收麦子，只能等大块田地收完，老人求着农机手，人家才愿意赏脸收割，费用自然也要高出很多，光机收就要多花好几百元。农忙季节有时候实在忙不开，想张嘴让孩子从城里回家帮忙，可是这账头一算，老人就张不开嘴。孩子在城里打工，一天工资就两三百，往返四五天，加上来回车票，这一季麦子的收成都给孩子，也抵不上这回家收麦子的损失。

“那玉米应该好些吧?”

“玉米更惨，有时连本钱都挣不回来。”

朱友贵老人给我算了一笔账，种玉米从六月干到十月，今年每亩卖560块钱，工夫钱不算，去掉成本180元左右，农药、机械100多，还有其他零零散散的支出，每亩地只能赚个一百来块钱。

老人说，年轻人不愿种地，只有六七十岁的在家种地。很多人嫌麻烦，土地都撂荒了。

零碎分散的地块，越种越薄的土地，让“一户一块田”改革成了许多农户的迫切愿望，呼唤着承包土地进行新的调整。

暗流涌动的“小动作”

和众多村庄一样，徐圩村的“一户一块田”并地换田工作，几年前其实早就暗流涌动了。

要说农民不愿意种田，那是假的。千百年来，农民最关心的，肯定就属土地了。农村的每一次巨大变化，农业生产的每一次发展进程，无不与土地有着千丝万缕的联系，土地牵动着农民的每一根神经。

五湖组的张川，是个三十来岁的青年，也曾外出打工挣钱，最风光时也在车间干了个小领导。可是想着家里的土地撂荒了没人种实在可惜，最终，他舍下了城里的高薪，回村里当个“城归人”，从头学起开始种田，成了徐圩村为数不多的坚持种田的年青人。

一开始信心满满，种的小麦，一年下来，没有裹住本钱。

张川没有灰心，又种玉米，好年成还能挣点工夫钱；差的年成，还得倒贴本钱。玉米育苗的时候，正逢下雨，急着排涝，可是近邻好几家的田里不让排水，硬排又伤了和气，玉米苗子就活活涝死在田里。再种，依然如此。一季下来，光育苗就要育上两三次，种子钱白扔了不少。这还没开始耕种，一季等于白干了。虽然张川心里直窝火，可是地还得种，邻里也得处，很多委屈，只能自己慢慢去扛。

虽然年轻，张川对土地有一种与生俱来的亲近感，他也坚信土地是生存之本。父辈都是种地的，自家有二十来亩地，无论是种粮食还是栽植蔬菜，收成应该还是不错的，所以他一直坚持了下来。而最让张川头痛的是，这二十来亩地，分成了六七个地方，想建大棚，成本高，管理难，没有建大棚的条件。

不服输的张川，最终还是在离家不到20米的地方，建起了蔬菜大棚。

张川的蔬菜大棚里，蔬菜品种有好几种，我们到来的季节，有机花菜和青椒长势正旺，再有半个月就能上市，行情好的时候，十万块钱的收入应该没有问题。可是这大棚建造的过程，用张川的话说，是“一把辛酸泪”。

为了把七八块地弄成一块田，建设蔬菜大棚，张川先找自己的亲兄弟、堂兄弟，再去找熟悉的亲朋好友，把田块慢慢集中起来。对于实在难讲话的，他好言好语奉上，有时拿点礼品上门，拿自己位置好、灌溉好的田块，换了别人的孬地。经过几年的换田并地，这才有了眼前这“一块田”的大棚。

如今，张川对蔬菜大棚，越种越有信心。他也想再流转一些土地，进一步扩大规模。可是，对于张川来说，再像以前一样，挨家挨户求爹爹拜奶奶去做工作，想起来都有点害怕。

“希望五湖组的‘一户一块田’早日实现，到时我想租种上百亩的蔬菜。我只想证明，不外出打工，在家门口也能奔小康。”临别时，这个青年人谈起“一户一块田”改革，眼里闪着光，透着一股希望。

像张川家一样，在殷尚村等村庄自发并地换田之前，徐圩村等村庄，农民之间的田地互换，已经在悄然进行。

传统种植业，土地零散和细碎，对农户而言，主要是耗时耗力产出低。可是对于蔬菜、苗圃、瓜果等种植来说，主要靠规模和管理取胜，土地面积越大，种植规模越大，单位产出则更高，这样的规模经营，也只有大户才能进行。徐圩组的退伍军人纪伟，退伍后回到村庄，喂过猪，养过鸡，养殖过肉牛，也搞过蔬菜大棚。对他来说，这些不成规模，只能是小打小闹。

在自家土地周边，纪伟和其他农户换了几块地块，搞起了大棚种植，由于规模小，只能因陋就简，没承想一场大雪就压塌了大棚。而由于面积很小，也没有办理保险，砸进去的钱，打了水漂。纪伟说，原本打算把大棚再向西扩展一下，把家里的三四块田再并一下，可是西边近邻地块的，提出的条件实在苛刻，只得作罢。

更让纪伟备受打击的是，去年，两个战友从山东来到徐圩村，想流转一部分土地，种植蔬菜。可是谈了几十家，土地太分散，最终只有十几家有意向，其他家开的价码太高而无法操作，种菜致富的想法又落空了。

拥有一块属于自己的“农场”，做一个职业农民，是许多像张川、纪伟这种年轻人的梦想。他们不愿在异乡漂泊打拼，回到家乡土里刨金，可是“理想很丰满，现实很骨感”。他们都希望，把小田并成大田，有利于进行土地流转，也能发挥大农具、大机械的作用，农资成本大大降低，人力成本也减少。

近邻的殷尚等村庄有了示范效应，徐圩村村民之间的并地冲动更加难以遏制了。这股涌动的潮流，在2015年进行土地确权时，如同河流中的坚冰，开始融化，到后来，成了一种自下而上的民意“洪流”，迎来了春暖花开的时刻。

“一户一块田”改革，似乎一下子激发了徐圩村民渴望致富的梦想。

后秦组的并地风波

徐圩村位于怀远县西部，是由原徐圩村、秦庙村、钱湖村三个村合并而成，总人口5600人，实有耕地13300多亩，辖14个村民小组，总户数1000多户。作为徐圩乡政府所在地、距离龙亢农场最近的村庄，这个村并没有在城镇化中留下更多的痕迹，村庄依然以农业为主，年轻人去龙亢集镇或者外地打工，老年人在家务农，还有部分在集镇上做点生意。

所以，土地，依然是徐圩村人最为看重的根基。

自古以来，农民相信土地就是家庭的命根子，是传给后代最好的东西。地是活的家产，钱是会用光的，可是地却取之不尽。所以，“一户一块田”改革，拿出田地重新分配和调整，风险实在太大，很多徐圩村人最初都持观望态度。

徐圩村目前的土地承包现状，主要是二轮土地承包的结果。

1993年，针对一些较早实行家庭承包经营的地方第一轮土地承包即将到期的实际情况，中共中央、国务院出台了《关于当前农业和农村经济发展的若干政策措施》，及时提出了新的政策：“为了稳定土地承包关系，鼓励农民增加投入，提高土地的生产率，在原定的耕地承包期到期之后，再延长30年不变。”这就是通常所说的“第二轮土地承包”，也即“土地三十年不变”的政策。

徐圩村的圩，据村里老人讲，村里以前有圩，其用途：一是用来防范土匪的袭扰；二是村庄地势低，雨季圩子用来抵御洪水。村民说，听这村名，就知道村庄低洼易涝，所以土地等级参差不齐。1995 年，徐圩村以组为单位，土地按照好孬分为三等：高地能排水，作为一等地；平坡地作为二等地；排水不畅的低洼地作为三等地。土地通过抓阄的方式平分到人头，造成各家各户土地好孬不均，十分零散。平均主义在当时有一定的公平性和科学性，发挥了积极的历史作用，但是随着农业发展，尤其是现代化耕作方式的普及，分散耕作的局限性日渐突出。

丁庄组的邵文兵，1995 年分地时是组长，他家里当时分了 20 多亩地，一、二、三等地和晒场分成十几块地，远的离家有两里多路，近的就在家门口的眼皮子底下。这种零碎、分散的田块，邵文兵给它取了个形象的名字，叫作“巴掌田”。这种“巴掌田”耕作起来费时费力，年成不好的时候连耕种的本钱都挣不回来。

更烦心的是，一块“巴掌田”，往往有七八个“邻居”，耕种总有不小心的时候，你犁了我的地边，我耕了你的田垄，引起的矛盾占了农村矛盾的百分之八九十。徐圩村民间有句俗语：老婆、孩子、不让人，田地边子不让人。在大家眼里，老婆孩子土地的地位都是无可取代的。因此，田地相邻引发的矛盾层出不穷，轻则破口大骂，重则大打出手。一些兄弟姐妹之间，甚至都会因为土地边界产生纠纷和矛盾。

“巴掌田”让大家伤透了脑筋，绝大多数村民都有并地的愿望，希望小田并成大田。可是具体到操作的时候，大家一谈到具体的利益问题，符合自己利益的没有意见，对自己不利的问题免谈，大家的分歧立即就出现了。“一户一块田”说起来容易做起来难，让农民把耕种多年的土地交出来重新分配，更是谈何容易。

如何让村民接受“一户一块田”的做法，并且自愿参与其中，是首先要摆上桌面的难题。眼见邻村的并地工作搞得风生水起，徐圩村推进缓慢，村两委一帮人坐不住了。两委成员利用两个月时间，深入各村了解情况，通过村里有威望的村民，挨家挨户地做群众工作，对一些比较难做工作的则进行重点突破。经过村两委集体讨论，村委会主任秦守伦决定，先拿后秦组来“开刀”，试水“一户一块田”。

后秦组是秦主任的老家，人头熟，秦守伦在庄子里威望也高，群众基础好。可是一开始老秦就吃了不少闭门羹，任凭他说破了嘴皮子，很多人就是迟迟不答应：

一些土地在道路边上的农户，觉得土地升值空间巨大，耕种也方便，不愿意改革；

一些地块位置较好的农户，旱涝保收，唯恐重新并地后分到了孬地；

开荒地开得多的农户，担心这开荒地被“充公”，心有不甘；

有不满意并地方案去上访的；

有谈好了条件量地时却临时反悔的……

后秦组的并地一波三折。

秦守伦一边向村民耐心进行解释和劝说，一边带领大家到殷尚村实地考察“一户一块田”成果。当看到殷尚村并地换田后新修的道路通畅，新修的水利设施齐全，土地也没有了好坏之分，收种更加容易，大家的心开始有些摇动了。

事实胜于雄辩。很多农户深入了解后决定，放弃个人的利益，早日并地换田。

秦主任召开后秦组群众座谈会，与大家畅谈并地后的村庄和田地规划、将来的水利设施布局、村庄的农业现代化前景，以及国家对“一户一块田”的政策扶持，等等。一次次思想工作之后，村民小组里的农民终于全部同意了。村委会经过选拔，由村委会成员牵头，成立了工作小组，制订具体实施方案，商定农田丈量办法，确定具体分配方案以及矛盾纠纷解决方案等。

在工作组的努力下，后秦组坚固的堡垒被攻破。后秦的村民，终于家家户户都签了字。

村两委趁热打铁，谈妥一家，签字一家；成熟一组，推进一组。

终于，后秦、小马庄、孙庄等三个组成功进行了并地。

到 2017 年麦收之后，徐圩村有五个组将实现并地。

到 2018 年麦收之后，全村完成“一户一块田”整村推进。

未来谁来种田

皮肤黝黑，手上青筋凸起，打眼一看，徐圩村丁庄组老组长邵文兵就是个干农业的好把式。

邵文兵干了一辈子农业，对徐圩的土地了如指掌。见到我时，老人刚从麦田里打完农药回来，显得十分疲惫。老人的儿子、儿媳在杭州打工，每个人月收入6000多元，老伴在家里照看孙子，土地全靠老邵一人打理。老邵说，家里也不指望种地致富，但是不种又有点可惜了。像他们这样的老人，依然放不下对土地的眷恋。

可是，今年72岁的他，来年决心把土地给别人种了："不给钱白给，也只能让别人种，我实在种不动了。"

像邵文兵这样的情况，在徐圩村里比较普遍。"70后"不愿种地，"80后"不会种地，"90后"不谈种地，"00后"不了解土地。近年来，随着城镇化进程提速，徐圩村的很多青壮劳力离开了土地，到城市里或者周边集镇打工、经商、定居，村庄里留守的都是老年、妇女和儿童。对于这些留守的老年人来说，分散的土地、繁杂的体力活、日益增加的耕种成本，让他们心有余而力不足。

想把土地流转出去，可是，这样分散的土地，谁愿意来租呢？大户租种连片的土地，每亩也只要900元，这样零散的土地，600元一亩土地都没人愿意要。老邵说："有的白给人家种，人家还挑三拣四，甚至嫌地孬呢。如果土地都能整成'一户一块田'，就有条件租给大户耕种，自己也落个清闲。"

在徐圩村，像中国大多数村庄一样，"谁来种地，如何种好地"已经成为必须面对的问题。而要让农民有尊严、有舞台、有技能、有保障，"一户一块田"的改革和调整，"恰逢其时"。

"一户一块田"的实施，正在加剧一家一户农民从土地中解放出来的步伐。种地有"田保姆"，务工不耽误，土地托管服务模式已经成为外出务工农民既得收益又能放心的生产方式，也逐渐成为农村稳定的蓄水池。土地托管，包括以"耕、种、管、收、加、贮、销"一条龙的"保姆式"托管，以为农民增产节支提效为根本目的，把许多农民彻底从土地经营中解放出来。

随着种地形势逐渐变好，很多本土能人逐渐加入家庭农场、专业大户、专业合作社行列，成为新农民主力军。依靠地块其中后的适度规模种植，"一户一块田"在某种程度上正在化解"怎样种地""谁来种地"的矛盾。

61岁的朱全国，昔日的"蔬菜大王"，准备在庄子里实现"一户一块田"后，流转或转包100多亩土地，依然种植蔬菜。他坚信，土地不会欺骗辛勤的劳作者。他甚至有些担心，有些等不及了："我们组的'一户一块田’，麦收后真的能并起来吗？”

除了经济效益，农业基础条件的根本改善，呼吁农村零散土地进行“一户一块田”改革。从2014年冬季开始，徐圩乡里投入1000多万元兴修电灌站、平整土地，从茨河引来水源，将旱地变成了水田，覆盖面积达到5万亩。徐圩村的村庄规划、水利规划、美丽乡村建设、农业产业规划也在全力推进，一个个好消息接踵而至，让大伙儿的眉头舒展开了……

更多的年轻人也从土地中看到了希望：“以前种田要交三提五统、农业税，现在种田不要交钱，国家还给补贴，种得越多，补得越多。这么好的政策，还能说啥呢？肯定要种田的。”

借助土地确权和“一户一块田”改革，一个规划合理、产业发达的徐圩村初见雏形。村支部书记马晓林说：“‘一户一块田’其势已成，是大势所趋，也是顺应民意的。如果徐圩村村两委不顺势而为，挫伤的不仅仅是农民种田的积极性，也会丧失实现农业现代化的良机。”

结束徐圩村的采访，我看着眼前麦浪翻滚的千里平畴，心头的感慨，如同这满眼的麦浪一样，难以平静。今天的徐圩村，生机勃勃，真是一方希望的田野，在皖北平原上，散发着独特的幽香。在这片充满生机的古老热土上，村两委和农民都充满着因地因时创新发展的激情，以“敢闯敢做”为内生动力的改革春潮正在这里蓬勃涌动。广大群众对“一户一块田”的参与性之强、满意度之高，干群共同拧成一股绳、能干事、敢担当的精气神，是推动这项改革不断前进的关键因素。

“希望是永远的喜悦，有如人类拥有的土地，是每年有收获、绝不会耗尽的确实财产。”英国作家斯蒂文生，描绘了土地的神奇和生长着的希望。

随着徐圩村“一户一块田”的深入推进，我更看到，一个“经济强、百姓富、环境美”的新徐圩村正在崛起。

当回程的车轮急速飞转，当我再一次凝视和回望徐圩村这片土地时，许多采访的场景仍在敲击我的心扉，让我深思。我也深深感受到，徐圩村这个小村庄已经向着农业现代化飞速地迈进，但它依然凝结着每一个农民兄弟对于土地的赤诚，这也是所有徐圩村人的愿景。

因为，即便走得再远，我们依然离不开那一片故乡的土地，总要回到这个名叫徐圩村的地方。

因为，那里不仅有我们赖以生存的土地，更有儿时的记忆和载不动的无尽乡愁。

“一块田”里站起来的好干部好党员

——黄园村推行“一户一块田”采访记

李春开

采访题记

一户一块田，农民好种田。群众有智慧，政府推向前。

通过媒体的报道，之前我对怀远县徐圩乡农民自发推行“一户一块田”模式已经有所了解，现在要深入徐圩实地采访，还是怀有好奇和期待的。

2017 年 4 月 12 日上午，本人与蚌埠市作家协会主席钞金萍及作家邵体平、胡永武一行 4 人，驱车来到徐圩乡政府，为集中采访“一户一块田”的做法先行接洽联系。受乡党委书记蔡永委托，乡人大常委会主任王冠勇介绍了相关情况，初步拟定了采访的村、内容、人物。14 日下午，我们一行 14 人来到乡政府，听取了乡党政办公室主任褚作新对“一户一块田”总体情况的介绍，并分别与采访村的干部、联系人进行了对接。

我的任务是采访黄园村。15 日早饭后，我前往黄园村，接我的是村治保主任乔兴阔。在一天的采访中，我分别与村干部、老党员、村民进行了接触、交流，并实地察看了“一块田”。感受最深的是，在这场“升级”农村土地经营模式、维护农民切身利益的变革中，长期扎根乡村的基层干部以及老党员们，发挥了先锋模范作用。本文的重点就是写写他们中的几位代表。

一个有历史又有诗意的村庄

黄园村在徐圩乡的南部，离乡政府大约十几里地。出了乡政府大门，沿县道一路向南，满眼是大片大片的绿色田园，绿油油的麦子正抽穗拔节，长势喜人，今夏又将是一个好收成。村庄里的房子大都是两三层的小楼，已完全不是记忆中过去农村的景象了。

我与乔主任攀谈起来。

他说："村书记尚守永有事，派他来接我，过一会尚书记就到村部。"

我说："听说黄园村过去叫'洼子窝'，这里有什么说头吗?"

他说："以前就是叫过洼子窝，听老人说那时候有好多洼子鸟。"

我问："洼子鸟是什么鸟?"他说："我们这里就叫洼子鸟，就是那种白色的、细长腿的鸟。具体来历我也说不太清楚，等一会我给你喊一个年龄大的来讲。"

很快到了黄园村的村部。村部紧挨046县道，两层小楼，几间平房，一个院子。院子里有村"两委"各种公示栏。一楼是一间大的集中办公室兼会议室，墙上"制度""公示"及宣传标语一应俱全。马路对面是村卫生室，崭新、整洁。

午 收

乔主任领着一位老者进了办公室，瘦瘦的，穿戴整整齐齐，我上前握住他的手。坐下一介绍，老者名叫尚殿礼，1937 年生，今年 80 周岁了，读过书，曾经做过 27 年的生产队干部。

我说："您老了解黄园村的历史吧，过去这里为什么叫洼子窝呢?"

尚老听我一问，马上接过去说了起来，虽然因方言和口音关系，我没有完全听清楚每一句话，但已经大致了解了黄园村的一点历史和"洼子窝"的来历。

黄园村以及徐圩乡的历史与明朝时期的大移民、大迁徙有关。元朝末年，不仅政治黑暗，百姓苦不堪言，而且黄河连年泛滥，致使中下游大片土地沦为沼泽。人们被大水撵得东奔西逃，无处安生，不少地方人烟绝迹，黄水过后尸陈遍野，村舍变为废墟，良田淤成沙滩。加上持续 20 来年的元末农民战争主战场又在黄河下游、黄淮平原一带，造成中原更是人烟稀少。后来，朱元璋虽然统一了天下，但此时的江山已是满目疮痍，到处是战争的创伤，山东、河南、河北、安徽一带多是无人之地。为了恢复农业生产、发展经济，为了使人口均衡、天下太平，巩固明王朝的统治，从洪武年间（1368—1398 年）开始，朱元璋采取了移民政策。

在徐圩乡，包括黄园村，姓"尚"的人很多，尚是大户，而且有的地名、村名里都带"尚"字，比如尚庙、殷尚等，原因就是"尚姓"是明朝大移民过来落户的。据尚殿礼讲，是从山东省移民过来尚姓一支，领头的叫尚平西、尚平南两兄弟。徐圩乡、黄园村也是从那时候移民开始，人丁兴旺，繁衍发展。

当年，黄园村这地方还有两个特点：一是树多、树大，村前屋后、坝上沟沿、农田地里，都长满了树，而且树大，有的树几人合抱，冠盖蔽日；二是地势低洼，每次大雨后以及每年汛期，低洼处满是积水，大片大片成了沼泽。于是，黄园村这片区域，因为树多、水域广，就成了一种水鸟喜欢栖息繁衍的地方。这种鸟，当地人叫"洼子鸟"，或者叫"老洼"，原因是村民们叫不出鸟的名字，就以它们生活栖息在洼地里，用"洼"字来称呼这种鸟了。根据他们的描述，我估计这种水鸟应该是鹭科的小白鹭。这种鸟体形纤瘦，全身白色，腿细而长，栖息于沼泽、稻田、湖泊或滩涂地。小白鹭们在大树上筑巢繁衍，于是，大片大片的树林里垒起了很多鸟窝，村民就称之为"洼子窝"，久而久之，这地方原来的名字"尚丰圩子"不再叫了，就改叫洼子窝了。直到 20 世纪 50 年代末，尚殿文当村书记时，才改为黄园村。

尚殿礼回忆，他不仅听老辈人经常讲当年的景象，而且他自己小时候也见识过。每年春暖花开的时节，洼子鸟就从南方飞来了，一群一群的，特别多。它们飞到这里就停下来，开始在树上或者湖里的高处草窝里垒窝、生蛋。他们小孩子都很好奇和顽皮，常常跑去掏蛋、捡蛋。等到了深秋初冬季节，这些洼子鸟又从北方飞回，在这里歇息歇息，就飞到南方去了。

这就是曾经的黄园村，一个有着历史又充满诗情画意的村庄。

但曾经供鸟栖息繁殖的地方，却不利于人的生产生活。由于地势低洼，每年汛期，低洼处、农田里的积水难以得到有效的处理，影响农作物的正常生长，致使村民的农业收入增加有限，外出务工人数较多。后来，经过多年对土地的集中整理，兴修水利，开沟清淤，积水难以排出的问题得到了有效解决，农业种植才有了保障，农民收入也有所增加。

如今，黄园村在推行“一户一块田”实践中，积极作为，已经取得了阶段性成果。

一个“小干部”，两名老党员

黄园村党总支书记尚守永很快来到了村部，同时，村委会主任尚守平、村会计袁德明也来了，加上治保主任乔兴阔，我们开始聊起黄园村推行“一户一块田”的事情。

尚守永先介绍了黄园村的基本情况。黄园是个贫困村，拥有耕地 7200 多亩、人口 4000 人、8 个自然村。2005 年成立党总支，现有党员 80 名。

说到“一户一块田”，尚守永还没有开始叙说，就已经感慨起来，他说：“我现在都不想回忆过去这一年的事情，太不容易了，你不知道有多难。”在座的其他三位村干部也是异口同声说：“真是难。”

尚守永说：“黄园‘一块田’启动算是慢的，启动早的村 2014 年、2015 年就开始搞了，我们村到 2016 年 7 月才开始。因为黄园有点特殊，相比较而言，我们村人均土地少，过去承包地又分得特别零散，有的户分成了十几块田；好地、孬地差距也比较大；有的户宅基地多，有的宅基地少，有的想‘宅田统筹’，有的不愿意。还有农民对自家耕种多年的土地有感情，不想换给别人。总之原因很多，情况比较复杂。”

我说：“我们在乡里已经了解到并地换田的难度，你们基层干部的确不容易。各个村基本相同的情况就不介绍了，说说你们村是怎么开始搞‘一户一块田’的，有没有比较典型的事例和人物?”

我这一问，尚守永等人马上都提到了一个人：李成付，并提到了村中的两名老党员：赵明亮、赵明珍。对这几个人，村干部们是满口的称赞和敬佩。

李成付是黄园村袁湖自然村的人，75 岁，老伴去世得早，儿子一家在外地打工生活，长年是一个人生活。他都这个岁数了，仍然担任袁一村民组的组长，而且又是袁湖四个村民组的片长。

2016 年清明节后的一天晚上，李成付来到了村部。这天是村书记尚守永值班。尚守永一见，说：“老李，你这么晚了来这里，可有事?”

李成付抽着几块钱一包的烟，没吱声。他又连抽几口，呛得直咳嗽，然后掐灭烟头，看着尚守永说：“尚书记，我想我们一组先来搞并地，你看怎么样，可支持?”

尚守永本想李成付是不是遇到了啥事，一听他这样讲，眼睛一亮，立即表态说：“老李，你要带头搞‘一户一块田’，我和村‘两委’大力支持，做你的坚强后盾，有什么矛盾和困难，一定帮你协调解决!”

尚守永告诉李成付：“乡里已经召开过各村书记座谈会，也在殷尚村召开了推广‘一户一块田’的现场会，蔡永书记要求每个村都要搞，至少试点一个村民组。我们也调查摸过情况了，群众的积极性非常高，村‘两委’也开会研究过了，态度非常明确，积极推动‘一户一块田’模式，正想选定一个村民组开始试点呢。老李，你要带头搞，我们黄园村就从你们组先开始。”

接着，尚守永问：“你是怎么想的，心里可有底呢?”

李成付说：“我想好了，每家每户并成一块地，就是好。人家村先并地的，我也去看过，大田就是方便收种，还省钱，又减少了户与户之间的矛盾。这样对大家有好处的事情，我愿意干。”

尚守永说：“其他村并地遇到的问题和纠纷，你应该也听说了。你们组每家每户的情况，你有没有分析过，可能会遇到什么困难，怎么解决，你心里要有一本账。”

李成付说："我已经考虑几天了，困难肯定有，先干起来再说，遇到问题我们解决不了，就要靠组织上帮助了。"

尚守永握住他的手说："好，你带头干，大胆干，村里、乡里都会支持你！"

望着李成付转身离开，他那倒背双手弓着的身影渐渐远去，尚守永心里平静不下来，他没有想到，推行"一户一块田"，李成付将会是黄园村第一个"吃螃蟹的人"。

在黄园村，李成付是一个很有特点的人，虽然年纪很大了，又担任村民组组长，但没人看得起他。他不仅长相不起眼，形象比较差，而且穿戴邋里邋遢，没有一件像样的衣服，生活马马虎虎，又不善言辞，村里人平时不把他当回事。但李成付这个人又有让人佩服的地方，就是他自己过日子不讲究，但愿意为大家干事，能吃苦耐劳，还不怕受委屈，对村民们有时的讽刺挖苦不放在心上。

我问："李成付他们组搞'一户一块田'，真是第一个搞成的吗？"

尚守永他们说："是的，他们袁一组是第一个搞成的，后来他又推动二组、三组、四组都搞成了。李成付是个能干事的人，虽然过程中困难多、矛盾多，麻烦不少，但在李成付的带动和努力下，还是搞成了。"

座谈中，尚守永他们说，两名老党员赵明亮、赵明珍在这次并地过程中，也起到了很重要的作用。

我提出想去见见这两位老党员，和他们再聊聊并地过程中的一些事情。尚守永说，喊他们来这里方便。

下午，在村部办公室，我见到了他们。

赵明亮，今年73岁，黑黑的面庞，面容和善，身板比较硬朗。他20多岁就当了生产队长，后来当过村治保主任，1991年入党。

赵明珍，今年82岁，头发几乎全白了，身体明显虚弱。他1958年参军，1961年入党。后退伍到地方煤矿，下过矿井采煤，也干过其他工作。1991年退休后，回到黄园老家。

于是，我与两位老党员、几名村干部继续聊着"一户一块田"的事。

李成付做事还是动脑子的，多年做基层干部，总是积累了一些工作经验。他在得到村书记尚守永的坚定支持后，开始启动"小田并大田"工作。

他首先召开党员会议，研究如何开展并地工作。他说："你们也都大致听说了一些情况，现在群众的积极性很高，我们四个组先从一组开始搞，然后其他几个组接着搞。大家都是党员，平时也许显不着什么，这个时候可要带头啊，党员的心要齐，要首先表态同意。然后，每个党员要负责做好各自亲属的工作，不能拖后腿。”会上，赵明亮、赵明珍等积极表态，支持李成付的工作。

接着，李成付召开了每个村民组的代表会议。每个组选出了几名代表，大都是比较有能力、有点影响力的人。李成付要求，每个人各自牵头几家亲戚，要把思想工作做好。

开了两个会，李成付还是不放心，他又专门找了赵明亮、赵明珍两人。李成付开门见山，见面就说：“并地的事，要请你们两位支持帮助。”

赵明亮、赵明珍说：“我们已经在会上表态了，支持你的工作。”

李成付推心置腹地说：“我心里盘算过了，这事不会容易，有的家庭情况，你们也能想到。我们先从一组开始并地，你们两位虽然不在一组，但你们在村里年长，有威望，又是老党员，如果没有你们的支持，并地是搞不成的。一组搞不成，后面就不好搞了。我们遇到难题，需要做工作解决的时候，一定请你们出面才行。”

赵明亮、赵明珍再次答应了李成付，他这才放心。

时机差不多成熟了，李成付召集一组30多户村民开会。村书记尚守永等村干部被李成付请到会场指导。

李成付请尚守永先作动员讲话。

尚守永说：“小田并大田，采取互换并块方式，实行‘一户一块田’耕种，大家都听说了，有的也跑到并地的村看过了，心里应该明白，好处是很多的。这种做法，符合国家《农村土地承包法》和《安徽省实施〈中华人民共和国农村土地承包法〉办法》，符合中央的文件规定。蚌埠市政府、我们县政府也出台了文件，鼓励我们农户在自愿前提下互换并地，推行‘一户一块田’。在我们徐圩乡，殷尚村2014年3月就开始搞了，其他村也陆续推广了，实践证明，效果非常好，对每家每户都有好处。并地以后，减少了沟、渠、路，我们的耕种面积都增加了；地块变大以后，方便了机械化耕作，生产成本节约了，富余出来的劳动力，可以另外去打工挣钱了；地块变大了，每家每户的地邻大大减少，我们的矛盾纠纷自然也就减少了。另外，上级还有奖励，对实施“一户一块田”合并土地100亩以上的村，市里每亩奖补100元，我们县里同时配套每亩奖补100元。奖补资金主要用于并地地块农田基础设施建设以及村民组内公益事业，这对我们的生产耕种、提高收成和其他事务都是大有帮助的。所以，我希望对大家好的事情，都要积极支持。我们黄园村选定你们袁湖一组最先开始，是希望你们给全村带个好头，也请大家多多支持李成付他们的工作。谢谢大家了！”

李成付请尚守永等人来会上讲话，那可是起作用的，村民们心里也清楚。尚守永讲过后，李成付没有多说什么，就是希望每家每户都支持同意。他说，我们要成立一个工作组，制定具体的并地方案，还要上门征求每户意见。

工作真正开展以后，李成付、赵明亮、赵明珍他们遇到的实际困难和矛盾，比事先想象的要多。一组最先搞，他们经验不足，遇到不少难心事；后来二组、三组、四组接着搞，他们有了经验，但同样会遇到新的问题，有的更难弄。

李成付带着工作组成员挨家挨户征求意见，绝大多数农户都表示支持，但都提出自家的要求。几轮下来，意见一大堆，矛盾一大筐，这家觉得这个不合适，那家又说那个不合适，工作实在难以推进。别的不说，就连他李成付自己的侄子开始都不支持。为此，李成付实在气不过，还和侄子打了一架。

当然，李成付并不气馁，他也没有退路，再难也要搞下去。于是，他天天在做农户的思想工作，同时又每天找赵明亮、赵明珍，有时一天能找多趟，搬动他们出面，专攻“关键少数”。

在几个组并地的几个月中，两位老党员也的确发挥了举足轻重的作用。

赵明亮首先要做通自己儿子的工作，不然没有说服力。但他儿子一开始偏偏就不同意，因为以前承包地分得比较好，实际亩数又比原来多。赵明亮几次说不通，就动了威严，儿子还不服，父子俩闹得也动了手。最后，不同意也不行。赵明亮自己的儿子同意了，他再去做其他农户的工作，就容易了。但赵明亮“得罪”了儿子，一直到现在，儿子对赵明亮还有气，爷俩虽然住得近，天天能碰面，但互相都不说话。

赵明珍也遇到了来自家庭的阻力。他本人是从城里退休回老家的，村里并没有他的承包地，可以说，换地、并地的事，和他没有关系，他完全可以不问事。而且，赵明珍还做过大手术，身体还没有恢复好。他的两个孩子都在外地打工，多次打电话回来，劝他不要过问村里并地的事。儿女们劝赵明珍：你不要多管闲事，这么大年纪了，身体又不好，你去管闲事，尽得罪人，还会招人骂。

赵明珍理解子女的关心，但他是个有原则的人，他认准了的事情就要干。他说：“我是一名老党员，这点觉悟还没有吗？并地对大家有好处，政府还大力帮助，我们为什么不做呢？我别的能力没有，支持干部工作，做做群众的思想工作，还是可以的。”这中间，赵明珍也动手打过人，是他堂侄子开始坚决反对，赵明珍反复做工作，堂侄子还是阻挠，他实在气不过了，才打了堂侄子。

并地的过程确实够艰难的，做群众的思想工作也是费尽周折，想出了各种办法。当然，李成付、赵明亮、赵明珍他们还是成功了，少数农户从不理解、不支持，到最后都同意并地，还是顾全大局的。

在这个艰难的过程中，遇到了实在解决不了的问题，李成付就去搬动尚守永、尚守平他们村干部给做工作、想办法，总之，一定要使每户都同意。

所有农户都同意以后，之后的工作就是按照方案和程序进行，比较顺利了。李成付带着人，顶着烈日在玉米地里丈量土地，身上天天都有新的划伤。这期间，赵明亮、赵明珍也是跑前跑后，帮着量地，协调工作。

尚守永深有感触地说：“李成付干事的劲头、一心为群众的精神，是让人佩服的，作为农村最基层的干部，他是称职而且优秀的。”

尚守永更是敬佩两位老党员，赵明亮、赵明珍在事关群众利益的事情面前，表现出了很高的责任意识，不厌其烦地做群众工作，发挥了模范带头作用。特别是赵明珍，不缺吃穿，又不种地，但热心支持、推动并地工作，就凭着朴素的共产党员意识。

四个组的地终于重新划分好，都落到每家每户头上了，但让村民们没有想到，意外的事情发生了：李成付突然去世了！

并地的事告一段落后，村民们发现李成付一下子变得更老了，相貌更差了，但大家对他不再是看不起了，而是生出一份敬意。

李成付家的玉米头一天下午机收后，第二天上午，他到地里捡拾收割机撒下的玉米。他先是捡了一口袋背回家，又回头捡了第二袋背着往家走。有人发现，李成付弓着腰、低着头，慢慢走着，天很燥热，他身上、头上没有个整齐样，装玉米的口袋坠得他行走起来似乎很艰难。当他正走到村口一座小桥上时，停下不走了，身子摇晃了两下，突然就跌倒在桥上，玉米棒子滚落到地上。村民一看这情况，赶忙跑过去喊他，但李成付已经不省人事。

尚守永等村干部及时赶到了，村卫生室也来人急救，救护车也来了，但李成付因突发心梗，没有抢救过来，不幸去世。

李成付走得太突然了，村民们似乎一下子还没有反应过来，无法接受这个残酷的事实。大家在表现出惋惜之余，都有了一个共同的认识：他是累死的。他都这么大年纪了，几个月来，为了并地的事，太操心、太累了，还天天受气。他把大家的事情忙好了，没想到就这么走了。

李成付的突然去世，也惊动了干部们，乡领导、村干部、包村干部都前来吊唁。从干部到群众，对李成付无不表达一份敬意。

黄园村本来规定，党员去世给 200 元，但并不是党员的李成付去世了，村里破例给了 500 元。

安葬他的那天，乡亲们、男女老少都来了，都来为李成付送上最后一程，不光是他自己的孩子、亲戚，村里的晚辈、年轻人也都自发为他披麻戴孝、磕头行礼。送行的队伍绵延很长，人们默默地为这样一个令人尊重的“小人物”送行，一直把他送到他一辈子不曾离开、终身为之劳作的土地里。

一个团结进取肯干事的班子

黄园村的“两委”班子很团结，我在采访座谈中就能感觉出来，而且他们愿意干事，还能干成事。

赵明亮、赵明珍等党员、村民也都一致称赞尚守永书记当得好，“两委”班子团结好，都不争权争利，一心一意把村里工作干好，把群众的事情办好。

黄园村的“两委”班子好，关键是有一个好的带头人——村党总支书记尚守永。他 1963 年生，大专学历，曾在 2002 年当选为怀远县人大代表，2011、2016 年当选为怀远县党代会代表。尚守永算得上是黄园村的“老干部”了，他从 21 岁就开始当村干部，从 1995 年 32 岁至今，一直担任村书记。

还有，村委会主任尚守平也是一位勤恳干事的人。他1968年生，1990年开始当村干部，2011年，当村主任。我问他：“年轻的时候就没想着外出打工或者干点别的吗?”他说：“当年也想过外出打工，学一门技艺，那收入肯定比现在多。但自从当了村干部，就一心干下来了，不再去想别的事了。”

尚守永当书记的第二年，就开始谋划修路，他清楚，农村要改变落后面貌，要发展经济，没有像样的道路是不行的，这是发展中最起码的基础设施。

但他的想法，最初看好的人似乎不多，不仅群众，连有的上级干部都不抱乐观态度。但尚守永认定了这是该做的好事，一定要想方设法干好。于是，他顶着压力开始修路了。

工作启动了，难度真是大，钱的问题、占地的问题、群众利益问题，还有路的走向、长度问题，不同自然村意见不一样，甚至上访。问题都来了，都要面临，都要解决。好在尚守永不畏困难，坚持下来了，路就修成了。后来，从砂石路，到一条条水泥路，都陆续修通、连接起来，村民们一天天感觉村容村貌在变化，都称赞他们有一个好书记。

当时，黄园村的村部就几间旧瓦房，非常简陋，办公不方便，群众来办事不方便，也有碍黄园村的形象，尚守永就决心要改变。他跑乡跑县、跑有关部门争取资金，终于盖了两层楼的村部，院落、广场也有了，同时又在对面建了新的村卫生室，群众看病、吊水更方便了。还有修建经过村部门前的这条046县道，7米宽的柏油路，也有尚守永的一份功劳。

说到推行“一户一块田”，尚守永说，农村土地经营模式确实要变革了，承包地的“零碎化”，甚至出现一些“巴掌田”，严重阻碍了农业的提升和发展。还有，户与户之间矛盾多，田间地头的纠纷经常发生，难以根本性地解决问题。

村“两委”意见很统一，完全赞同搞“一户一块田”，绝大多数群众也是愿意的，但往往就是少数户，甚至就那么一户，因为某个原因不同意，整个组都不能搞。村民之间往往因为一点利益都发生矛盾。有这样两家，因为一棵树归属的争执，闹得不可开交，甚至打起了官司，对簿公堂，到现在都没有解决。现在群众工作特别难做，没有什么好办法，没有手段，不能强制，不能踩红线，出了问题要自己承担，所以，我们村里压力是很大的。但怎么办呢，困难归困难，工作还是要继续推进的。

这时，尚守永的手机响了。挂了电话，他告诉我，刚才这个电话也是讲并地的事。他手一指，就是村部对面不远的张圩组的片长打来的电话，他们这个组正在搞并地，遇到难题了，要他去帮着解决。

推行“一户一块田”工作之难，尚守永给我讲述了一个例子，说这一户思想工作非常难做，那真是费大劲了，还特别伤脑筋。

这人姓袁，60 多岁，属于李成付那四个组里面的。老袁家里有 30 多亩地，分散成 6 块，其中有 2 块是好地，有 10 多亩，靠着沟渠，能浇地、能排水，因此，他不愿意并地换田。

开始是村民组做工作，李成付找他谈了多次，他不同意。然后又拉着赵明亮等人去做工作，好话歹话都说了，仍不行。就他一户不愿意，整个组就没法搞下去。

没有办法了，只好去找尚守永来解决。尚守永也是前后跑了多趟，老袁开始是坚决不愿意、不松口。后来，尚守永问他到底是怎么想的，说出来商量。他才说出自己的条件：他家的 30 多亩地一定是一块地，不全是好地没关系，但不能是孬地，至少是中等的地块。尚守永说，你这样要求，其他户肯定不会干的。后来，村里为了解决这个难题，经过商量，答应给他调一块地。结果他嫌地块不好，不要。最后还是搞不下去。

这样一来，就老袁一家不同意，这袁二组其他 20 多户都同意，也没法进行，事情就僵持住了。同时，连外出打工的村民都被喊回来了，他们也都同意了，就准备抓阄、分好地，还要回去打工呢，但老袁就是不干。

这时候，群众就有闲话了，不仅对李成付有意见，更是对尚守永有看法了，他们说，这样搞下去，书记还能干吗？

尚守永听到这些话，当然不舒服。其实他心里也有委屈，自己没少做工作，为这事天天吃不好、睡不好。他想的是，绝大多数农户积极性这样高，都支持并地换田，就因为个别农户不同意，影响整个工作，村干部在群众中也没有威信了，下一步全村工作还怎么推进？

这时，赵明亮、赵明珍也来找尚守永谈了，说大家都在等着呢，都看着你了，工作开展不下去，群众有意见，你不能这样干了，还要想办法。

尚守永去寻求乡里的支持，他找到乡党委宣传部长施传义，报告了袁二组并地遇到的难题。施部长就来到村里，把老袁喊来，村干部、村民代表都在场，给老袁耐心做思想工作，把“一户一块田”的好处反复说，而且把目前的情势以及村民的反映都告诉他，请他顾全大局，处理好与群众的关系。但是，老袁还是不松口，他说自己也知道并地好，但不满足自己的条件，就不行。

这下尚守永的压力更大了，显得有些急躁。他再次找来老袁，说："你这不是成心捣蛋吗？你平时还算支持工作，可是现在遇到事情了，就不支持了，也不考虑人家的利益了。你提出的条件，我们也考虑到了，也有方案，可你就是不愿意。你这样搞，还让我这书记怎么工作？我也不干算了！"

话都说到这个分上了，但老袁就是埋着头，不吭气，不答应，最后，猛一起身，走了。

事情不能老是拖下去，特别是在这个节骨眼上，再不解决问题，真不行了，不仅"一户一块田"推进不下去，村里其他方面工作也会受影响。尚守永跟"两委"班子成员商量，也征求了相关人员意见，说实在不行，只要每户都同意，我们就把人集中起来抓阄，老袁说不定也会来。

这一天上午，其他20多户都到齐了，但老袁仍不参加，左喊右喊都不来，无法进行抓阄。这时，尚守永果断要求大家抓阄，说剩下的一个号头就是老袁的。结果，留给老袁的是两块地，老袁知道后，认为没有达到自己的要求。

老袁下午就来找尚守永，说自己很难受，心里、身体都不舒服，对分地结果不能接受。

尚守永说："你不接受也不行了，地块已经分过了，各家各户都领去了。"

老袁又提出要求，还种他家原来的地块。

尚守永说，现在不可能了，地都重新划分好了，你原来的地已经是人家的了，还能再换回来吗？尚守永进一步做老袁的思想工作，说："你就接受这个结果吧，我们村里不会不管你的，下一步可以对你现在新分的地进行整治、改造，尽量达到你的要求。"

老袁听尚守永这么一说，才勉强认可。

尚守永感慨地说："你看工作可难推进。"我也深有同感地说："你们乡村干部特别是村一级干部，要具体面对每一个农户，处理每一家问题，就是不容易。"

尚守永说："刚才讲的老袁工作难做，好歹是最后解决了。现在还有一组，也面临相同的问题，其他每家都同意了，就是其中一户不同意。因为他想要某一块好地，可是大家又不能同意，到现在这一组还停在那里，没法搞下去。”

尚守永介绍，从去年到今年 4 月，黄园村实行“一户一块田”已达 3000 亩左右。目前还没有搞成“一户一块田”的村民组，原因主要有两个：一是没有领头的人，农户组织不起来，工作不好开展；二是组里面总有几户不干，都知道工作难做，没有动起来。其实，绝大多数农户积极性非常高，都看到了并地带来的好处，都想尽快搞成。已经搞好的地块，沟渠、道路都重新整修了，耕种、收割、灌溉多方便！不仅如此，县农委还做到“三个统一”，就是统一提供种子，免费给农户统一播种、统一打农药。这多好，群众当然喜欢了。因此，我们还要想方设法推动这项工作，把好事办好。

采访中，我注意到，作为村干部的尚守永，还注意读书学习，他的办公桌上放着一本《塘约道路》，这是一部关于农村命运和农民状况的纪实作品，主要写贵州省安顺市塘约村农民自十八大以来在基层的探索实践，它不同于小岗村，也有别于华西村，它吸收了新中国诞生以来，包括改革开放至今的经验和成就，具有普遍的现实意义和深远的历史意义。

尚守永说：“我最近在看这本书，也在思考一些问题。”说着，他读起了书中的一段话，这是一段关于农村土地改革中存在诸多问题的论述。他说：“这本书写得好，里面提出了有关农村改革和发展的许多问题，有些问题我们这里同样存在。比如实行‘一户一块田’改革，只是市、县出台了指导性文件，国家没有出台文件，也没有明确的法律规定，操作中就存在很大难度，遇到很多问题。还有，要求以村民小组为单位、尊重农民意愿、百分之百同意，能不能采取更为灵活的方式？少数服从多数行不行？农村土地改革下一步怎么走？怎样才能发展高效农业？”

尚守永提出的问题，也是众多乡村干部的思考。在这几天与徐圩乡、黄园村的干部采访、交流中，我感受到他们扎根于农村，又长期工作在农村，终日与农民、土地打交道，在忙不完的基层事务中，还能思考一些问题，更为难能可贵。

说起黄园村今后的发展，尚守永说：“我们村一方面要推进‘一户一块田’工作，尽快让小田变大田，这样，灌溉、排水解决了，生产道路也宽了，我们就可以发展特色产业，提高农业效率，增加农民收入；另一方面，我们也要打造美丽乡村。我们村是县林业局帮扶的，就想在林业上做文章，房前屋后、道路两边都栽种上各种果树、花木，并逐步推广到田间地头，以打造林业经济、观光经济。这样，有了基础条件，村庄也变美了，才好引来项目投资，才会有更好的发展。”

好啊！这是不错的发展思路，很好的发展方向，希望黄园村的“美丽乡村”尽早实现。

采访就要结束了，我提出去田里看看，尚守永、尚守平、袁德明与我一起走向已经实施“一户一块田”模式并整治过的大田里。一眼望过去，平整的田野里是葱绿的麦苗，田边黄灿灿的油菜花还在开放，脚下是刚修好的生产道路，眼前是才挖过的大沟渠，真是“田成方、林成行、渠相连、路相通、旱能灌、涝能排”。

这就是希望的田野！

这就是希望的土地！

这一片热土

韩春利

初春季节，徐圩乡褚湖村杂花生树，群莺乱飞。沿南洛高速公路两边的田野里一片生机盎然，紧邻苗圃的是养殖园，5000多只鹅在林地里优雅而蹒跚地散步，孔雀在园中兀自抚弄美丽的羽毛。养殖园旁边就是种植园，大棚里的“8424”西瓜很快就可以上市。38岁的褚思敢像往常一样在苗圃、养殖园里巡查。走在松软的土地上，他一边巡查一边沉思。这一片土地，今后将是他全部的希望。

褚思敢，1米85的大个，身材魁梧，虎背熊腰，说话前习惯性眯一下眼睛，顿一下，语速缓慢，思维清晰。2009年就率先在怀远注册绿亨农业合作社，他还有一个身份是徐圩乡褚湖村党支部书记助理。

褚思敢的老父亲是老村主任。虽然老父亲识字不多，但的的确确是种庄稼的好把式。凭借勤劳的双手，面朝黄土背朝天，像祖辈一样，在褚湖这一块土地上刨食吃。褚思敢还有一个哥哥，在老父亲的资助下，攻读安徽农业大学园艺学专业，也是村里第一个大学生，是老父亲的骄傲。褚思敢小学就在褚湖小学读书。老父亲也是望子成龙，对他是寄予了厚望，希望他和哥哥一样。可是他从小聪明但顽劣，与哥哥勤奋读书明显不同，上树爬墙掏鸟窝，下河摸鱼逮蚂虾，就是对学习没有多大兴趣。他拿起书就打瞌睡，放下书就精神十足。老父亲恫吓他，好好读书，能吃商品粮；不好好读书，考不上大学就得回来勒牛尾巴根！家里还有二十多亩地等着呢。他权当耳旁风，照样跟同村的伙伴玩得不亦乐乎。没办法，老父亲托人把他送到农场中学读书。光阴似箭，初中、高中很快学完。打篮球、喝酒、抽烟，玩电子游戏，样样在行。就是读书还是不见起色。高三毕业那年麦收结束，褚思敢跟随父亲拉架子车送粮食到徐圩粮站交公粮。那天，万里无云，连一丝风都没有，酷暑七月，炎热无比。早饭后，老父亲拉架子车，褚思敢和母亲在后面推车。车吱吱呀呀，在乡村公路上蜗行。满载一车粮食，透着麦香。爷俩的汗水啪嗒啪嗒掉在地上，溅起些许尘土，复有落下。知了不知疲倦地叫着，太阳躲进了乌云，成了哑巴太阳，照在身上，愈加烦躁。忽然，一阵乌云飘来，瞬间下起了瓢泼大雨，夹杂着狂风。大雨中，架子车陷进了路上的泥坑里，动弹不得。任凭一家三口使出全力。车就是纹丝不动。真是叫天天不应，叫地地不灵。累极而双膝跪倒在泥土里，褚思敢第一次尝到了“绝望”的滋味。他暗暗发誓，再也不种地，再也不务农！雨过天晴后，他们深一脚浅一脚赶到粮站时，场上粮食堆满地。到处都是晒粮食的农民。因为受潮，交公粮也颇费周折。

2003 年，秉承誓死不种地的信念，高考落榜的褚思敢打起了当兵的念头。可老父亲百般不同意，无奈作罢。百无聊赖中他与邻村的姑娘定了亲，结了婚。婚后不久，他不顾父母的阻拦，毅然决然打起背包去了北京打工。

一个人背井离乡，个中滋味，一言难尽。半年后，他辗转来到北京一家绿化公司，起初只是一个普普通通的打工者，披星戴月栽树种草。一年后，因为他的忠厚老实和踏实肯干，他成了小工头，带领一群农民工继续栽树种草。2008 年奥运会水立方绿化项目，他就参与其中，早出晚归，圆满完成绿化任务。每每想起这件事，他还挺自豪。

其间，农闲时候就在北京打工，逐渐摸清了绿化公司的运作方式，了解各种苗木的育苗、栽植技巧。农忙时节他就回到老家，帮助父母、妻子伺候 20 多亩地。女儿、儿子相继出生。家庭负担日益沉重。在自家的田地里，褚思敢仰望苍天，苦苦思索出路。随着父母的老去，妻子一个人独自承担农活，维护好有老有少的大家庭，毫无怨言。2007 年，面对老父亲多次要他回来种地的催促，他还是放不下。他回来了，回到了生他养他的故乡。故乡有些变化。同龄人大都不在家，大半外出打工者。村里只有老人和小孩。原先热闹的村庄变得孤寂下来。老屋日益衰败。新房装修得富丽堂皇，可就是没人住。唯有过年的时候，热闹几天。年初五一过，又恢复往日的沉静。

褚思敢借钱买了一台小型收割机。面对这个庞然大物，乡亲们都很惊奇。过去几个人镰刀飞舞，也收不了多少粮食。这个机器，一亩地麦子半小时就收割精光，颗粒归仓。麦秸秆还可以做肥料。农忙时节，收割好自己家的粮食后，他还外出帮同村人、外村乡亲们收割麦子。最累的时候，他连续三天三夜不合眼，夜以继日地干活，眼睛红得跟兔子眼一样。他胡子拉碴回到家，又黑又瘦，妻子差点没认出来，心疼得直掉眼泪。妻子忙着给他做饭，还没等饭熟，他已经倒头就睡，鼾声四起了。一天一夜后，他又生龙活虎起来。农闲了，面对日复一日的单调生活，他开始了迷茫。对于熟悉的村庄，他开始有了陌生感，在北京打工，天天面对车水马龙和灯红酒绿，而古老的村庄正散发衰败的气息，壮劳力外出打工后，村落几乎空了一半，外出打工者要么将地给别人耕种，要么自己农忙回来雇机器收割。他在村头村尾转来转去，开始打起土地的主意。这一片热土，养活了祖祖辈辈多少代村里人。老一辈还在种地，但日渐老去；小一辈不愿意在土地上过活，大都去大城市打工。都市的霓虹灯亮在每一个打工者的心里，打工、打拼，为了实现早一日做城市人的梦想，他们只有慢慢攒钱，才能有朝一日在县城甚至蚌埠买房。思前想后，他半年后又去了北京。走前，他和老父亲坐在自家的场上，面对茁壮生长的麦苗，爷俩相对无言，闷头抽烟，唯一不同的是他手夹纸烟，老父亲用烟袋。他给父亲的承诺就是两年后回来就再也不走了。

一口唾沫一口钉。2009 年，褚思敢回来了，带着两万多元积蓄。看到儿子回来，老父亲面露笑意。刚一回来，在乡亲们狐疑的眼光中，他注册成立了怀远县绿亨农业合作社，他计划流转 300 亩地，打算挽起袖子大干一场。可是，第一炮就哑火了。

为了他流转 100 多亩土地，老父亲亲自上阵游说。碍于老村主任的面子，在家的村民大都来了，参加了全村第一个流传土地的村民大会。褚思敢开出的条件是一亩地一年 1000 元，合同一签就是 10 年。褚湖人均 4 亩多地，能拿到钱还不耽误外出打工，何乐而不为？可是，好话说了一箩筐，就是没人愿意流转土地给褚思敢！日上三竿，褚思敢坐在台上，满头大汗。台下都是褚湖的父老乡亲，仰望着他。老父亲和村书记褚绍顺也面面相觑。第一次流转以失败告终。

褚思敢痛定思痛，反思自己的行为和思维方式。有一天，他照例在村里农田里转悠。忽然，他醍醐灌顶，想明白了。乡亲们算账从来不算自己的劳力，也不算自己搭进去的时间，所以他们嫌流转费太低。加上自己也在家，不种地干啥去呢，总觉得撂荒不忍心，也不划算。半年后，第二次村民大会，他信心满满，他换了一个方式。每亩地一年600元流转费，在收麦子之前发放到流转户手里。麦子收割后，给流转户150斤麦子。跟随土地的农业直补依然是流转户的收益，土地的综合补贴给褚思敢。乡亲们扳起手指头一算账，嗯，这样很划算，干！100多亩地流转成功。2010年，趁热打铁，他又流转了600亩地，开起了农资小店，做起了种子、化肥等农资的代理。植保等全套采取科学方法，零工也给本村乡亲去干，收割全部机械化，全年赚了10万元。收割前，他东挪西凑，把流转费一分不少地给农户。收割完毕，每家每户来领粮食。初战告捷，2011年他又流转了其他邻村的土地，共计1700亩。刨去全部成本，全年净赚40万元。乡亲们对他赞不绝口，直竖大拇指。

褚思敢现在总共流转土地2100余亩，其中苗木栽植面积达1000亩。其余土地用于种植小麦、玉米等农作物，有大型收割机3台、拖拉机4台，甩干机等机械设备齐全，有大型粮食仓库一个。一个人富不是富，带领乡亲们早日走上幸福的康庄大道，是褚思敢多年的心愿。目前合作社共有社员十余人，并且带动本村和邻村多户农户从事苗木栽植。他雇用农村闲散劳动力50余人在农忙时节在合作社里打工，人均年工资高达3.5万元。合作社加农户，褚思敢已经成为当地脱贫致富的带头人。成型的苗木常年销往北京、银川、石家庄等地。

梅花香自苦寒来。自2010年流转土地至今，七年走过来，褚思敢感慨万千。有经验，也有教训。2014年褚思敢结清费用后，退还流转户600亩地，想放弃合作社。身累心累，身心俱疲。平时他在北京打工时经常过来帮助老父亲干活的叔叔们，在他回乡后没有一人上门。流转这么多土地，需要零工。苗圃，需要零工；养殖园，需要零工。可是，叔叔们没有一人来干活，宁愿去农场打零工；也不愿意在侄子手底下混饭吃。至今，褚思敢百思不得其解。也许，叔叔们碍于男人的面子吧。这还不是最主要的，妻子负责农资店，一有空就来苗圃或者养殖园。老父亲也是，在褚湖村有着较高威望的老村长，呵斥一声，打零工的本村人和外村人没有敢回声的。八口子乱当家，合作社出现了劳动效率不高的局面，打零工的人也不知所从。三个人都发号施令，听谁的呢？老父亲、妻子、他有时候也是脸红脖子粗。这让他很苦恼。他仔细算过，麦子产量达1000斤只能保本，而且麦子收购价要在1元1角、玉米8角钱之上，否则，就是亏本。生产管理是关键。人员费用逐渐抬高。搞养殖的褚思光夫妇俩常年居住在里面，一年他给两口子5.6万元。流转土地全部机械化，植保全部科学化，这才是褚思敢的经营核心。为此，他做妻子的工作，停办农资店，去怀远全职带女儿、儿子上学。找时间他和老父亲沟通。表明合作社只能有一个声音。老父亲表示理解。70多岁的老父亲经常来到苗圃，自己带头，带着乡亲们干活。关系理顺后，合作社进入了良性循环模式。

2015年“一户一块田”改革后，土地流转更省事，一些种粮大户纷纷找上门。蚌埠市委、市政府认为，这一做法符合农民意愿，符合《中华人民共和国农村土地承包法》，符合国家有关“鼓励农民在自愿前提下开展互换并地解决承包地细碎化问题”的政策，迅速出台《关于引导农村土地经营权有序流转发展农业适度规模经营的实施意见》，对实施“一户一块田”合并土地100亩以上的村，按照互换并地面积每亩100元的标准进行奖补。怀远县也出台政策。在市级奖补100元每亩的基础上，县级配套奖补100元每亩。奖补资金主要用于并地地块农田基础设施建设。按照“先行试点，逐步推广”的要求，选择耕地地力等级差别不大、近期无征占用地计划、改革创新积极性较高的村，以村民小组为单位，开展“一户一块田”试点工作。在试点基础上，蚌埠市又下发了《关于扩大农户互换并地实现“一户一块田”试点工作指导意见》，制定规范的操作流程。

最近几年玉米价格下降，农民土地流转成了问题。一些大户减少手中的流转地，在徐圩乡不少地方，600元一亩土地都没人愿意要。“流转难”，该如何破解？褚思敢2014年在白湖村退掉了流转的300亩土地，他们村并成一块田后他又多流转了400亩。让不少村民没想到的是，两年前600元一亩的土地，褚思敢毫不犹豫地放弃；如今800元一亩的土地，褚思敢没有多想就答应了下来。“大块地好种，跟农户沟通也方便。”褚思敢认为。当初自己流转了褚湖村的180多亩地，要跟90多户农民逐一签订协议，逐一上门协商，逐一丈量土地，还得借助于村干部的力量跟农户协调。“问题多，矛盾多，180多亩地要搞小半年才能流转过来，耽误了多少事啊。”褚思敢感叹道。如今，180多亩地，褚思敢只要跟八九户农户联系，用不到一个月的时间就能做好所有准备工作，轻松了一大截。

作为农业大户、新型农业经营主体，都希望农户把小田并成大田，这样能发挥大农具、大机械的作用，农资成本大大降低，人力成本也减少了10%左右。如今，褚思敢把原来在小地块耕种的50马力拖拉机全部淘汰，换了大型收割机。以前这些地得用一个多月收种，今年只用了不到一周的时间，而且这一周还额外到贫困村帮助别人收了2000多亩地。

褚思敢主动做起了农民的工作，劝说农民学习“一户一块田”的做法将地合并。他还创新了“打捆”并地的办法，将准备流转农户的土地放在一起算成一块大地进行抽签，然后再把这块地拿出来让流转户再次抽签分配，以保障流转土地成片成规模。“并地后把田流转给大户，价钱上去了，自己也能出去打工，为什么不愿意呢?”村民褚绍明开心地说。

“一户一块田”确实可以有效破解流转难题，让新型农业经营主体和农户双方满意，更解决了农村劳动力不足、耕种方式落后的问题。

以后的地谁来种？怎么种？在褚思敢看来，并地后进行流转是最好的解决办法之一。这种做法不仅让大户省事，也让农民放心。不愿意流转的咋办呢？托管，他的主意又冒出来了，可谓急乡亲们之所急。这样，乡亲们可以一直在外打工赚钱，不需要在农忙的时候回乡。所有的种植、植保、收割，都委托给褚思敢。说到就做到。渐渐地，他获得了大伙的一致信任。信任大于天。第一年、第二年，褚思敢兑现承诺，收割前发放流转费，收割后发放粮食。包括打零工的乡亲们，按时付工资。基于彼此的信任，现在临工、流转户都不向他要钱。一年两季，他都如数发放。即便本村不打零工的乡亲，遇到急事向他借钱，也是有求必应。年底了，辛苦了一年的打零工的乡亲们，每人送一筐草鸡蛋，或者送一只鸡或者一只鹅作为额外的奖励。零工们戏言，现在不出村也能打工赚钱！褚绍林老伴去世多年，孩子在外打工，他一个人生活，也在苗圃打零工。褚思敢母亲做饭时多放一点米，多舀一瓢水。干到中午，褚绍林很快就能吃到热饭，早吃可以早点去苗圃干活。老爷子天天干得笑眯眯的，分外卖力气。

也许，乡亲们只看到褚思敢赚钱光鲜的一面，而看不到他的压力和苦恼。两万元起家，土地流转费就得十几万、上百万，算上苗木费、人工费、化肥、种子，机械维护等等，经济压力可想而知。求爹爹拜奶奶都拿不到银行贷款，就得走民间借贷。高利贷压得褚思敢几乎透不过气来。赶上风调雨顺，管理精细，还能赚个薄利。去年突然寒潮来袭，一夜降温到零下15摄氏度。冬青等苗木全部冻坏，直接损失50多万元。而且冻坏的苗木都要补植。重复投入，加上时间成本，损失惨重。

靠天收，还是农业的致命短板。作为新一代农民，褚思敢也在思考如何破解这一难题。管理不善、资金压力大或者遭遇天灾，合作社就有关闭的危险。怀远县总共有三万多家合作社，干着干着很多合作社就销声匿迹了。近十年了，他去年才第一次拿到一百万元农业贷款。这真是雪里送炭哪，大大缓解了褚思敢资金长期紧张的局面。面对生产资料逐年上涨的势头，他及时开设农资店，一方面代理品牌，保证自己流转地种子化肥的质量；另一方面销售给乡亲们，提供优质种子和化肥。农业机械，和别人合作购买，共同获利的同时也共同承担经营风险。管理出效益，在北京打工的时候，他就关注企业运行和管理，看书成为他闲暇时候的主要工作，现在还是保持了这个好的习惯。

站在田间地头，褚思敢思绪万千。麦苗蓬蓬勃勃长了起来，绿油油的一大片一大片，紧紧密密挨着，春风拂过，麦浪阵阵。肥鹅蹒跚而行，吃着林间的草。林木参天，像一排排哨兵。甜甜的西瓜很快就在月底上市，反季节蔬菜也在采摘之中，送往外地。他极目望去，满眼翠绿。脚下这一片热土，孕育着新的希望。

梨　园　情

胡永武

2017 年 4 月 1 日早晨，在通往梨园村的乡间道路上，两边绿树成行，大红灯笼高高地挂在树上。现在正是麦子拔节、抽穗、扬花、结籽的时节，万顷麦海，泛着绿油油的波浪。还不到七点，路上已经挤满了行人，各种车辆只能缓慢地行进。临近梨园村委会，彩旗飞舞，气球飘扬，欢歌笑语，锣鼓喧天。村委会的广场上已经搭好了戏台，村委会大门上方挂着醒目的大红横幅：梨园村第一届梨花节！就此拉开了帷幕。市农委领导、怀远县领导及县各部门负责人应邀出席梨花节开幕式。在开幕式上，表演了传统的花鼓灯，还有广场舞，招来了四乡八邻的上万人参加，可谓万头攒动，盛况空前。

更加引人入胜的是梨花美景，梨花，花瓣似雪，象征着事物的纯洁、美好。唐代诗人岑参“忽如一夜春风来，千树万树梨花开”，描写美好事物如春笋般破土而出，梨花的气势跃然纸上。我们随着人流徜徉在梨花的海洋中，在虬曲的梨树枝条上，洁白的梨花静静地开放着。身旁那么多的少男美女们置身在梨花中，摆着各种姿势不停地留影，有的伸展双臂呼吸着春风中徐徐送来的一缕缕淡淡的清香，如梦似醉。“梨花千树雪，杨叶万条烟”，眼前那一棵棵梨树上盛开的梨花，大的酷似银盘，小的白如玉盏，花蕊从那一朵朵粉嫩的白色花瓣中轻轻地抽出几缕淡黄色的丝条，在暖春微风中点首含笑。还有那一个个含苞欲放的花蕾也欲张着她那洁白含香的小口，暗香浮动竞相斗艳。这正是一幅“高枝百舌犹斯鸟，带叶梨花独送春”的画卷啊！这时，广场的喇叭里正播放京剧名段，于魁智、李胜素版的大唐贵妃《梨花颂》：“梨花开，春带雨，梨花落，春入泥，此生只为一人去……”虽然表达的是思念不舍得离去的情绪，感觉有些悲怆，但是，与梨园村还是有关联的。

据今年83岁的老支书韩春生介绍，梨园村原来叫大郢子村，1992年和沟套村合并后才叫梨园村。沟套东、南、西三面环沟，沟宽一二十米，1949年前用两块石板当桥，20世纪50年代建了三个木桥，使用了几十年，前几年都建成了水泥桥。抗战时期，只有三个日本鬼子来到村里探探路，后来再也没有来，估计是这三面环沟的地理位置，吓得鬼子怕进得来出不去。大郢子有老八门（八个分支），按辈分算依次是：士—金—庭—和—有—殿—元—林—洪等。

现在的梨园村位于徐圩乡政府偏东南4公里，有沟西、沟东、沟南、前郢、中片、小湖堆等六个自然村，全村有1030多户、4300多人，其中姓尚的占90%，尚家的祖坟坐落在沟西庄，据推算是明代洪武年间（1368—1398年）从山东迁移到此。

为什么叫梨园村，顾名思义，无论是大郢子还是沟套子，家前屋后全部种有梨树，在1960年左右，被人民公社大食堂砍了一批当柴火烧了。现有老梨树一百多棵，上百年的梨树还有七八棵。老梨树的品种有马梨黄、笑瓜甜、平顶子、水泡子、虎梨子、稻黄梨等。据老村委会主任、治安主任尚殿香介绍，他记得有一棵老梨树，三个劳动力才能抱过来，树高八米以上，一棵树能收获一千多斤梨。我们下午摘梨，半夜起来挑着担子，赶了十几里路到龙亢集、万福集上去卖，换点零用钱，有的家庭孩子上学缴学费就靠卖梨的钱。

当年这里都是土坯房，较矮，梨树树冠都超过房顶，离很远就能看到梨树，开花时那成片的梨花，雪白一片，好似一场大雪，染白了枝头，连阡接陌的梨花，一朵朵、一丛丛、一簇簇、一片片，数不胜数，目不暇接，覆盖了千屋百家，装饰着村前屋后，到处是一片“雪”的海洋，那种铺天盖地的恢宏气势，让你看过一次，便终生难忘。

老村委会主任尚殿香现在已经六十多了，想当年是个有志向的人。由于他家是地主成分，在那个年代，注定要给他带来许多磨难。可他一直是个乐天派，虽历经苦难，还是挺过来了，目前身板硬朗，精气神仍在。他曾经告诉我一句名言：记住该记住的，忘记该忘记的，改变能改变的，接受不能接受的。能做到这样保你没有烦恼。这句名言我还认真地给记录下来了。我曾读过几首歌咏梨花的诗，如苏轼的《东栏梨花》：“梨花淡白柳深青，柳絮飞时花满城。惆怅东栏一株雪，人生看得几清明。”元代文学家元好问的《梨花》：“梨花如静女，寂寞出春暮。春色惜天真，玉颊洗风露。”在我的印象里，总觉得梨花是纯洁的美好的与女子有关的，我忍不住直言不讳地问老村主任：“您或你们村的男女青年们当年就没在梨树下发生点什么？”老村主任知道我要问什么，他也爽快地回答：“那时候我们这个地方很穷，我八九岁还穿着漏裆裤呢，四肢也不发达，头脑更是简单，根本不开窍。我 18 岁介绍的对象，就用了 3 斤米槽过帖子（定亲），20 岁结婚时，我家里就一床被子，结婚前一天从我表弟家借了一床被。刚介绍那会，我打心里想带她到梨树林里溜达一会，可一直有她亲戚陪她在身边，始终没敢张口，结婚后都到梨树上摘梨子，更没有浪漫可能了。那时候农村特别封建，不可能有故事发生。哪像现在，少男美女们，在梨树下花海中恣意秀恩爱，尽情展示各种亲昵动作，毫无顾忌，真羡慕年轻人哪。不过，话又说回来，梨园值得我们依恋，使我们度过了快乐的童年。那时候我们经常在梨树下玩耍，和泥巴，爬树，捉迷藏，下六周，最有趣的是捡知了。每当雨过天晴，我们赶紧跑向梨树林子，梨树下尽是知了狗子，如果看到小洞，我们往洞里浇点水，知了就会自动爬出来。一会工夫我们就能捡一篮子回去，可以用油炸着吃，也有的拿出去卖了。女孩子常常会拿着篮子到梨树下挖荠菜回家包包子吃。梨树陪伴我们打发了童年时光，带给我们多少美好的回忆，是我们梨园村人的精神家园，所以，建设好梨园，这是我们的精神财富。”

现在村两委班子统一了思想认识，打造梨园文化，要求全村家前屋后都要栽种梨树，家家有梨树，处处有梨园，让梨园村名副其实，名扬四海。每年四月梨花盛开季，方圆几十里成为梨花的海洋。

现任村委会主任尚元进介绍说，今年我们是第一次举办梨花节，以后每年都会举办，规模会越办越大，影响也会越来越大。今后我们还要学习砀山梨花节的经验，成立专门的临时班子，丰富活动内容。据介绍，砀山是中国的梨都，砀山县政府专门成立了梨花节办公室，以“梨文化搭台，经工贸唱戏”的指导思想，邀请省内外乃至全国著名的书画、文学、艺术界的朋友，以文学、艺术家为主宾，以梨花笔会的形式，赏花、吟诵砀山。他们来砀山后，相继到园艺场、果园场、良梨乡等大梨园里观赏梨花，举办笔会，交流心得。书画家乘兴挥毫泼墨，妙写丹青，留下幅幅墨宝；学者、作家面对无垠的雪海银波，文思泉涌，欣然写下篇篇佳作，相继发表在全国各级报纸杂志上；诗人们豪情抒怀，吟唱出首首优美诗篇，歌颂砀山，赞美梨都，极大地提高了砀山的知名度，产生较大的社会影响。砀山的经验很值得学习，尚元进表示，明年再办，我们要将家乡的土特产如土鸡蛋、土鸡、纯正红薯粉丝等悉数拿出来，把梨花节当作旅游农业来做，办出规模，办出特色，办出品牌，办出效益。

当前，正逢全乡大力推广“一户一块田”的契机，梨园村也在步步跟进。全村现有土地9000多亩，有3150亩已经推行了“一户一块田”。目前，全村才推行了三分之一多点，预计年底推行过半。在实行“一户一块田”之前，梨园村的土地也和其他村一样，1992年实行第二轮土地承包，当时受水利设施、生产条件等限制，不同地块产出差别较大。为公平起见，土地分成了三六九等，再分给农户，好田差田家家有。一家几块田、十几块田很常见，每块田几分到一亩不等，十分零碎。随着农民外出务工，农业机械化快速发展，小块田的弊端日益凸显。原先一些农户为了明晰田块界限，墒沟越挖越深，不仅造成土地浪费，而且引起邻里纠纷。现在，实行“一户一块田”后，田埂沟渠被推平，节约了土地，平均每户还能多分耕地，而且还预留了集体公益用地。土地平整后，道路、水利设施得到了改善。小地块只能用拖拉机耕地，大地块可用旋耕机，深耕到40厘米，秸秆可以还田，给建设高标准农田带来了便利，为土地流转、建设现代农业奠定了基础。

梨园村在推行“一户一块田”的过程中，也是矛盾重重，喜忧参半。其中有一个难缠户就在村支委、治安主任尚林春分管的村民组里，因为他家的地靠近村庄，离水渠较近，属于“地头地”，他担心并地后抽到远地或孬地，坚决不同意并地。村两委班子轮番做工作，后来他同意并地，但提出个条件：他的地不参加抽签，优先分给他一块地头地，否则免谈。他的这个条件实在苛刻，给他搞特殊化，其他村民怎么想？倘若允诺他的条件，其他村民也提出这样的条件怎么办？如果村委会做事不能公开公平公正，缺失公信力，全村的“一户一块田”工作就很难推行下去。村两委实在没办法，最后决定绕着走，抽签那天让他大哥代他抽签。不巧的是，他大哥给他抽的恰好是最远的“地边地”，他知道后死活不愿意接受。这项工作不能强求，乡党委书记蔡永明确要求，一定要征求农户意见，农户满意后才能推行。眼看这项工作就要搁浅，村两委班子正一筹莫展的时候，这时，尚林春站起身来说：“把我的地换给他！”他的声音虽然不大，此时此刻，犹如平地惊雷，掷地有声。村委会主任随即也站起来问：“林春，你抽到的可是块好地，这样做你老婆不同意咋办？”尚林春立刻接上说：“没事，有我呢。他家四口人，我家也四口人，地亩数一样，不就是远了十几里路吗，为了推行‘一户一块田’，牺牲点我个人利益没什么，我回家做我媳妇的工作，她跟着我在深圳闯荡这么多年，她了解我的为人，宁愿个人吃亏，不会让集体利益受损。”就这样，由于尚林春的高风亮节，难搬的石头搬开了。我在和村干部的谈话中听说了这事，觉得尚林春作为一个农村汉子有这样的胸怀不简单，很想一见。当村主任把他喊来时，一进门，嗷！我认识，昨天下午在乡政府会议室见过一面，坐在后排，不多言不多语的一个人，黑红的脸膛，地道的农民样。后来和他接触才了解到，他今年39岁，初中毕业后直接参了军，在部队的大熔炉里锻炼三年，入了党。转业后去了深圳打工，一开始在盐田港干保安，后来拿到驾照，在盐田港里开叉车，月薪七八千元，在那里认识了同在盐田港打工的河南妹，也就是现在的老婆衡春霞。我好奇地问他：“在深圳打工月薪那么高，为什么还回来呢？”他毫不犹豫地回答：“主要是回来照顾二老，父母年龄大，身体不好，弟弟跑运输，常年不在家，指望不上。大孩子也上高一了，也需要管管，就决定回家干点事。”他们于2015年从深圳回来后，利用在深圳积攒的一些钱买了上千只鹅来养，不料，去年遇上禽流感，一下子死了八百多只，损失十几万元。就在这个时候，在推行“一户一块田”中遇到那个难缠户，在家庭遭受经济打击的情况下，他又把自家的好地换了离家最远的一块地，当时，老婆想不开，着实和他闹了几天的别扭，最后，他老婆还是为了支持他的工作理解了他。现在，尚林春并未受养鹅亏损的影响，精心呵护自己承包的170亩梨园，他的梨树已是第四年，正值挂果时节，也是梨子收成的关键阶段。

此时，不知不觉已到中午，我们几人简单吃过中饭，村主任劝我，现在中午点把钟，天太热，让我在村委会休息。我执意不休息，就和村主任尚元进两人在大中午头，顶着烈日去拜谒了尚家祖坟。之后，我提议要看看今年梨花节期间最好看的梨园。我们两人刚出沟南村口，正好遇见尚林春夫妇，顶着午后的阳光在梨园给梨树喷洒除草剂。我在心里由衷地赞叹：这个尚林春，身上体现出能吃苦耐劳的农民本色！看到我们，尚林春赶紧过来，这时他的脸已被太阳晒得红彤彤的，满脸是汗。在梨园的田间地头，我俩又攀谈起来，他向我介绍，一年之中梨树要施几次肥：春季施肥赞花；六月施肥长架；九月施硫酸钾，增加糖分，口感好。冬天要剪枝，开春要拉枝。每年四月花刚开，花蕊呈粉红色时要人工授粉，还要靠蜜蜂来传粉，传不上粉的，花就落掉了。这些程序做下来，也是很费工的。他已经计划明年再把梨园对面已经整理好的“一户一块田”中，再承包几百亩，把自己的梨园做大，要拥有千亩梨园。以后还要招商引资，请大老板过来做梨深加工，把规格以下的梨做成糖稀、梨膏等，特别是梨膏糖有润肺止咳平喘的功效，属于本地传统手艺，有中药保健作用，也是一个相当不错的产业，可以发展壮大。如果条件允许，尚林春还想给梨树罩上保鲜布，让梨花节上能够品尝到保鲜的梨。有梦想就有力量，有梦想就有希望，有梦想才有未来！我相信，凭他肯吃苦耐劳的韧劲和老实厚道的农民本色，他的梦想在不久的将来就会实现。表面上看，尚林春是个不善言辞的庄稼汉，真正了解他以后，觉得他是一个有理想、敢担当的男子汉。从他津津乐道的言谈中可以看出，这位尚老弟已经很热爱他的梨园，很依赖他的故土了。

我问他：“全村梨树要是都挂果，梨子多了，怎么销售?”他胸有成竹地回答：“全村今年又增加了六百多亩地的梨树，现在总共有 1800 多亩梨树，一亩地可以栽 130 ~ 140 棵，一棵梨树平均能结 100 斤左右梨。现在我村挂果的梨树有 800 多亩，平均每亩 7000 斤梨，就是 56 万斤。现阶段销售还不成问题，我们浙江杭州有个销售点，每年能销 30 多万斤，电商也能销一部分。每斤地头价 1.5 元，自己拉出去能卖每斤 4 元。现在栽种的梨树品种更加丰富，主要有皇冠、元黄、秋月、六月风雪、皖秋黄梨等，我们原来栽种的果树的梨子成熟期是：七月枣，八月梨，九月柿子大黄皮。这里讲的都是指农历，也就是说，农历八月阳历要到九月梨子才能熟。目前栽种的‘六月风雪’品种，七月中旬就成熟了。我们的皇冠梨，青皮，里面肉甜丝丝的；元黄梨，黄皮，甜中带酸，非常够味。我们梨园村的梨子不仅品种好，口感好，而且，从七月到九月，暑天都有梨子供应市场，能够缓解梨子集中上市带来的销售压力。以后我们准备在蚌埠、南京、合肥等地再多设几个销售点，打出梨园村的品牌。”尚林春还告诉我，他已经让自己媳妇报名参加了网上销售培训，不久就会在梨园村开个网店，实行线上销售，还可代理全村的网购。由此可见，尚林春对梨园村的梨子销售信心满满。但是，几年后，梨园村的梨树全部挂果，产量将达 100 多万斤，如果市场饱和，梨子销不掉怎么办？梨子可是很容易坏掉的呀。何况，培育梨园村的梨子品牌不是那么简单，是一个系统工程，需要很多的投入和几年的市场培育，谁来投入？谁来培育？包括在怀远周边几个城市的设点布局，光靠尚林春个人能够做到吗？这就需要政府来牵头，来推动，来引领，充分发挥政府的协调作用，以梨园村为基础成立梨园合作社，让政府扶持，以企业来运作，共同培育梨园市场，打造梨园品牌。

此时，正值中午一点钟，太阳火辣辣地照在脸上，我们三人都已被晒得满脸是汗，还是谈兴正浓。我可是没有晒惯，感觉有点被晒得吃不消了，就主动撇开话题，随身拿出相机要给林春媳妇在梨园劳作的场景留下几张倩影。这时，我抬眼望去，只见一行行、一垄垄、整齐划一的绿色长廊里，一位娇小玲珑的女子，上身穿一件红色运动衣，身背一个绿色的喷雾器，红色的喷雾杆，不时喷洒出晶莹的水珠。纤细的手指，时而压着喷水阀，时而摆弄着梨花，见没授上粉的便随手弄掉。尽管她带着纱巾，只露着两只明亮的眼睛，已经很迷人了。虽然我也顶着太阳晒，而且早已汗流浃背，但是，她的色彩搭配从摄影者的角度看堪称完美，尽管顶光，我也顾不了太阳晒，一直跟着她，不停地按动快门，把她的倩影摄入镜头，定格成永恒。这样的劳动场景，犹如一幅画，宛若田园诗。

当她看到我满脸是汗时，便摘下纱巾，露出娇美的面容，从容地弯下腰，从袋里拿出一听加多宝递给我，让我打开喝。我也没客气，打开饮料，一仰脖子咕嘟咕嘟大口痛饮，感觉这听加多宝比平时喝的格外清凉可口。

在采访回来的路上，车载音乐里播放着阿宝演唱的《梨花又开放》：

忘不了故乡　年年梨花放
染白了山冈　我的小村庄
妈妈坐在梨树下　纺车嗡嗡响
我爬上梨树枝　闻那梨花香
摇摇洁白的树枝
花雨漫天飞扬
落在妈妈头上
飘在纺车上
给我幸福的故乡
永生难忘
…………

梨园村百姓对梨园的感情，或许正是歌词里的真实写照。

沧海桑田话褚湖

韩春利

初春季节，褚湖村委会农民广场上热闹非凡，广场上正在举办家电下乡活动，买一台净水器送五件大礼包。我和村书记褚绍顺边走边聊。

龙亢胜利中学初中毕业的褚绍顺，当年竟然是一个文艺青年，尽管现在已过知天命之年。但他居然可以大段背诵鲁迅的文章，这令我很惊奇。远处，承包大户褚思敢正在组织零工给树苗打药。村委会门前的广场上有的孩子快乐地骑着自行车，有的孩子熟练地玩着滑板。老人在树下板凳上静坐乘凉。X46 县道穿村而过，县道两边是褚湖村的前世和今生。路南，是过去的褚湖村，清一色瓦房，由于长期无人居住，已现凋敝之象。在褚绍顺老屋前，一个百年枣树和百年楝树相依而立。合肥商人曾经出价十万元想买走楝树，褚绍顺没有同意，反而打算把这棵树保护起来。这棵树，见证了褚湖村经历的风风雨雨，如今依然葳蕤茂盛，遮天蔽日。老屋早已搬空，这里是褚绍顺童年生长的地方，并且他在这老屋里娶妻成家。屋西十米远是一块方塘，这也是褚绍顺兄弟四人儿时的天堂，夏天下塘游泳，摸鱼逮虾。最神奇的是方塘里居然有乌龟。关于乌龟，村里众说纷纭，极其神化了事。老褚湖村由于无人居住，老屋破败，摇摇欲坠，平日少有人走，野草慢慢把老屋包围。即便是大白天走进去，也是静谧冷清，尤其是在楝树底下，更有一些阴森。县道以北，依着宽阔的县道，一栋栋二层或者三层的楼房拔地而起，装修风格各异，新的褚湖村渐成气候。不过由于外出打工者过半，留守的多是老人和小孩，村庄空心化日益严重。

通过交谈得知，褚湖村在徐圩乡东部，全村有 2786 人，耕地为 6950 亩，共有 555 户，有 10 个村民小组、4 个自然庄，人均 4 亩多地。褚湖村地势平坦略有起伏，沿河有条形洼地，其间有局部碟形洼地，俗称为“湖”，但有名无实。土壤主要以砂姜和黄土为主。

十一届三中全会前，历代农民都在土里刨食吃。远离河流，都是旱地，一年两季收成，一季麦，一季豆或者玉米。过去生产力水平低下，一年忙到头，除了交公粮，剩下的能混个温饱就算不错了。足蒸暑土气，背灼炎天光。日复一日，年复一年，祖祖辈辈都在这一片土地上辛勤劳作，繁衍生息。20 世纪 60 年代出生的褚绍顺清楚地记得，饥饿伴随着他的整个童年。红芋稀饭红芋馍，离了红芋不能活。晴天一身灰，雨天一身泥。农田水利设施不完善，导致大雨大灾，小雨小灾，无雨旱灾。褚湖村百姓生活在水深火热之中。家家户户都是二三十亩地，麦收季节一人一把镰刀，背上馍，一望无垠的麦浪起伏。湖地远离村庄，一干就是一天，腰都能累得直不起来。割完了，还要架子车拉回场上脱粒、扬场、晾晒。公粮交到公社粮站。农村土路，坑坑洼洼，崎岖不平。掏个空还要去农场拾麦穗。

十一届三中全会之后，实行家庭联产承包责任制，极大地激发了农民的积极性，交足国家的，剩下都是自己的，一下子解决了村民的温饱问题。红芋不再是主食。1992 年第二轮土地承包改革以来，全村农民的生活水平得到显著提高，村民自来水全部入户，村民家家装上了电话，购买了

干活去

手机。要想富，先修路。通往龙亢农场和徐圩乡的水泥路也已经建好，村村通方便了村民的日常出行。村内有小学、幼儿园、村民活动广场。2009年开始土地流转试点。褚思敢做了第一个吃螃蟹的人。在本村流转了160亩地。现在他已经是种粮大户，流转了2100亩土地，建立了苗圃、养殖园、种植园，栽种、收割全部实现机械化。村民有的种植大棚蔬菜、水果，有的搞起运输，有的外出打工。生活发生了翻天覆地的巨变。

基于现代农业的发展，第三轮改革，始于2016年的“一户一块田”。既然是改革，必然有阻力。有受益的一方，也就必然还有利益受损的一方。哪些人受益？哪些人受损？改革阻力又是哪些？其中的难题，都需要一一破解。

褚湖村在动员村民开展“一户一块田”改革时，一石激起千层浪，这一之前闻所未闻的想法，在村里炸开了锅，村民大会上发生了激烈争论。全村绝大多数人都赞成这项改革，迫切希望尽快重新丈量土地、并地互换。像大多数农村一样，褚湖村的年轻人大多外出打工，在家耕种的多是一些老人。种了一辈子地的农民，都清楚大田比小田好种，但是怎么迈出这一步，会不会“犯错误”，让大家议论纷纷。这里面，唯有村民褚思勇坚决反对。因为他的农田里栽了树。他怕改革后影响到他的切身利益。按照规定，只有在村民百分之百自愿同意的情况下才能开展这一工作。无奈之下，村委会主任褚绍顺只能宣布将这件事暂停。

“我地高，淹不着、干不着，自己还花了钱打了井，栽这么多树，就靠这林地赚钱呢。这事要是解决不了，我坚决不同意！”这是褚思勇反对的主要原因。其实这种担心在当地不少人心中也普遍存在，主要担心自己的地好、地高、水利设施好、开荒地多，如果并地，自己的好地会不会换成低洼积水或者水利无法达到的孬地，自己的开荒地会不会减少。

“开垦的荒地是集体的土地，你自己得了这么多年收益，还打算继续占下去？”褚绍顺一边进行解释和劝说，一边带村民到“一户一块田”改革前沿村殷尚村去取经。当看到殷尚村并地后水利畅通，没有土地好坏之分，收种容易，土地面积增加，效益提高，增产增收后，钉子户终于动了心、松了口。

“农民要看到眼前实际的利益，才能打消心头的顾虑。”褚绍顺认为，在“一户一块田”的改革中，绝大多数改革参与者都是利益受益者，只有部分靠近路边、渠边和开荒地边的农户在实际上利益受损，但在法律层面这种“损失”却站不住脚。“还有一些土地在路边的农户，觉得土地升值空间巨大，不愿意改革。实际上短期看可能利益会受损，但是长期看，并地后实施土地流转最终是人人受益。”褚绍顺坚定地认为。至于原来地块上的坟茔依照惯例，继续由原主使用。

褚绍顺也是个农民，自己想过这些问题，觉得土地零散和细碎化已经不适应现在的生产方式，给农民生产造成很大不便。一户一块田，正好就是长期以来想要做的、对全村人都有好处的事情，只有奋力推进，才能让村民得到实惠。

在推进前，褚绍顺专门到乡政府找到了政策依据，《中华人民共和国农村土地承包法》第四十条规定：“承包方之间为方便耕种或各自需要，可以对属于同一集体经济组织的土地的土地承包经营权进行互换。”虽然有依据，但没有具体指导办法，实施起来同样困难重重。问题汇总后上报县、市政府，很快得到了支持。上级对实施“一户一块田”合并土地 100 亩以上的村，按照互换并地面积每亩 100 元的标准进行奖补。怀远县出台政策，在市级奖补 100 元每亩的基础上，县级配套奖补 100 元每亩。奖补资金主要用于并地地块农田基础设施建设。有了上级的支持，改革迅速推进。

“一户一块田”如今彻底改变了褚湖村的农业生产状况，并且这一改革的效应正逐步扩大，褚绍顺打算三年之内全村推广。并成一块地后，村民至少在耕作上能够省时省力，不用东奔西跑一块一块地喷农药、撒化肥，大型农机也能下地耕种。重新丈量划分土地，10 亩为一个单位，按之前每户的面积把整地再次分配。借鉴殷尚村的经验，褚湖村的田地经历了一次大变迁，“一户一块田”改革就这么开展了起来。

改革后，褚湖村的田地都变成了明显的一大块，每块田之间的界线变成了用来灌溉的深沟，再也不是阡陌横七竖八、田地四分五裂的老样子了。之前，村民有的地离家近，端着饭碗就能种；有的地离家远，得骑着摩托车走上两三里地。5 块地就得分 5 次计算农资，分 5 次耕种，分 5 次收割，哪怕一块地面积只有 3 分，也得单独耗时耗力，花上一亩地的农机费用，这不仅让农民们疲惫不堪，其中的浪费更让成本大大提高。“一户一块田”实施后，褚湖村的农民看到了实惠。路修好了，大型机械能下地一次性耕种，原来要一周时间，分几次才能收种完成的地，现在只需要一个上午。剩余时间村民可以去农场打工，也可以去绿亨合作社打工赚钱。

成本降低了，产量提高了。原来多少块地之间就有多少道田埂和小墒沟，最头痛的就是那些小墒沟，占地方、没啥用，还要浪费农药、化肥、种子，墒沟周边粮食产量都不高，有的都成了废地。现在统一平整、统一挖沟、统一灌溉，这些分散的小田埂、小墒沟全部变成了适宜耕种的土地，平均下来每家每户增加了1亩多地，带来了粮食总产量的提高，使得村民的荷包更鼓了。

“以前一亩地撑死能收900斤玉米，这两年起步在1000斤。我们也不用费事，只要买买化肥种子等着合作社大农机过来就行，再也不用到地里东一块西一块地收拾那几分地了。”村民褚绍兵高兴地说。

田块多、四邻多；四邻多，矛盾多。分明是自己家的地，由于在外打工，地界荒废，回来一看地被邻居误种，这种情况几乎年年发生，矛盾不断。如今并地后只跟两家相邻，而且都是用深沟隔挡，大家不再为机收、机耕、灌溉、墒沟等问题发生地界纠纷，矛盾的发生概率降低了很多。村民和谐了，村庄和谐了，治安大大好转。

“一户一块田”可以有效破解土地流转的难题，让新型农业经营主体和农户双方满意，更解决了农村劳动力不足、耕种方式落后的问题。尤其是近几年，村里一半以上的人口都在外打工，剩下的大多为老弱病残者，空心村出现。以后的地谁来种？怎么种？在褚绍顺看来，并地后进行流转是最好的解决办法之一。这种做法不仅让大户省事，也让农民放心。以前流转给别人，得一块地一块地看着量，还容易跟邻居吵架，现在就这么一块地，丈量好了给钱就行。

“一户一块田”改革后，村民们有空就在田间地头忙碌着。他们把以前零散的排涝渠和其他水利设施打通，拓宽田间路，以便大型耕种设备通行。夏收季节，大型收割机在整块的麦田驰骋，十几亩地的小麦不到半天就收割完毕，让他们尝到了“一户一块田”的甜头，冬季正好兴修水利，加强基础设施建设，为来年大田再丰收做好准备。

“以前我家23亩地，分成了11块，大的3亩多，小的只有几分，只能用小机械或者人工收割，进度慢，夏收少说也要一周，碰上雨天，麦子就烂在地里了。小田调整合并成一块大田后，半天就能收完。”53岁的农民褚思辉开怀大笑。

在农民广场，褚绍顺掰着手指给我说“一户一块田”好处，使用大型机械效率明显提高。以前零散地费时间、伤机器，农机作业费高达每亩80

元；并成大田后，地块平整，大型机械收割方便，每亩农机作业费只需 50 元。“从收割、耕种、灌溉等，每亩节约成本 40 至 50 元，每年每户至少节省 1000 元。节约了土地。以前田间沟渠田埂纵横，占用不少良田，例如村民二组原有田间沟渠田埂 150 多条，实行“一户一块田”后，田埂沟渠被推平，节约了 37 亩土地，平均每户多分耕地 1 亩多，而且还预留了集体公益用地。为土地流转、推进现代农业奠定了坚实的基础。土地平整后，道路、水利设施得到了改善。小地块只能用拖拉机耕地，大地块可用旋耕机，深耕到 40 厘米，秸秆可以还田，给建设高标准农田带来了便利。土地流转也更方便，减少了矛盾。过去村民因机收、耕犁、耙种、灌溉，常常发生纠纷。合并成“一户一块田”后，户与户的交界减少，边界明晰，纠纷减少。

褚绍顺也坦言，改革过程最大的难处是如何做到公平公正。村民组设计两轮抽签的规则，将组里的田地以 10 亩为单位标上号。第一轮抽分田先后顺序，第二轮再抽地块号。基本做到了“一户一块田”。全程透明操作，每一个步骤的结果都在村里进行公示，接受群众监督。

村里确定了“一户一块田”的实施方案，方案明确指出要尊重农民意愿，坚持五个不变：现行家庭承包经营制度不变；农村土地集体所有性质不变；以二轮土地承包村民小组为单位互换范围不变；二轮土地承包人口基数不变；土地发展现代农业用途不变。改革还体现三个结合：互换并块与宅田合一相结合；预留机动土地与农村公益设施建设规划用地相结合；落实地块与土地确权登记颁证相结合。

褚绍顺说：“农村最严峻的问题之一是土地细碎化。而这种在家庭联产承包责任制基础上的土地调整，提高了劳动生产力，实现了节约土地、农业增效、农民增收等效应。这项改革也是家庭联产承包责任制的一次‘升级’。”

在村里边走边说，褚绍顺详细地回顾了“一户一块田”改革的艰辛历程。确定实施方案后，村里先征求农户意见，再从群众中选出工作小组成员，制订详细的实施方案，预留好沟渠路等公共用地，丈量全村的土地，最后抽签根据人口分地。经过反复测算和计算，农户收割、耕种、灌溉等环节投入资金亩均节约成本 40 ~ 50 元，一年一户能节省一两千元，节本省工增效益，实现土地效益和农民收益“双提高”。把农民手中零散的土地都拿出来，通过丈量和整合，把所有农田进行重新分配，让每户村民都得到一整块大田。据统计，褚湖村实行“一户一块田”后，户均增收10%左右。同时，地块减少而面积扩大，水利设施进一步整合，既方便了灌溉和排水，又减少了农户的地邻，极大地降低了因土地而产生的纠纷数量。

晌午，褚绍顺蹲在田边，两手靠在膝盖上，一手举着，夹着烟，另一只手摊开。春风拂过，万物生长。他眯着眼望着远处长势蓬蓬勃勃的麦苗，像是看到自己的孩子一样很开心。55岁的他双眼炯炯有神，黝黑的面孔，面含笑意。大儿子在大学毕业后在固镇做村官，二儿子考上了县城公务员，女儿已经出嫁就在邻村，可爱的外孙承欢膝下。言谈中，他露出宽慰而满足的笑容。

临行前，我吟诗一首权当送别褚绍顺：“书记具鸡黍，邀我至田家。绿树村边合，把酒话桑麻。待到三年后，还来看变化。”褚绍顺听后拊掌大笑。

脱下百衲衣　种上绿宝地

——白湖村“一户一块田”进行曲

张　冰　孙厉琴

一、序　曲

绿浓红肥四月天，麦苗如毡柳色新。

2017 年 4 月中旬，蚌埠市十四位作家、微记者，在市作家协会主席钞金萍的带领下，应邀来到怀远县徐圩乡，开展为期三天的下基层、走农户采风活动。

徐圩乡位于怀远县西部，距县城约 35 公里，西与蒙城县接壤，东邻河溜镇，南临茨河，北与国营龙亢农场相连，下辖 14 个村委会，144 个村民小组，总人口约 5 万人。

由于历史因素，受当时水利设施、生产条件等限制，不同地块产出差别较大。在 1992 年实行第二轮土地承包时，为公平起见，土地分成了三六九等，再分给农户，好田差田家家有。一家几块田、十几块田在中国农村很常见，从几分到几亩不等，十分零碎。

2014 年，在第二轮土地确权的过程中，徐圩乡殷尚村在农民自愿的基础上，把原先农民手中零零散散的 426 块“巴掌田”都拿出来，通过丈量和整合，合并成 81 块大田，进行重新分配，几乎每户村民都得到一整块大田。

徐圩乡党委和政府从中敏锐感到了“一户一块田”的重大意义，积极引导，大胆创新，开始了全面推广小田并大田、“一户一块田”的改革探索工作，这为该乡农业机械化的发展，为农村劳动力多形式、多层次地向非农产业转移、增加收入创造了有利条件，大大减轻了农民耕种、灌溉、收割的劳动强度，大幅度地提高了劳动生产力。并通过土地流转，积极发展多种经济，如万亩林场、万亩蔬菜基地、养猪场、养鸡场等等，有效地提升了土地资源的利用率，增加了农民的收入，为现代农业建设奠定了坚实的基础。

为了宣传好徐圩乡的先进经验，蚌埠市十多位作家采取蹲点采访的方式，深入殷尚村、白湖村等9个村。在春光明媚的四月的原野上，在明亮的春阳下，作家们来到农家小院，走进养鸡场、养猪场，钻进40多摄氏度的蔬菜大棚内，面对面了解农民们的耕作经验、养殖经和种菜经，与村干部和农民们促膝长谈，了解他们对“一户一块田”的看法，倾听他们渴望致富的心声，走入麦苗如海的田间地头，亲身感受零散的土地整合成为大田的壮观和喜悦。徐圩乡村民们的智慧、热情、善良，给作家们留下了深刻的印象，田成块、沟相连、林成网、路相通，徐圩乡踏上了快速发展的康庄大道。

二、秋之歌

秋风催暑退，雨润谷满仓。收刈人声动，农家酒更香。

2014年，殷尚村村民自发开始推行“一户一块田”的消息，像长了翅膀一样，乘着春风，在徐圩乡十里八乡传开了，人们伸长脖子在打听、议论和讨论，许许多多种着老和尚百衲衣一样的巴掌田的村民们，开始艳羡起殷尚村的大田来。乡党委书记蔡永得知这一消息，敏锐地预感到这中间蕴藏的巨大价值来，经过认真调研和缜密思考，开始组织、动员和推广“一户一块田”政策，“我们发现，‘一户一块田’好处多，因此因势利导，对这一创新规范指导，大力推广。”徐圩乡党委书记蔡永说。一场新的农村土地改革如和风细雨悄然在徐圩乡全面展开，滋润着这一方土地。

岁序更替，斗转星移，转眼就到了2016年7月，秋玉米下地的时候，期盼已久的白湖村村民们迎来了“小田变大田”的曙光，这个消息让白湖村的村民们躁动起来，乡村的夜晚，不再平静，成熟的庄稼气息和果园里散发出来的香味，在空气中静静地流淌，家家户户都在低声合计着自己的几块巴掌田，到底能够换来多大的一块田？能抽到哪一个地块？嘈嘈杂杂的私语和四周的蟋蟀声，弥漫在乡间热烈而又有点神秘的夜色中。

白湖村，位于徐圩乡西部，北临界阜蚌高速公路，地处淮北平原南端，地势平坦略有起伏，海拔高度为23.5～20.0米，沿河有条形洼地，河间有局部碟形洼地，俗称为“湖”，但有名无实。在没有水利设施的旧社会，此地人烟稀少，一到雨季，低洼处就沦为一片片汪洋，村子基本上是建在地势略高的地方，老百姓就以“湖”来称呼所在的村庄。整个徐圩乡，地名中带“湖”的有18处之多，如韩湖、褚湖、李湖、杨湖等，基本上是这种情况，白湖就是以姓“白”的村民占绝大多数的村子。

白湖村现有10个自然村，总户数为846户，有3459人，实有耕地9058亩，人均2.6亩，全村劳动力资源总数为1012人，党员有66人，农业总产值约为900万元，人均年收入超8000元。

白湖村作为徐圩乡首个安徽省美好乡村建设示范村，在基础建设上，具有一定的先发优势。白湖村现任党总支一班人，在乡里开完动员大会后，立马兴冲冲地赶回村委会，一路上，他们看着村里正在收割庄稼的一块块巴掌田，一边皱着眉头看着村民们挥汗如雨地劳作着，一边暗暗下决心，一定要把乡党委对农村改革的关爱落到实处，把小田整合成大田，用机器收割庄稼，把祖祖辈辈劳累不堪的村民们从人工劳作中解放出来，让农民也能享受到现代化的便捷和轻松。在村委会上，大家学习了乡党委、乡政府的会议精神，讨论了殷尚村的成功经验，白湖村从何入手？如何动员群众？村委们七嘴八舌热烈议论起来。

经过认真合计、仔细分析和反复比较，白湖村村委会决定从中白、后白生产组开始入手，积累经验，逐步推广。为何选择了中白、后白生产组？一是中白组是全村最大的组，人口最多，土地最多；二是村委会所在地；三是美好乡村建设基础好；四是土地最零碎，群众并田呼声高，有利于树立榜样，带动全村工作。初步盘算先把中白组这个堡垒攻下来，再一步步推进到后白、前白、萧湖、张庙等生产组，白湖村“小田并大田”的工作，在秋日的丰硕中正式拉开序幕。村委一班人，心中就像成熟的庄稼，有一种沉甸甸的责任和即将收割的喜悦。

说干就干，庄稼人做事就是要赶季节、抢天时，农活可拖拉不起，抢收的时候，全家老少齐上阵，要和老天抢时间，要不然一场雨，半年的收成就泡汤了。村委们拿出抢收庄稼的风风火火劲儿，挨家挨户通知村民们："我们村小田并大田开始了，赶紧通知你们家外出打工的人，回来并田分田。"

白湖村并田工作紧锣密鼓地展开了。

7 月 10 日，中白组召开全组村民大会，全村 97 户人家、300 名村民，由每家每户各派出一名代表参加，外出务工赶不回来开会的人，也委托了亲属参加，近百名村民代表，聚集在村委会，会场气氛热烈，很多村民兴奋地说，期待已久的"小田并大田"就要在咱们庄开始了，俺们一定要支持。村委会公布了乡里的并田实施方案，提出在尊重农民意愿的基础上，坚持五个不变：现行家庭承包经营制度不变；农村土地集体所有性质不变；以二轮土地承包村民小组为单位互换范围不变；二轮土地承包人口基数不变；土地发展现代农业用途不变。方案体现了三个结合：互换并块与宅田合一相结合；预留机动土地与农村公益设施建设规划用地相结合；落实地块与土地确权登记颁证相结合。

方案甫一公布，犹如水珠滴进了冒烟的油锅里，现场立刻沸腾起来，有人大声喊："好啊!"有人喊："支持!"有人喊："赶紧办啊!"也有人喊："俺不同意!"经过充分讨论、热烈辩论、举手表决，超过九成人支持"并地"方案，只有少数占地多或者思想保守的人不同意"并地"。

村委会决定，成立"并地"工作组，根据本村情况，工作组以党员为主，并找到了本村小学一位有威望的退休校长白洪亮，请他作为群众代表参加工作组，组长由总支书记担任，村委会主任张国林和白云辉、白云丰、白洪元、白洪艳等人任组员的七人工作组，会后分头去做不同意"并地"人员的思想工作，并确定了具体量地工作人员。

7 月 15 日，工作组开始下田丈量土地。

就在秋收谷满仓的丰收季节里，白湖村的村委们准备撸起袖子大干一场的时候，事情的发展却出乎村委一班人的意料。由于近十户人家坚持反对意见，让"并田"进程几乎停顿了下来。

三、冬之曲

日暮苍山远，天冷农屋寒。柴门闻犬吠，访谈夜阑珊。

乡村干部都很清楚，一旦要“动”土地的话，就会触及每家每户的实际利益，各种问题交织，情况十分复杂，牵一发而动全身，如何把好事办好，这考验着他们的耐心与智慧。徐圩乡党委要求各村在“小田并大田”过程中，不要搞行政命令，不要下硬指标，而是要充分尊重农民的意愿和权利，由农民开会讨论自主协商，在得到村民100%同意后，才开展下一步的具体工作。

这个规定让白湖村村委一班人挠起头来，对于那些多占地、占好地的村民来说，全靠说服教育谈何容易啊。

并地的最大阻力，来自那些实际地亩大于应分地亩的农户。在1992年土地第二轮承包时，由于规章制度不健全等多种因素，当时部分群众实际分到的地亩面积大于应分的地亩面积。再加上土地承包到户后，各家各户不断在自家土地周边包沟占路，有的开荒、推池塘实际增加了不少新土地。

而这次并地要把全组现有的土地统一进行测量，而后把总地亩数除以总人口数，得出每个人应分地亩面积。这样一来，这些实际地亩大的群众自然就不愿意了。村委们为了说服这部分群众，简直是跑断了腿、磨破了嘴。

在十户不愿意并田的农户中，党员白洪务就很有代表性，他对工作组的人说：“以前农业补贴的时候，我分了24亩地。我原来的地，沟边多，这些年我填埋沟边，拓展地头，现在有28亩地了，按照测算，并田后我只能分到26亩瓤一点，少了整整2亩地呢，我肯定不同意并田啊。”

白洪务还说：“这可是我这些年一锨土、一把汗，辛辛苦苦拓荒拓来的啊，说没就没了，我想不通。”

同村的白洪艳一时也想不通，以前他家分到手的地是25.6亩，由于沟边多，经过多年拓荒，现在也是28亩地了，而且他家的地只有4块，相对于那些零零碎碎有十来块地的农户来说，相对较为完整，所以，对于并不并田，他并不热心也不支持。

白云国承包地的位置靠近张庙，三边地多，这些年也因为拓展的荒地较多，坚决不同意并田。他说："辛辛苦苦这么多年，才弄平顺的好田啊，土地可是咱农民的命根子啊，想要并田，就是虎口拔牙，俺就是不同意！"

一时间，村委一班人的头都大了，怎么办？怎么办？怎么办？办法总比困难多，咱是党员，硬着头皮咱们也要上！

一方面是村里绝大多数村民们热切的期望，一方面是几块硬骨头如鲠在喉，就在大家觉得外焦里生的时候，他们从乡党委书记蔡永的讲话和文章中，得到了启发，受到了鼓舞。

蔡永书记在《一户一块田难点在哪？》一文中，全面系统地分析了一户一块田改革的难点和问题的症结所在，明确指出了应对之策，并提出了解决方法，蔡书记指出改革难题有以下三个层面：

首先是农民的问题。一是地多，个别农户通过拱地头、填沟渠、"三边四荒"开垦等，导致人均占有耕地多于其他农户；或者在第二轮土地承包时，打折地较多；或者个别农户帮助外出打工的亲朋无偿代耕的地多。地多是不同意并田的农户们最主要的问题。

二是地好。就是地的地力好、位置好，或者便于耕作，其他因素还有：或者自家地里有祖坟，风水好，迷信思想严重；或者投入比较多，如建有蔬菜大棚等；或者因为思想保守，不愿改变现状；还有个别人因为对村组干部不信任，担心在互换并地过程中有失公平公正等顾虑。

其次是干部的问题，如引导不力，担当不足，畏难情绪重，或者解决复杂问题的能力有限，方法简单；或者是经费短缺等。

再次是政策的问题，一是政策把握难。没有单独推进改革的"红头文件"。二是依法处置难。改革试点基本上是在土地确权登记颁证完成后推进的，如个别农户按原颁证进行司法维权，村干部难以应对。

摸清了具体情况，找准了问题症结，白湖村工作组认真按照蔡书记提出的系统解决策略，深入组、与农户座谈交流，召开村组全体党员、干部、群众代表会议，找准关键问题，及时妥善解决。利用多种宣传形式，深入宣传推行"一户一块田"的重要意义，充分尊重农民创新精神，做到思路群众出、意见群众提、工作群众做、办法群众想，确保方案公平公正、公开透明等一系列举措。并按照蔡书记提出的：利用广大群众的聪明才智，坚持群众的事自己办，政府引导，充分发挥群众的主体作用。

针对干部问题，按照蔡书记的要求：强化责任担当，克服畏难情绪，按照“群众有愿望、政府有作为”的要求，坚持试点推动，让群众看到改革成效，享受到改革红利，示范引领周边群众，并积极争取县乡的政策支持。

村委一班人从千头万绪和焦头烂额中豁然开朗，工作组的同志们在蔡书记讲话精神的鼓舞下，统一了思想，提高了认识，明确了目标，决心打好这场攻坚战。

冬小麦生长的季节，寒冷的旷野上，一望无际的农田里满是生机勃勃的绿色，空气中隐隐传来了春的气息，以及那种随风潜入夜、润物细无声的丝丝暖意。

四、春之声

绿柳拂清风，村旁鸡鸭鸣。农人何处去？小田并大田。

为了把说服教育工作做得更加扎实细致，白湖村工作组成员们进行了具体分工，分别确定了帮扶对象，理清了各自的主攻方向，寻找目标突破口，不分白天黑夜，一次次登门拜访，一次次苦口婆心、耐心细致地给他们讲“并田”以后的便利和好处，帮他们计算并田的经济账、生产成本账、机耕机收账、土地流转账、长远发展大账，反复多次做工作……

首先，村委们先着手做好党员的思想工作，对个别不同意并田的党员说，我们是党员，是群众的先锋队，应该处处走在群众前面。虽然这几年，你们多开了那么一点点荒地，但那也是村集体的地啊，白种这么多年，村里没要过你们一分钱，你们还真好意思永远占下去啊？何况，这一块块巴掌田，就和要饭花子补丁摞补丁的破衣服一样，难以机器收种，年年春种秋收，家家忙得要死，人人累得直不起腰。因为地太零碎，请个收割机来，还得求爷爷拜奶奶，看人家脸色不说，每亩地都要多收 30 ~ 50 元，就这一项，你多种的那一点地的收入就差不多给人家收割机手了。何况，集中成一大块地半天机器就能收完，零碎地你要忙 3 ~ 5 天，太碎的地，给钱人家也不会帮你收，还需要一家人弯腰驼背地人工去收，对不对？还有浇水、施肥、杀虫，一块块地忙乎，你不嫌累得慌啊？

村委们一番晓之以理、动之以情、劝之以利、明之以义的话，深深打动了大家。

当工作组第二次登门来到白洪务家的时候，白洪务说：“俺是党员，觉悟有高有低、认识有快有慢、手指头还有长有短，这次，俺一定按照村委的要求，同意并田！”党员带了头，其他群众纷纷表示，田多的党员都同意了，俺们也没有话说了，只要公平公正，俺们也支持并田。

工作组耐心细致地做工作，白湖村的并田工作，终于得到了大家的认可。村委们心里的一块石头终于落了地，肩头那副千斤重担终于可以放下来，好好歇一歇脚了。这么长时间的奔波说服工作，终于喜获丰收，让大家感到一种久违的如释重负的畅快。有村委感叹道：“世上无难事，只怕有心人，群众工作真是不容易啊。”

中白组的并田工作顺利进行下去了，其他组的情况也出现积极进展。村委们高兴地说，因为看到了并地的好处，很多老百姓也会积极主动地去做这部分群众的工作。

人的工作做通了，地怎么分？那就是以“五个不变”为原则，坚持增人不增地，减人不减田政策，保证第二轮承包原人口基数不变。人固定下来了，宅基地固定下来了，宅田合一，最终，村里所有人家都打消了实施“一户一块田”工作的抵触心理。然而，如何保证公平公正让群众满意呢？白湖村的做法就是全程透明操作，工作在阳光下运行，每一个步骤，都在村里进行公示，接受全村人的监督，让群众明白，让群众放心，努力把好事办得更好。

接下来，工作组忙碌起来了，制定实施并田方案和原则，规划组内沟路渠桥如何预留、土地丈量办法、确定分地办法等，经农户代表会议通过之后再具体实行。然后进入具体分田阶段，工作组先量出村里的总地亩，然后根据统计的人数，按人头计算出人均地亩数，乘上每户人数，得出每户应分多少亩地，再减去每家每户实际占有的宅基地面积，最终确定每户应分多少农田。在分配环节，白湖村借鉴殷尚村两轮抽签的经验。第一轮抽顺序签，确定农户并田互换抽签顺序；第二轮抽地块签，按照农户第一轮抽到的顺序签，确定并田互换顺序。抽签的时候，村委们担心有人临时反悔，专门派工作积极主动的白洪进开车去把他们接来，其他人员也做了相应的叮嘱，最终结果以文件形式正式确认并存档。

并田之初，工作组事先逐一征求和登记了12户由于外出务工、家中缺少劳力以及不打算亲自种地的村民意见，加上确实困难的4户五保户意见，16户并为一个号头，统一抽签，合在一起，集中整合成300亩地的一块大田，由村里组织进行土地流转。原先由于是一块块巴掌田，白湖村以前三四百元一亩地并不好租，大型农业合作社并不乐意和一家一户的农民一个个去谈判，原因是劳心劳力纠纷多，还不利于机器耕种。现在300亩地一个号头的连片大田，很快就被绿亨农业合作社以每亩650元/年的价格租用，价格几乎翻了一倍，农民立即就尝到了并田的甜头。

由于小田并大田减少和复耕了很多埂、墒、沟、路、渠，中白组土地面积从原有的1300多亩，增加到1490亩，一下子增加了100多亩，土地面积增加了一成多，并田后，人均分到土地面积四亩九分三。村里还通过和每户村民协商，在村委会附近，为今后村里修路、挖渠和新建公用设施预留了11亩地，这是中白组并田工作的一个亮点。今后需要动用土地兴建其他设施的话，手有余粮，心中不慌，可以从这11亩地中进行综合调剂。

同时，乡里争取到的政策也迅速到位，对按照程序并田给予相应的补助，所有并田工作产生的费用和土地平整费用，不需要村民出，而是蚌埠市政府给予100元/亩奖励，怀远县政府配套奖励100元/亩，每亩地实际补助200元，主要用于组内公益事业和基础设施建设，解除了农民们的后顾之忧。

并田后，村里各项农田治理工作也热火朝天地开展起来了，村里组织人员，按照重新划分的地块，开挖地墒、修路挖沟、平整土地，一块块规模很大的“大田”，出现在村民们面前。对于习惯了种植巴掌地的村民们来说，简直是喜出望外，甚至有点儿不敢相信：“这么大一块田，以后就是我家的了？”迟疑、观望、激动、兴奋洋溢在村民们的脸上，喜悦、幸福、快乐流淌在他们的心底。

土地，才真正是他们手里的绿色宝贝！土地，是农民们的心尖疙瘩肉！是他们祖祖辈辈的梦想和希望！并田成功，给中白组的村民们带去了无穷的快乐和莫大的幸福！

在这个充满希望和生机的春天里，白湖村的空气中仿佛流淌着酒和蜜，让村民们感到一种舒心的醉意和甜蜜。

五、夏之恋

金色麦浪到天边，家家户户皆笑颜。邻里和谐摩擦少，一块田里话丰年。

“我家五个半人，除去宅基地，分到手差不多近 26 亩地。”白洪务说，“以前我家七块地，分别在东湖、北湖、西湖等地点，七零八落，非常分散，每到农忙季节抢收抢种或者浇水灌溉的时候，一家人顾东顾不了西，疲于奔命，恨不得像孙悟空一样能够有无数个分身。我们以每亩 80 元的价格，高价抢农机手，他们一听几亩几分的七块地，十有八九不愿意干；就是勉强接了活，也强调只收大一点的田，零碎的地让我们自己收。说他们每年挣钱就集中在这几天，时间实在耽误不起，也伤机器。火烧眉毛的时候，我们也没有办法，各家各户都在抢，只能同意。”

原来，白洪务的老父亲，年纪大了，做不动农活了，就把自己应分的那块地的指标，平均摊给白洪务、白洪宇兄弟俩，所以，他家分地是以五个半人计算的。

“零碎地早就不再适应机械化耕种收割了，现在变成一大块地后，小麦机收每亩只需要 50 元，差不多 3 个小时就能全部收完。以前需要三五天。”白洪务说，“零碎地块，只能依赖人工耕作，耽误时间，产出低，出工不出活，很让人头痛。”

“一下雨，田边的小水沟就满了，要排涝就要扒田，可是谁都不愿意扒自己的田，每年都要闹出矛盾，还造成不少损失。现在的田边，重新整合修建的排水沟又大又深，根本不用刻意排水。”白洪艳说，“以前因为好多户的地都是互相交错在一起，邻地墒沟紧挨在一起，难免有些摩擦，吵架、纠纷在所难免。现在我的大田周边，不是路就是沟，一户相邻的人家都没有，杜绝了今后因为邻地纠纷发生矛盾的可能了。”

白洪艳感慨道：“以前天旱浇水，一块块零碎地，需要两三个人忙几天，有时候需要从旁边其他人家的地里走水管，有时候人家怕压坏庄稼不愿意，还得找村委会调解。”

据统计，实行“一户一块田”的地区，户均增收 10% 左右。“一户一块田”的优点尚不止于此，还有不可估量的社会效益。据有关部门统计，农村90%的纠纷是土地事项。“以前地块小，机械在田里转个弯就到别人地里去了，地块分散，抢夺机械、抢种抢收、错收漏收的情况经常发生，年年都有这方面的纠纷，村委会都焦头烂额。”对此，白湖村村委会委员、会计白云辉深有感触地说，“一户一块田，清清楚楚，田地邻居减少了，矛盾自然也就少了。”

村民白洪元站在自家24亩一块的大田里，细心察看小麦的长势情况。他说：“我家五口人，原来有21亩地，最大的头十亩，最小的六分，总共有七块地，东一块西一块，最远的两块地相隔有好几里地，和12户人家的地挨在一起，并地以前啊，因为隔边子，浇水轧到邻地的庄稼，吵架现象时有发生，有时矛盾无法化解，还需要到村委会调解，令人厌烦头痛。”

“现在可好了，因为并田，我分到了一块25亩的大田，田的北边是小学和路，东边也是路，只有南边和西边两户邻地，但都修建了又宽又深的水沟，这样的话，今后就可以杜绝类似的矛盾和纠纷了。”白洪元说，“我的地都是我自己种的，一年两季，传统种植冬小麦和玉米，大约能各收两万斤左右，小麦能卖0.8元一斤，玉米0.5元一斤，扣除各项花费，一亩地收成大约1000元，一年收入大约二万多元。能种上这么一块齐整的大田，真是一种福分，我打算今后多琢磨琢磨学点技术，慢慢地多种一些经济作物。”

站在白洪元的地头，会计白云辉笑呵呵地说：“我们现在站的位置，以前是积怨很深的两户人家的巴掌田，现在还能看到一点点以前田埂的影子。那时候，一家人的田，每到浇水季节就要到村委会要求村干部出面协调，因为他家的地没有水沟，浇水就必须从另外那家人的田里拉水管，而那家人却坚决不同意，反复闹矛盾，确实让我们头痛。现在好了，这一切问题迎刃而解，从源头上减少了因土地造成的冲突和矛盾，村里稳定工作和社会矛盾都得到很大改善。”

通过重新整合土地，白湖村的水利设施得到了进一步完善，道路更加畅通，田成块、沟相连、林成网、路相通。同时，农民们因为土地结构的巨大变化，也在想方设法，思考和探索种植结构的调整。

零散地变成整块地，生产效益、土地利用效率和社会效益等成效明显。由于土地相对集中，便于机械化耕种、灌溉、收割，可以大幅度减少工时、物力、财力等，也有利于抢收抢种的时候，防止天气突变造成的损失。

小田并大田后，亩均可降低生产成本约二成。加上农户有效耕地面积增加、单产有所提高等因素，生产经营效益得到明显提高，户均增收20%以上，农民得到了实实在在的利益。同时，“一户一块田”推动了农业适度规模经营的发展，土地流转更加顺畅，

在这轮风生水起的第二次农村重大土地改革过程中，白湖村党总支一班人，没有丢下任何一家贫困户，而是带着他们一起，努力走上共同脱贫致富路。

中后白组低保户白云侠一家三口人，因妻子残疾致贫，带着一个10岁的小女孩，仅仅依靠三块巴掌田4亩地艰难度日。他本人也因身体不好，又是63岁的老人了，耕作起来特别吃力。地又少又小，根本无法流转，日子过得苦巴巴的。类似情况，整个白湖村有五保户18户、贫困户73户。

为此，白湖村委会开展了精准扶贫攻坚战，村支委和贫困户结对子进行帮扶。在并田过程中，村委会提出把四户低保户的田全部并到不自己耕种的全组大田中去，由村委会进行集中流转，帮助他们承租出去，此举得到了大家的支持和拥护。白云侠的4亩多地并入村里300亩的大田后，不仅顺利承租出去，而且价格比之前零散租出去的地几乎翻了一番，每亩600多元，一年纯得3000多元。

白湖村计生专干刘侠说：“小田并大田，这可治好了白云侠长久以来的一块心病了。现在村里为了帮助他们早日脱贫，按照政策要求，为他本户办了低保，每个月970元，还有他现在超过60岁了，每个月还有92元养老保险。给他办了独生子女（双女）特保，一年960元，为他家属办了每年600元的补助，等他家属达到法定退休年龄，每个月也可以领取92元养老金。”

老实憨厚的白云侠连声说：“感谢村委会的关心，感谢政府的帮扶，这么多好事能落在我头上，过去想都不敢想啊。现在党的政策就是好，并田政策就是好。”

中白生产组土地改革的试点成功实验，为白湖村土地流转和现代农业奠定了基础，土地平整后，道路、水利设施得到了改善。新增有效耕地面积100亩余。这对于保护有限的耕地、增强国家粮食安全保障能力具有重大现实意义。预留的公共用地为兴办公益性事业和基础设施建设解决了实际问题，提供了长远发展的余地。“一户一块田”为农户耕种、灌溉、收割等环节大幅度减少了工时和劳动强度，人力、物力、财力等投入也明显降低，单产有所提高等，生产经营效益得到明显提高，农民得到了实实在

在的利益。而且“一户一块田”后，因地邻的减少，相应的纠纷也大幅减少，对农村和谐稳定发展起到了极大的促进作用。

六、余　音

乳鸭池塘水浅深，麦收季节半晴阴。东园载酒西园醉，白湖麦地处处金。

白湖村“一户一块田”工作还在继续进行中，今后有什么打算？村委会提出来新的规划：目前全村9000多亩土地，已经完成3800多亩地，超过40%，中白、后白、纽庄和李庄百分百完成，张楼正在进行，前白、张庙和萧湖下一步推进，三年内达到70%～80%。村委一班人说：“其实，越到后面可能遇到的难度越大，希望国家和政府，能够更加深入地听取基层的声音，出台更加有利的政策，大力支持我们的改革探索，大力扶持农村早日走上现代化农业道路。”

“一户一块田”改革的后继工作，目前正在徐圩乡有条不紊地逐步推进中，徐圩乡党委书记蔡永说：“习近平总书记说群众利益无小事，我们正是本着共产党人的高度责任意识和担当精神，努力带领全乡百姓早日走上全面脱贫致富的康庄大道，我们搞的是‘小试验’，但这一定是深化农村土地经营制度改革的‘大方向’；我们目前的工作，就是为此积极‘探路子’，如果总结出来的经验能够为普遍推行‘作示范’，我们的工作就更值得了。”

站在每块农田几乎都是十几亩甚至几百亩见方、界碑清晰、田间道路平坦可容农机通过的大田里，我们深切地感到“一户一块田”带来的可以亲眼见证的巨大变化，内心有一种深深的感动。真正热爱这块土地的是祖祖辈辈生长于斯的农民们，他们中间蕴藏着无穷的创造力和生产力。他们像工蚁一样，默默无闻，通过自己的辛勤耕作，哺育着这方土地上的华夏民族繁衍生息。

面对皖北大地粗犷无垠、波澜壮阔的无边麦浪，著名诗人艾青的一句诗在我的脑海中久久回响：“为什么我的眼里常含泪水？因为我对这土地爱得深沉……”

谨以此献给徐圩乡白湖村的父老乡亲们。

不屈的信念

马倩芸

麦浪，池塘，花田，鸡鸭……

人们常说，人间最美四月天。四月的田野，风吹麦浪。蔚蓝的天空下，麦苗儿蓄积了力量开始疯长。成片的池塘，水清鱼跃。田间、路边、河坡上，随处可见的油菜花，是记忆里故乡的模样。一户户养殖人家，鸡鸭成群，白鹅结队，好不热闹。呈现出一派朝气蓬勃、生机盎然的景象。

这是初到永红村给我留下的印象。永红村位于蚌埠市怀远县徐圩乡西侧，与高庙村相连，与白湖村接壤。这里，环境优美，交通便利，“三纵两横”的公路网使村内四通八达。玉米和小麦装点着这个如诗如画的地方，广大勤劳淳朴的农民把青春和汗水洒在家乡的泥土里，用勤劳和智慧换来了金色的收获。

不知不觉中，我们来到了安徽益民禽业有限公司的门口。

初见杨涛，这是位充满活力的“80后”青年，胖乎乎的身段，浓眉大眼，圆圆的脸上总是带着让人感到信任和亲切的微笑。他站在那里，像是一棵风中挺立的松树，散发着向上生长的勃发英气，传递着一种胸怀梦想的清晰坚定。就是这位看上去斯斯文文的高校高才生，凭着不屈的信念，克服了重重困难，在家乡带领着全村一百多养殖户，创造出属于他的一片蓝天。

为了家庭放弃留校

杨涛，出生在家乡一个普通的农户家里。在乡亲们眼中他从小勤奋好学，品学兼优。由于家里贫困，小时候的杨涛白天帮家里干活，维持生计，晚上在油灯下自学到深夜。功夫不负有心人，年满二十岁的杨涛不负众望，成了全村第一个考上研究生的人。为了支持儿子读书，快六十岁的父亲第一次背井离乡外出打工。母亲省吃俭用，连十几块的治病钱都不舍得花。到杨涛研究生毕业时，家里已经负债十多万元，一贫如洗。一提到自己的家，三十多岁的杨涛眼睛都红了，说："当时我母亲连治病的药都吃不起，每天早晨起床的时候，要十几分钟扶着膝盖才能站起，当时心里的感受说不出来，太难受了。"

贫穷，给幼小的杨涛留下的心理阴影太重了。因为穷，母亲的这双腿落下了残疾，成了杨涛内心深处的遗憾。

所以，杨涛2007年研究生毕业找工作时，什么挣钱就干什么。杨涛再三考虑，还是放弃留校机会，找了一份大家都替他感到不值的工作，冲的就是这个公司开出的8000元月薪，这是当时留校工资的3倍多。为此导师找他谈了四天，却没能把他的心拉回来。

他的导师是安徽农业大学动物科学学院的院长耿照玉，在接受采访时曾遗憾地说过："当时劝过杨涛，因为在高校里面发展的话，通过几年的努力奋斗，成家立业是没问题的。"

可杨涛说他等不了，他要马上赚钱改变家里的现状。杨涛的同学陈红兵在接受采访时曾非常惋惜地说："最开始他说在鸡场工作，我们都以为他在飞机场，大家觉得他大有可为，后来听说是在养鸡场干，我们认为比较不值得。"

杨涛解释说："我等不了，我确实是等不了。我现在急需要钱，上班最起码能让我父母过得不至于太拮据。"

说到这里，他和我聊起汪国真的《旅程》："垂下的头颅只是为了让思想扬起，你若有一个不屈的灵魂，脚下就会有一片坚实的土地。"就是这份不屈从于命运的信念，想早日改变家庭贫困现状的决心，让他狠下心做了艰难的选择。

勤奋苦干成绩斐然

到了自己铁了心要来的禽业公司，火急火燎要赚钱的杨涛干起活来特别用心。做事一贯认真的他，在上班的第一天就在心里默默地对自己说：一定要好好工作，对得起这份工资，干出点模样来！

2007—2009年，在荣达禽业公司工作的两年里，杨涛担任公司生产部经理。工作中，杨涛不怕苦，不怕累，经常加班到深夜，丝毫不敢懈怠。在育种方面，公司一班人员在他的指导和带动下获得凤达"绿壳"乌骨蛋鸡和凤达"粉壳"乌骨蛋鸡两个自主知识产权的优质蛋鸡配套系。在实际生产中，杨涛对其进行不断的优化，使一些优良的基因在配套系中的遗传更加稳定。杨涛的努力，全公司的人都看在眼里。禽业公司负责人之一汪增友接受采访时说："夏季高温的时候，杨涛穿一套迷彩服，一般的学生是受不了那个罪的。从上到下的衣服几乎全部汗湿了，那时候我就认为，杨涛是一个肯干事、能干实事的人。"

工作中的突出表现，不仅得到公司内部的表扬，他还被广德县团委、广德县组织部等单位授予"广德县十佳杰出青年"称号。

杨涛的勤奋和努力也得到了总经理司绍宏的重视和赏识，到2008年年底，只工作了一年多的他，月薪达到一万多元，公司不仅赠送了一套三室一厅的房子，还送给杨涛二十万公司股份。

以前，连饭都吃不饱的穷学生，仅用了两年时间，已经成了上市公司的股东。有房，有存款，不仅还清了家里的债务，还娶了心爱的姑娘。

告别高薪　从头开始

名誉和金钱都有了，稳定的工作，让杨涛感觉人生好像缺少了什么，更别说独立的成就感和幸福感了。难道这就是我要的生活吗？杨涛在心里不断地问自己。2009年5月杨涛回乡探亲期间，顺便了解了家乡的家禽饲养情况，发现家乡的蛋鸡养殖与服务业较为落后，于是他萌生了一个回乡建设一个有一定规模的家禽养殖和服务企业的想法。正是这次探亲激发了他创业的念头。

这个时候，杨涛一个月的月薪，已经能赶上他爹妈两年的收入，他却思考着辞职回老家养鸡。正在犹豫不决时，偶然的一个同学聚会，大学同学李少海的一席话，让杨涛听了很有想法。

李少海说："我那个时候就感觉这个行业机会来了，有很多朋友自己去创业，经济收入非常好。"

杨涛接着说："我的能力应该远远超过他，既然他都有这种想法，我为什么不能呢。"

当晚，杨涛失眠了，他觉得安逸会让一个人失去激情。创业的念头就像印在脑海里，挥之不去。他反复思量，觉得自己还年轻，还有毅力，人就一辈子，应该拼搏一次！

杨涛把想回乡创业的想法告知家人，希望能得到家人的支持。没曾想这个想法招来了全家人的反对，就连一向最疼他的母亲，都气得不想给他做饭吃。

杨涛的母亲说："我们杨家屋头，就出了你这个大学生。毕业了，你不去干大事业，怎么能回家养鸡，怕你养得连裤头都穿不上。我坚决不答应！"

虽然家人一致反对，但是杨涛心里很清楚，自己并不是盲目的创业。在接下来的六个月里，他搜索了很多资料，加上平日里积累起来的养殖知识，他已经明确了目标和方向，而内心那点不安实际上是对未知世界的一种下意识反应，每个人在走向未知的时候都会产生。如果自己连这点都克服不了的话，还谈何理想，谈何目标呢？这才是真正考验自己的时刻，到自己和生活博弈的时候了，为了自己的理想，一定要奋斗到底！

2009 年 9 月，杨涛不顾爸妈的反对，向公司递交了辞呈，老板用加薪、送汽车等很多优厚条件挽留，但都被杨涛拒绝了，甚至还退还了股份。当时，杨涛的亲人，朋友、同事都不能理解。为了照顾母亲的情绪，不让妻子拼打苦累，他义无反顾支持妻子进入了县里的学校任教，做了一名老师。

自幼争强好胜，干什么事都不服输的杨涛下定决心，"不干则已，要干就要干出名堂来！"

创业之路　一波多折

当时，在杨涛的老家，没有成规模的蛋鸡企业，鸡蛋主要靠外地供应。杨涛认准这个机遇，决定养殖蛋鸡。杨涛找到三位最要好的高中同学，只说了一句话，哥们儿决定跟着杨涛干。

杨涛的合伙人褚思冠："他就说了一句话，你想不想奥迪 A6，你若想开，那就和我一起干，我信得过他，我们一拍即合，就干上了。"

刚创业时，乡里对企业的支持非常大。书记、乡长和分管领导带头做土地划拨和协调的工作，将基本农田调整成一般农田。资金不足时，乡里出面向银行担保贷了一百万元，帮助杨涛创业，带动老百姓致富。领导们经常在杨涛这里忙到中午一点多才回去吃饭，引用乡党委书记、乡长常说的一句话："杨涛，你创业很不容易，我们从来没在你这吃过一顿饭，等你真正成功了，请我们好好吃一顿!"

就这样，拼拼凑凑了两百多万元，于 2009 年 10 月，杨涛和兄弟们在家乡的蛋鸡养殖公司成立了。

杨涛信心满满，他总在想，自己学的是禽类养殖专业，又有两年的养鸡经验，以及兄弟们的帮助、乡里的支持，成功仿佛就在不远处向他们招手。

那是寒冷的十一月，天空时不时地就飘下了雪花。杨涛回忆起那段时光："下雪天，零下几度的情况下，站在上面，我们在梯子上作业时，上面的雪水全部滴到我们身上，头上结的冰锥都好长。"在这样艰苦的条件下，杨涛带领兄弟们昼夜赶工，这栋本需要半年才能建好的鸡棚，愣是两个月就盖了起来。

创业刚起步，因为没钱买自动刮粪机，大家只能用手清理鸡粪。

杨涛的合伙人褚思冠回忆起那段艰苦创业期："干完活之后把这个鸡粪用肥皂或者是洗衣粉把它洗掉，洗掉过后，这个气味仍然在手上残留一个星期到十天，回家睡觉都要和老婆分床睡。"

辛苦总算有了回报，采访的时候，杨涛给我拿出几个鸡蛋，这些鸡蛋对他有着特殊的意义。

杨涛告诉我："这个鸡蛋就是我们建场初期的第一个蛋，我进鸡舍的时候，忽然一看，鸡笼上有一个圆乎乎的东西，跑过去一看是个鸡蛋，那时候特别兴奋，就大声喊鸡生蛋了、鸡生蛋了，赶紧跑出去和几个股东说，大家都特别高兴，特别兴奋。"

2010 年，杨涛公司鸡蛋总产量 700 多吨，在本地市场就可以销售一空。创业一年时间就收回了 200 多万的投资成本，他相信自己和兄弟们一定可以靠小小的鸡蛋赢得大财富。

杨涛沉浸在未来宏伟蓝图的构想中，觉得自己创业之路非常顺利，有点不真实。也还真是，生活就是你最怕什么，它就真的来什么。5 个月后，一场意外，差点让杨涛的美梦画上句号。

2011 年 5 月 11 日下午四点多，正在鸡场休息的杨涛，突然听到有人大喊着火了，他鞋都没顾上穿就冲了出来。火势从一栋鸡舍迅速蔓延，杨涛奋力扑救，依旧难以控制，一个多小时过后，整栋鸡舍化为乌有。

这场猝不及防的大火，让杨涛彻底蒙了。看着被烧了精光的鸡舍，杨涛站在原地，久久说不出话来。

这场大火烧死了 2 万多只鸡，直接损失 60 多万元。公司面临产量减半，资金链断裂的重创。杨涛感到了巨大的压力，忍着悲痛，但还是保持着镇定，指挥着工人们处理好现场，悄然离去。

回家后，妻子的一番鼓励让杨涛感到欣慰。妻子安慰杨涛，棚烧了人没事就行，钱没有可以再赚。

这番话让杨涛没有灰心，他相信，只要人在，就能东山再起。

第二天，杨涛凌晨 3 点钟就起床带领工人清理残局，一干就是十几个小时。让杨涛奇怪的是，一天忙下来三个合伙兄弟都没露面，但转念一想，觉得他们不来也好。这个场景大家现在看着心里难受，等到把现场收拾好，兄弟们东山再起。

一连几天，兄弟们都没有露面。杨涛觉得奇怪，可也没多想。一周后，杨涛终于等来了兄弟打来的电话。他带着鸡场重建计划兴冲冲地赶去见面，然而，兄弟们的一个决定把杨涛给击蒙了。

杨涛做梦也想不到等来的竟然是三兄弟集体撤股。当时只要大家努把力，是可以重新把鸡场做到以前规模的，杨涛劝了整整一夜，但兄弟们的态度很坚决。

杨涛流泪了。他没想到一个意外，会让情比金坚的兄弟们选择直接放弃，这比损失更让他心疼。最终，一个兄弟答应留下，其余两人各拿走了 60 多万元，而这笔钱是杨涛向银行贷款凑上的。兄弟们一起走过风风雨雨，却没能走到最后，杨涛有说不出的难过。那天，他跑到 KTV，整晚就只唱了这一首歌——《我的好兄弟》。他大哭了一场，把所有辛酸都哭了出来。

第二天，顶着红肿的眼睛去上班，他必须振作起来。他是个男子汉，顶天立地的男子汉。真正的男子汉，不会被任何困难击倒，应该正视困难，敢于向困难挑战！

好兄弟离开了，杨涛更加卖力工作，鸡场经过一段时间的繁衍生息，逐渐有了起色，可杨涛却在这个时候做出了一个决定：淘汰现有的养殖品种。公司上下都认为他在瞎折腾，甚至有人为此离开了公司。

面对着合作养殖户的不理解，杨涛还是坚定自己的信念。他觉得，生活不可能每天都是风和日丽，不可能每一个举动都被所有人理解，只要无愧于心，就要坚持下去。

2011 年 8 月，杨涛坚持将鸡场里一半的养殖品种换成了本地草鸡。小鸡要养殖半年才能产蛋，干吗放着到手的钱不挣瞎折腾呢？杨涛告诉了我一个让行内人很头痛的问题。原来，鸡蛋价格的波动，对养殖的影响很大。问题主要是出在鸡蛋的检验上，有药物残留的鸡蛋价格就不稳定。

于是，杨涛决定要研究出一种长久赚钱的鸡蛋。要想养出这种无抗生素、无激素残留的鸡蛋，就要在鸡身上做文章。尽管杨涛给鸡吃的都是五谷杂粮，但如何让鸡不生病、不用抗生素成了困扰他的难题。杨涛尝试用中成药防病治病，鸡死亡严重。一年多过去了，为了养出长久赚钱的鸡蛋，杨涛陆续投入了一百多万元，仍然不见任何起色。究竟是哪里出了问题呢，杨涛反复钻研和思考。

山重水复疑无路，柳暗花明又一村。就在杨涛的研究踌躇不前的时候，一封陌生人的来信让他眼前一亮。这封亲笔信就是这位钟云仙老人写的，信上说自己的中医技术可以帮助杨涛生产出无抗生素、无激素残留的鸡蛋，并且愿意无偿传授给杨涛。

为什么会选中杨涛呢？原来钟云仙看到一篇关于杨涛创业的报道后，写来了亲笔信。这信在杨涛的公司掀起了波澜，大家纷纷猜测那位口出狂言的老人到底有多大能耐，会不会是别有用心呢？

很快，钟云仙亲自来到了杨涛的公司，当时，恰好鸡场在闹肠炎，钟云仙大笔一挥开了个方子，叫杨涛上山去挖草药。杨涛将信将疑，不太情愿地带着工人上了山。

神奇的是，一周后鸡的肠炎真好了。这下大家对钟云仙心服口服。没过多久，杨涛正式拜钟云仙为师。在不同季节，钟云仙给鸡治病、防病的中药方子也不同，杨涛隔三岔五就会上山挖草药。

如今，杨涛的鸡终身不使用抗生素，鸡蛋价格至少 3 个月以上才会有 5% 左右的浮动，每斤售价 10 元以上，利润约为一般鸡蛋的 5 倍。

基础知识扎实、勤学肯干的杨涛给钟云仙老人留下了很好的印象。他对杨涛高度评价：“他是最适合我带的徒弟，如果我哪一天不在了，我的技术教给他，他可以发扬光大，代表我了。我必须后继有人，就要找杨涛这样的人。”

雁过留声　人过留名

巴勃罗·聂鲁达的诗写道：“那里有渴求与饥饿，而你是水果。那里有悲痛与幻灭，而你是奇迹。”

杨涛常说：“雁过留声，人过留名。”他常怀感恩之心，尽自己的可能帮助周边需要帮助的人。离开第一份珍惜的工作以后，虽然杨涛选择了自己创业，他还是经常与原公司的同事保持联系，帮助他们解决育种方面的难题。

回乡后的两三年，杨涛每年都要陪同以前公司的同事去参加 ISO9001 质量体系认证。有一次荣达禽业公司老板亲自给杨涛打电话，说是参与认证，复试时专业评审对问答环节不满意，第二天认证就结束了，希望杨涛参与。事态紧急，杨涛连夜过去，第二天以他的专业知识和丰富的经验，顺利帮荣达禽业公司通过了认证审核。直到今天，杨涛还时常回想起离职的时候，两三百个同事深情挽留，依依不舍相送。他说：“对以前公司还是很有感情的，如果不是因为经济原因，当初我是不会选择离开的。”正是这份感恩图报之心，也让杨涛得到了原公司上下一致的好评和认可。

一业带动千人富。“不仅要自己先富起来，更要带动家乡父老乡亲们一起奔小康。”杨涛说起企业对家乡的贡献，是一种坦然而自豪的态度。

在乡政府、村委的领导下，杨涛积极参与村里开展的“双培双带”活动。至今为止，杨涛的公司共开展家禽饲养管理培训课60余期，受培训人员达600余人，带动100余户农户从事家禽饲养。他把科学养殖知识亲手传授给农户，始终坚持公司加农户的生产模式，始终确保每一位农户的利益，最大限度地降低农民的养殖和市场风险。在日常工作中，杨涛不怕苦，不怕累，只要养殖户需要，打个电话，他就挨家挨户帮助解决疑难问题，任劳任怨。正是杨涛的不懈努力，鼓舞了当地农民从事养殖，因而他深受乡亲们的爱戴。

养殖户张健说："他就是我们的财神爷，我们跟着他能赚到钱。"

养殖户刘翠兰说："就是准备这个棚干起来了，明年缓缓手，还要盖比这大的棚，你不认识他怎么敢干呢，他就是财神。"

历经风雨　繁华绽放

几朝承受风和雨，繁华绽放会有期。十多年来，杨涛在创业的浪潮中摸爬滚打，用务实肯干的魅力踩出了一串串闪光的足迹；用辛勤的汗水浇铸了一道道辉煌耀目的光环；用坚毅执着的精神构筑了一座座成就与荣誉的"金字塔"。杨涛带头致富的事迹受到各级党政的高度赞扬，得到全社会的公认，他先后获得"六安市科技成果奖""广德县十佳杰出青年""蚌埠市农业创业带头人""怀远县科技创新创业优秀青年""蚌埠市十佳杰出青年提名奖""怀远县优秀共产党员""蚌埠市优秀共产党员""第八届全国农村青年致富带头人""蚌埠市创业之星"等称号。

截至目前，杨涛的安徽益民禽业有限公司年销售额已经突破 2000 万元，带领 240 余户养殖户，户均净收入 7 万元。公司先后承担国家科技部"中央引导地方科技创新专项项目——粉壳优质蛋鸡育繁推一体的技术集成"以及安徽省财政厅农业产业化调整项目、安徽省科技攻关项目"优质蛋鸡新品系及杂交配套应用研究"等多个项目的研究。

看了杨涛及其公司取得这么显赫的成绩，以及周围人的高度评价，总想知道支撑这些成就背后的故事。在采访中，谜底被一层层揭开，我也一次次被杨涛那独特的经历所感动。

我问他："你后悔过吗?"

"不后悔，一点也不后悔，没有那段艰苦的磨炼，就不会有我今天的成就，虽然创业时期心里也犯嘀咕，但是没想过放弃。"说起那段艰苦的磨难，杨涛脸上没有一点痛苦的表情。从他那一直微笑着的脸上，怎么也看不出他历经磨难、饱经风霜的痕迹。真是一个与命运抗争的硬汉！我暗暗感叹。

杨涛成功了，他的成功中浸透着智慧和胆识，可他并不满足。早日成为省级产业化龙头企业是他的规划。他想打造“十八湖”精品蛋系列品牌，由生产型企业过渡到“服务型企业”，帮助更多养殖户解决技术问题。

一个更加宏伟、更加庞大的蓝图已经清晰可见，杨涛以睿智的头脑、包容的胸怀、执着的信念，创造了个人、企业甚至会是一个村的传奇。他闯出了当代大学生的一片天，未来，他满怀信心地要向着更高目标、更高层次迈进！

梦在沃土

——安徽省怀远县徐圩乡高庙村实施“一户一块田”纪实

尹若康

农民的梦想在沃土！土地的肥沃、土地的耕种方式将直接影响农民的收入和幸福指数。国家实行土地分到户，至今有三十多年的历程，从原先一家多块小田，发展到“一户一块田”，这是社会发展的需求，这是群众深入改革的成果。

一户一块田

一踏上怀远县徐圩乡高庙村这片热土，一片片绿油油的麦田波浪起伏，记得在实施“一户一块田”方案之前，那零碎的小地块，永远也形成不了像今天这样宏伟气派的麦浪。

让时光的镜头回到2016年11月8日，那天高庙村接到中共徐圩乡委员会徐发〔2016〕126号文件，关于调整徐圩乡“一户一块田”的实施方案。高庙村委会及时召开了村委大会，认真学习乡政府关于实施“一户一块田”的重要精神，会上大家一致认为，这是乡政府推出的得民惠民的大好政策，村里一定要把握机遇，为民谋福利。

徐圩乡政府文件明确指出推行“一户一块田”方案的意义和实施原则。推行“一户一块田”的重要意义：推行农村土地互换并块，户均“一块田”，是在现有农村土地承包关系保持稳定并长久不变的基础上，通过农户协商一致，把当前过于分散、零碎的耕地，以互换并块的方式依法流转，形成一户一块田。土地合并，生产效益、土地利用效率和社会效益方面成效明显。承包地并块整合后，农户耕地、灌溉、收割等环节的工时大幅度减少，人力、物力、财力等投入明显降低。同时，农户有效耕地面积增加，生产经营效益得到明显提高，农户得到实实在在的利益。再则土地利用率得到改善，实施一户一块田的过程中，小地块之间田埂、垄沟得到整平，水渠和生产路得到复垦，耕地面积得到一定幅度增加，预留的公共用地为举办公益性事业和基础设施解决了实际问题。社会效益明显提高。实行“一户一块田”后，从源头上降低农户土地因四邻过多产生的边界纠纷，有利于农村的和谐稳定，也大大提高了农民种粮的积极性。

在推行“一户一块田”方案时，政府要求一定要坚持以下原则：一、坚持国家现行家庭承包经营制度不变原则。二、坚持农村集体土地所有制性质不变原则。三、坚持以第二轮承包原村民组为单位的互换范围不变原则。四、坚持以农村土地确权到户面积或原二轮土地承包分地人口基数不变原则。五、坚持以发展现代农业用途不变原则。六、坚持“试点先行、政府引导、群众自愿、民主协商、逐步实施”原则。

按照乡政府的实施步骤和原则，高庙村立即动员、宣传、调查、摸底，及时出台实施细化方案。

就是在这次大会上，高化彪书记在全体村民大会上宣读高庙村“一户一块田”实施细化方案：为了便于农户耕种、收割，减少由于耕种造成农户之间的矛盾，方便沟渠道路的维修和土地流转，群众看到“一户一块田”的好处，我组在 1992 年第二轮承包农户所得土地的基础上，根据添人不添地、去人不去地的原则调整农户的地块，不改变原来的土地面积，原来的沟渠道路都要丈量出来，以后挖沟修路占地不得耕种。

具体实施方案如下：高庙村委会按照四个组分头进行，每组由群众推荐 8 名村民组成土地丈量小组，认真丈量每一块土地，做到准确无误。会计公布总地亩后，按原来人口扣除宅基地、大田地按 1 号地、2 号地等扣除地头沟渠道路，大家无意见后先抽序号签，再抽土地签。地势较低的土地，愿意认领的，原 1 亩按 1.2 亩测算，较好的地块原 1 亩为 1 亩。方案请大家认真研究，无意见的由户主签字确认。请群众推荐，一致同意丈量小组人员名单签字确认。之后正式签订“一户一块田”协议，大家同意后请签名按手印。

当然，改革和新鲜事物出现是不会顺顺当当的，高庙村领导虽然做了大量的工作，全村大部分农户都支持“一户一块田”工作的开展，但也有少数家庭不乐意把田拿出来化零为整。其原因有二：一是可能上一轮分田时，田地多分了，有的开荒开出了不少土地，现在怕拿出来再分，多的田亩会被村里收回，这样就吃了大亏，于是迟迟不同意实行“一户一块田”方案。二是有的农户对“一户一块田”的精神还没有吃透，认为自己家的田比别人家的田好，一直持观望状态。

针对这两种情况，高书记带领“一户一块田”工作小组，逐户找其谈心，谈“一户一块田”的好处。经过做思想工作后，多数家庭已同意实施“一户一块田”的方案。

目前，全村782户中已签字同意的农户超过500户。高书记说：争取在年底前，高庙村全部实施“一户一块田”计划，力争把高庙村的农田变成高产、优质的大粮仓！

高庙村的变迁

土地是农民的命根子！特别是处在区域最偏僻、前些年因道路不通而信息闭塞的地方，农民只有靠土地的收成来满足生活需要。徐圩乡高庙村就是处在乡镇最偏远的西南角，位于与蒙城县接壤处。在前往高庙村的路上，高化彪书记就向我介绍说：“我们高庙村，地理位置偏僻，这里的农民祖祖辈辈就是靠着几亩田，面朝黄土背朝天，日复一日地重复着土地生产劳动，要不是遇着国家好政策，农村土地实行承包责任制，公路村村通，领导想着法子让农民减轻负担，使土地多产粮食，从分田到户时每家零零碎碎的田块，到土地集约，实行一户一块田，让多余劳动力外出打工挣钱贴补家用，农民哪能过上富裕的生活。”我一边听着高书记诉说着高庙村的发展历程，一边双眼瞟着车窗外，麦浪从我身边匆匆而过。

汽车穿过一片民房区，在村委会楼前停下，一下车，“哇!”眼前的场景让我震惊，展现在眼前的是一栋二层新建好的高庙村委会办公楼，办公楼上方竖立着“高庙村党员群众服务中心”几个红色大字，门前出口左侧竖立挂着两块醒目的牌子，一块是“怀远县徐圩乡高庙村民委员会”，一块是“高庙村综合维稳信访工作室”。玻璃门里面正面墙上书写着“为人民服务”五个大字。大门楼上方高高飘扬着鲜艳的国旗。楼右侧的宣传栏处悬挂着一幅醒目的红底黄字标语：破除丧葬陋习，倡导厚养薄葬！

回首望一眼村文化广场，更是感到惊讶，你看那文化广场上绿化带整齐有序，文化长廊现代简明，圆形路灯高高竖起，活动场景布局合理，给人的第一感觉，这那里是村里文体广场，这与市区现代化的娱乐场所又有什么区别呢！

在新村委会门前，高书记看着办公楼说：“看看现在的村委会，再想想两年前的村委会，真是泪眼心伤啊！记得两年前，县领导来高庙乡检查工作，天空下着小雨，当领导来到破旧的村委会时，是搬着梯上到二楼村委会办公室的，办公室中除了几张破桌破椅子，什么都没有，室中到处漏雨，外面下大雨，室内下小雨，满屋子阴暗潮湿。”

“我看了你们高庙村委会办公室，我很痛心，猜我现在想干什么？我现在就想哭啊！”徐圩乡姚书记看着高庙村书记说。高书记眼中噙着泪水，低头不语。临走时姚书记回头对高书记说：“如果一年后不改变村里现状，没别来见我！”

昨天的事犹在眼前。今天进入高庙村办公室，目标管理上墙，办公大厅清洁明亮，制度职责的文字一目了然。

在村委办公室中，高庙村书记高化彪，高庙村会计、老村主任、徐圩乡统计员高泽民，高庙村支部委员尚元秀等人，对高庙村近百年的历史变迁从头到现在详细地给我叙说了一遍。

高庙，原本有一座小庙，因高姓是本地大户姓，故称高庙。

高庙村是1949年后土改时才定下的名称，20世纪60年代初，高庙村历属杨桥乡，当时乡长名叫童万生。高庙村第一任书记高有为，村长高有珠。1958年“大跃进”时期，村改为大队，大队书记耿全夫，大队长尚元友，会计高有荣。“文革”期间村称为村革委会，村革委会主任高有兰，成员高泽民。1969年后，村革委会又改为大队，高庙、新集（尚庙）、尚圩并为新集大队，1974—1992年，经过行政区划调整，高庙与新集分开，独立成立高庙大队，又历属于尚庙乡，时任高庙大队书记高有兰，会计高泽民，当时大队领导主要书记、会计、民兵营长三巨头。1992年后，国家实行撤区并乡政策，高庙村又划归徐圩乡领导，时任高庙村书记高化群，村长高化树。

高庙村经过多次的调整划分后，全村总面积为6975亩，共有农户782户（参加新农合数字），高庙村除棉花外没有种植经济作物，没有村办企业，所有的土地主要种植小麦、玉米、山芋等粮食作物，每亩年收益6000多元。目前全村总收入约420万元左右，这在当今的生活环境下也算是贫困村了。

创建幸福园

高庙村新任书记高化彪虽然才上任没几天，但心中装着百姓的幸福梦。他说："我们村的地与别村相比人均4.2亩，不算少啊！别村有的才2亩多，村民都致富了，我就不信这个邪！每人几亩地，就是一年少睡觉也要带领村民们把自己的地整成高产优质田！"

在高庙村办公室的墙面上，有一块廉政建设大牌子，上面写着"对党有深情，对群众有感情，对事业有激情，对未来有豪情！"两排大字。从这几句廉政建设警句中，人们看到了新书记的决心和信心。

二楼会议室，一块脱贫攻坚政策解读展示牌非常醒目：

贫困户识别程序：农户申请；村级初审并入户调查；村民代表大会评议并公示；乡镇核查并公示；县级审核并公告后批复；签字确认；录入系统。

脱贫攻坚三大任务：现行标准下农村贫困人口实现脱贫；贫困县全部摘帽；解决区域性整体贫困。

稳定实现扶贫对象"两不愁""三保障"：不愁吃、不愁穿；

保障安全住房、基本医疗、义务教育。

四看法：一看房；二看粮；三看劳动力强不强；四看有没有读书郎。

四个切实：切实落实领导责任；切实做到精准扶贫；切实强化社会合力；切实加强基层组织。

五个一批：发展生产脱贫一批；易地搬迁脱贫一批；生态保护脱贫一批；加强教育脱贫一批；社会保障兜底一批。

六个精准：扶持对象精准；项目安排精准；资金使用精准；措施到户精准；因村派人精准；脱贫成效精准。

实施两大行动：大数据；大扶贫。

解决四问方法：扶持谁；谁来扶；怎么扶；如何退。

四类人员不符合：有车、有商品房、有工商营业执照且在经营、家庭成员领取国家财政工资。

六个到村到户：基础扶贫到村到户；产业抉择到村到户；教育培训到村到户；农村危改到村到户；扶贫生态移民到村到户；结对帮扶到村到户。

贫困户退出程序：村民小组提名；村支“两委”和驻村工作队核实；拟退出贫困户认可；在村内公示无异议后公告退出；报乡镇长人民政府核准；签字确认并销号。贫困对象脱贫退出标准以户为单位，该户年人均可支配收入稳定超过国家扶贫标准，不愁吃、不愁穿、义务教育、基本医疗、住房安全有保障，精准扶贫“四看法”综合评估分值在60分以上的通过退出程序审批认定为脱贫。

五主：党委主责，政府主抓，干部主帮，基层主推，社会主扶。

五包：省领导包县，县领导包乡，乡领导包村，乡领导包户，党员干部包人。

发挥第一书记“四个全程参与”：全程参与项目申报；全程指导项目实施；全程加强项目监督管；全程增强项目评估。

村里把制度上墙，把政策和业绩向村民公布，一切在透明的环境下工作。难怪高书记上任后，村民们对他呼声和支持率如此之高。高书记上任后他不仅下大力气抓生产建设和乡村文化建设，同时他对当地的教育也非常重视，每年村里都把学校建设放在首位，怀远高庙标准化小学已经排在众村小学前列。

站在实施“一户一块田”后的田间麦浪中，高书记手指着大片绿油油的麦田胸有成竹地说：“别看我们村目前还不富裕，没有村办企业，我想在全面落实‘一户一块田’方案后，我们会把眼光放远，大力种植经济作物，开办多种经济实体，带领全村农民共同走上致富之路。”

绿色长廊画中行

胡永武

暮春季节，风和日丽。蚌埠作家协会一行，在怀远县徐圩乡杨乡长的带领下，来到徐圩村的田间地头。这里正是徐圩乡实施“一户一块田”后的田野。放眼望去，一望无边的麦苗，像是给大地铺上了厚厚的地毯。现在，麦苗正在拔节的时候，微风吹过，掀起绿色的波纹，一派生机勃勃的景象。路边地头上，金黄的油菜花儿开得正旺；辛勤的小蜜蜂，一会儿飞到这儿说些悄悄话，一会儿又飞到哪儿吻一吻；还有一些不知名的小花儿，也在争先恐后地展露着美姿，向春天竞放。

作家们在田间流连忘返，拍照留影，尽情陶醉在这片田野里。

徐圩乡的绿色长廊

村道两侧，排列整齐的杨树，举着高耸的绿冠，留给人们的是浓荫和清爽。

现在的农村，尽是这样一派美景，着实让人艳羡。这时，随同的杨乡长向我们介绍，这是徐圩乡正在打造的万亩森林长廊的一部分。

徐圩乡地处怀远县西部，距县城约35公里，西与蒙城县接壤，东邻河溜镇，南临茨河，北与国营龙亢农场相连。全乡东西长约13.5公里，南北长约10公里，面积为124平方公里，是典型的农业乡。境内有宁洛高速公路、226省道和046、052两条县道贯穿全乡。

为进一步改善全乡境内主要公路和乡村道路两侧的环境面貌，美化乡间景观，展示地域文化特色，提升沿线整体形象。做到“路面洁、沿线绿、河道清、景观美”，努力把公路沿线打造成为环境整洁、景观优美、管理有序的绿色走廊和景观大道，展示徐圩乡特色风貌，经过林业局审批，全乡实施万亩森林长廊工程。森林长廊建设对乡镇村庄减少灰尘、噪音和绿化美化环境都具有十分重要的意义。

首先，实施046和052两条县道沿线的绿化，接着实施沿界阜蚌高速公路和226省道两边的绿化，后续补充实施乡村重要干道的绿化。首期规划的森林长廊工程主要分布在046县道和052县道沿线两侧100米宽度以内，绿化总长度15000米，建设总面积2235亩，涉及11个行政村、38个小班地块。

良好生态环境是最公平的公共产品，是最普惠的民生福祉。建成一批绿化、彩化、美化的彩色森林带，营造林水相依的生态河道和景观绿化带，是群众对美好生活追求的重要体现。

徐圩乡政府统筹兼顾，着力提升乡村道路绿化品质。按照“因地制宜、因路制宜、经济适用、功能高效”的原则，就地形地貌，合理选择树种，注重绿化设计、层次结构，统筹考虑景观作用、生态作用和安全作用，按照“点、带、林”高低搭配，坚持“乔、灌、花、草”结合，同时注重与边坡治理、水土保持、自然景观、生态环境的有机融合，全面提升森林长廊工程绿化品质，努力打造绿色徐圩，建设生态绿色长廊，扮靓美丽乡村。

为确保绿化工作取得实效，乡政府引入市场竞争机制，由大户进行承包，签订五年的承包合同，期满收益归承包户。栽种时，选择了适地适树、乔灌结合，常绿与落叶相结合的建设模式，以路肩林带建设作为主线。同时，乡政府严格落实植树造林相关技术要求和标准，坚持挖窝标准，所有树木的栽植都对整齐，浇足水，封好土，栽植树木横竖斜都成行；在种植标准上，新建森林长廊林带单侧宽度不少于50米，林带外侧栽植不少于5行、苗高3米以上、胸径4厘米，所有树木都明确责任人。并要求做好死树清理、清沟整墒、涂干刷白、抚育管护，遵循适地适树原则。现在可以看见道路两边一棵棵绿树拔地而起，一道道绿色长廊扑入眼帘。整个徐圩乡的生态效益、绿色农业已经日益显现。

车在路上行，人在景中游。人们漫步在徐圩乡的乡村道路上，已经不仅仅只为了出行，而是在出行过程中感受到一路风景带来的美感和享受。

我喜欢徐圩乡春天的田野，它像一幅展开的画卷，充满诗情画意。远去绵延的行行绿树，本身就是意蕴深邃的长诗，诗意浸染我们的心情，营造的是舒适，是愉悦。

难忘那抹绿色撑起的浓阴。

走进韩湖

妮　子

韩湖村是徐圩乡偏东部的一个村子。

如今，村村都有小轿车，这我知道，我执意要村里用电瓶车来接我。来接我的是村党总支委员韩成青，果然开的是村里治安巡逻的电瓶车。当日逢集，电瓶车费力地穿过热闹的集市驶向郊外。

宽阔的林荫大道两旁，麦田一块一块绿油油地连成了片，成为无垠；塑料大棚一棚一棚白茫茫地连成了片，形成阵势。我心情爽得像路边的菜花随风摇曳，时不时地停下来，举起相机把乡间美丽的春色拍个够。

韩成青刚过50岁，很健谈，我们一路聊着。他指着眼前的这条水泥路说，这条路有6公里，先前我们小时候上乡里上学，赶上雨天，一路坑洼一路水，走个把小时才能到；就是晴天，一路坑坑洼洼也不好走，村民赶个集来回得半天。这条路几经变迁，第一次变迁是二十多年前，修了一条柏油路，有四五米宽，可以跑汽车、三轮车。有了路，韩湖村家里有钱的就可以买“前头带冒烟，一开嘣嘣响”的摩托车，有的还买了小客。前几年修了这条水泥路，又比柏油路胜了一筹，坚实耐用。往韩湖去的有8公里连乡道，比这条窄些，是4.5米。有了路，村里不少人家都有车了。他又憨笑着说，我家里有轿车，老姐你在电话里说的非要电瓶车接，我只好把治安巡逻车开来接你了。我忙解释，我非要让村里来电瓶车接我，可不是为了作秀，是想沿路观景下车拍照方便些。

一路说着聊着，还没到村子我就已经听到了一段一段关于韩湖村久远的故事。

这是一个遥远的传说。早年间，淮河湾子里有一块洼地，一眼望不到边。由于地势低洼，雨后积水排不出去，人们常年都是在水里咣当的。洼地东西长有四十五里，长长迢迢的活像一竿旱烟袋，当地人都称它为“四十五里烟袋湖”。随着水利事业的发展，乡村的沟、渠、路都在不断地改造，排水通畅了，如今的烟袋湖已经是旱湖了。尽管是有湖没有水，但是几代生息在烟袋湖的人们老是舍弃不了这个“湖”，到如今还有十八个村的村名都带个湖字，俗称“十八湖”。韩湖村顾名思义，是韩姓人家居住的村子。当年，韩氏家族从陕西迁往此地落脚谋生，韩姓人家居多，故名韩家湖。史上，韩家湖小有名气，1939 年春，国民党怀远县政府由茨河南观音堂迁到龙亢南褚家湖村，办公处设在褚大庙，监房就设在韩家湖。今天的韩湖村不是韩姓独一家，因为韩湖村和张湖村紧紧地挨着，房子挨着，地也挨着，吃的是一井水，拉的是一盘磨，韩湖的汉子是张湖的翁，张湖的闺女是韩湖的婆，从 1949 年以来。韩张两村分分合合几次了，最终还是合了。南部张湖人口少些，北部的韩湖人口多些，经过协商，村名叫韩湖，村委会设在张湖，全村有 1220 户人家、4548 口人，拥有着 10090.68 亩耕地。

在乡里听介绍，韩湖村的特色经济很有“特色”。

我问韩成青：“听说咱们村的特色经济很出色，都有些什么?”

“葡萄、西瓜，串珠链，养鸡、养牛，老早还搞过挺大规模的莲藕……”韩成青如数家珍。越听我越急不可耐。

电瓶车进了村子，水泥路挺宽的，村子很寂静，几乎见不到闲人，路两旁的民舍多数都是两层的，几乎是家家门口都有一位妇女坐在那里低头忙乎着，韩成青说，这都是在串珠链子，坐在当门口有太阳，又暖和又亮光。我很好奇，下车走上前去看了看，阳光下，一串串珠链熠熠生辉，真没想到农妇手里竟也能串出如此漂亮的彩链。

新疆葡萄落户韩湖村

韩湖村的葡萄种植在全乡闻名，韩湖村葡萄甘甜如蜜，在蚌埠远近闻名。这一声誉是葡萄种植专业户朱小春的贡献。

在朱小春的葡萄园里见到了年纪轻轻的朱小春，这是一个韩湖村土生土长的小伙子，人长得很帅气，细高高的个头，一副微黑透红的面孔露着淮河男孩的厚道和精明，几句攀谈，从他那一双深沉的眼睛里看出，朱小春是个深藏故事的人。二十九岁那年，贫穷的家境和不甘现状的朱小春跟着一个施工队离开家乡到几千里外的新疆务工，在朱小春心里，打工挣钱不是目的，他一心想学一门手艺，靠真本事吃饭。新疆最多的是葡萄园，工余时，小春常常望着工地不远处的葡萄园，渴望能有机会到葡萄园打工学艺。小春曾经溜达到一家葡萄园，园主是一位地道的新疆维吾尔族老人，不会说普通话，小春再打手势比画也说不明白，老人家摆手不理。后来，小春找到一位懂维吾尔语的熟人给带去引荐，老人家同意收留，但是三个月只管吃不给工钱。身无分文的小春咬着牙把三个月干下来了。小春人踏实，又能干肯出力，老人家很喜欢他。有一次小春崴了脚，脚脖子肿得跟发面馍似的，葡萄园里的活很紧需要加班，小春二话没说又是咬牙坚持干了一夜，这一带没有医院，小春没有药吃，只有咬牙挺着。遇到困难咬牙挺下去，这就是朱小春的性格。在葡萄园三年了，种植手艺也学到手了，而且他把媳妇和儿子从老家接过来两年多了，应该静下心来在这里稳稳当当地干下去了。但是朱小春总觉得这不是自己要过的日子，一种思乡情感越来越强烈，外边再好都不如家乡好，小春拿定主意要回家乡韩湖村种葡萄。

家乡有自己的土地，小春可以在自己的田地里施展手艺了。但是，新疆和安徽相隔几千里，气候和环境迥异，新疆干燥，安徽多雨，葡萄树水大了就会淹死。为了及时防范，小春每天要看几次天气预报，每到雨天，小春夫妇及时排水护树。他在葡萄园边搭起两间简易住房，大妇俩带着两个孩子吃住在葡萄树旁，修剪施肥，精心护养，终于，新疆的葡萄在韩湖村生根结果了！朱小春是韩湖村第一个栽种葡萄的人，他就像一个辛勤的甘露使者，把甘甜的葡萄撒向淳朴的韩湖人们……

已经两年了，小春的葡萄园硕果累累，他家那20亩的“一户一块田”就是他的葡萄种植基地，有露天的，还有一部分大棚的。成群的鸡、鸭、鹅在葡萄树下觅食，夫妇俩每日在自己的果园里辛勤劳作。他们种植的夏黑和巨峰两个品种的葡萄销路挺好，在蚌埠的大型超市，上海、南京都有销路。因为考虑到运送费用成本较高，目前还没有在网上销售。政府每亩地补助450元，去年乡里给打了一口井。小春准备明年再扩展30～50亩地。在朱小春的影响下，村里已经有7家农户搞了葡萄种植，小春亲自上门做技术指导，推荐优良品种，种户有了难题朱小春随叫随到。村委会主任张跃赞扬朱小春的葡萄种植项目在韩湖村特色经济发展中起到了相当好的示范带头作用，朱小春当之无愧是这一种植项目的带头人。

甜蜜的事业

西瓜的种植对于韩湖人来说是一个精神上和物质上的超越。以前韩湖人别说是吃西瓜，就连水果这个东西听起来都是奢侈的名称，苞米秆子当甘蔗吃，洼地里只种庄稼不种蔬菜，一根黄瓜、一个水萝卜都得上集上去买，拿地瓜干子去换。褚思伟第一个在旱湖里种植西瓜，被称作是第一个从事甜蜜事业的人。

最值得赞扬的不是褚思伟的“8424”西瓜品种有多优良，也不是褚思伟的西瓜种植项目带动了多少人致富，而是褚思伟搞西瓜种植，在韩湖村建立了一种新型的租赁和雇佣关系。

褚思伟出钱租赁了农户的土地，土地的主人又到他的瓜园里务工赚钱。这一种新型的双赢双利的租赁雇佣关系，给韩湖村带来新的发展动力。农户韩思方，把自己家的 14 亩多土地全部都租给褚思伟搞西瓜种植，每亩租金 1000 元，他们夫妇俩又到西瓜园里给褚思伟打工，仍然忙碌在自己的土地上。用他自己的话说，“侍弄的还是自己的地”。韩思方扳着手指头给我们算了一笔账，他两口子都 50 多岁了，到哪里打工都没人要，现在西瓜园里只要有活，褚思伟优先安排他两口子来干，两个人一年有两三百天在瓜园里干活，每天每人 70 元，全年要收入 21000 元，如果自己种地，秋季种玉米按亩产 700 斤、每斤七角钱计算，15 亩地收入 7350 元，化肥农药少说得用去 3500 元。夏季小麦按亩产 900 斤、每斤 1 元钱计算，15 亩 13500 元，农药化肥少说也得 7000 元，两季作物也就是个万把块钱的收入。把土地租给有作为的人去发挥它的作用，土地生了钱，双方都得利。农户韩强种植葡萄、桃子，他把自己的 6 亩土地租给褚思伟种西瓜，夫妇俩有闲空也到瓜园打工。这种由土地租赁关系而产生的人员雇佣关系，双方自愿，互赢共利。

在常人的头脑里，一提到租赁，就本能地联系到所有权是不是转移了？一提到雇佣，就本能地意识到，是不是又在搞剥削了？事实上，很多的事情并不复杂，复杂的是僵化的思维和看问题的方式。土地租赁出去，不动根基，所有权没变，无非是租价多少而已，这完全是一个愿打一个愿挨、两相情愿的交易。在一些地方，土地所有者常年在外务工，一年远途回家几次侍弄土地，经济上划不来，让亲友带种又有许多情分的纠结，倒不如讲个价租出去，干净利落不欠人情，双赢双利。像韩思方这种情况，夫妇年纪都挺大了，用传统的方式经营土地也是力不从心。更何况收获了，同样的土地，在他们夫妇手里就是每年两季庄稼而已，但是在褚思伟的手里，那就是宝地，可以生金子。两者的区别就在于发挥土地作用的不同，使土地产生更高的利润，靠的是经营者的发展理念，这就是经营者的智慧。

在租赁土地这个问题上，压力大的是租赁者。褚思伟租赁土地种植西瓜，要承担很大的风险：行情好的年头能挣钱，也可以挣大钱；行情不好的年头，赔本没商量。他种西瓜五年，头一年父子俩忙乎一年净赚万把；第二年行情不行，收益减半，肯定是亏的。以后这几年经验多了，情况就好了。谈及西瓜甜不甜的话题，褚思伟说了一句饱含艰辛的玩笑话："瓜甜都是苦出来的。"都说大棚的瓜比露天的甜，因为大棚的温度、水分可以调节。这话说起来倒是容易，人在大棚里不干活都得弯着腰，一天下来那个辛苦是可想而知的。瓜田瓜棚的管理都很费心，雇零工干活，责任心很关键，比如授粉这道工序，做得不精心，就出歪瓜瘪枣，直接影响销售。

褚思伟掏心窝子说："甜瓜上市之时也是瓜农心苦之日，种植大棚西瓜图的是提早上市个把月，能卖个巧市好价。无奈的是周边的县、市设的西瓜专卖点还没开放，不知是制定规定的人不懂瓜果时令，还是大棚西瓜真的搞乱了季节，卖一趟西瓜被市场管理人员赶得躲好几个地方。再好的瓜大的超市也进不起，成本太高；网上销售全靠老客户带新客户，看着一大车一大车的瓜往外运，心里是甜的。若要是碰上个连阴雨天，一家人的脸都不开晴。嗨，甜蜜的事业是苦着干的。"

彩珠串出富裕链

要说韩湖村的人串珠链，那说来话长了。1995 年，村里一个叫张文久的在义乌与人合伙干珠链生意，入股 5 万元，一年血本无归。他不甘心，第二年跟他的表弟三个人又出去干这个，哪承想又折本了。当时的张文久穷困潦倒，到了在市场上捡菜叶子吃的境地，春节前两口子在南京长江大桥上徘徊许久，被一个细心的老板发现，问明情况后收留了他们。真是很巧合，这个老板也是在义乌做串珠子生意的。绝望之中有贵人相助，张文久大有东山再起之志，根据老板的旨意，他回家乡带人去给老板做串珠链加工，最多的时候一次带出去一百四五十口子。家乡的人撇家舍业出来务工，时间久了心思不安定，张文久觉得这种加工活完全可以在家里做，既可照顾家又不耽误多干活，可不可以发料回家干加工呢。于是张文久就向老板提出发料回家加工、自己人格做担保的建议。由于张文久人很忠实，做事可靠，很受老板欣赏和信任，老板同意了他的这一建议。于是，韩湖村的男女老少，在家里就可以串珠链挣钱了。后来这项加工不仅仅限于韩湖村、周边的村，还有龙亢农场那边都有人过来取料加工，还成立了怀远县徐圩乡串珠协会。现在的张文久可是今非昔比了，在义乌有店面，是大老板了，全家族家业保守数字也在800万元以上了。

目前这项加工业务还是散落在每一个家庭，在村里，几乎每家都在做。在一户二层楼的堂屋门口，一对年纪大约五六十岁的夫妇，围坐在一个小桌子旁，戴着老花镜，熟练地链着珠子。村干部介绍说，这项加工品种挺多的，老年人也都能做。眼神不好可以选择大珠子串，男女都能做。这一对老夫妇手拿专用钳子，串着、捏着，串着、捏着，动作相当娴熟，平均加工一条0.40元，快手一天轻巧巧地串100条。走一户看一户，串的珠子不一样，认真的工作态度都是一样的，就连跟你说着话手里都不停，看着看着我都看花了眼。村妇女主任尚云侠说："俺村的妇女没有闲着打牌搓麻将、串门子扯闲话的，在家里串珠链还都忙不过来呢。"

张文久的弟弟张文龙，今年回家来建厂房，集中雇工，把义乌的加工厂搬到老家来，带动村里的经济发展。这一项来料加工项目，弥补了韩湖村的产业结构，成为全乡乃至全县都少有的特色经济。张文龙在建的珠链加工厂就在村口不远的路边上，厂房三层，采光明亮，占地337.5平方米，可容纳500人集中加工。有了固定的加工场所，既方便加工者又有利于现场管理。工厂现在正进行室内加工设备和机床的安装，预计下半年建成开工。这一厂房建成投入使用，珠链加工产业的规模就会进一步扩大，有望形成一个较有规模的珠链加工基地。

对韩湖村的采访，令我感动的事：一是这个村的领导班子很务实；二是这个村的村民很勤劳。

韩湖村村委会一班人不仅有丰富的农村基层工作经验，还是一支低调、务实的团队。村委会主任张跃说：我们干事不求大，但求实。在发展特色经济这项工作上，村里始终注重发挥两个作用：一是产业协会的带领作用，二是项目带头人的带动作用。组织同项目协会，给他们提供互相交流、学习、取长补短的平台，给他们建立一个共同发展、相互抱团取暖的联合体。我们推广每一个特色项目时，变号召为感召，要让农户从项目带头人身上看到这种特色经济的好处。比如，种植葡萄是个好项目，要推广它，不是靠村里硬性的规划干预，项目带头人朱小春和其他几个种植户的葡萄园就在大家的眼皮底下，要让农户亲眼看到葡萄种植带来的利益，让他有自己要干的愿望。村干部要善于调动农户的经营积极性，‘让他干’和‘他自己要干’是两种动力，他自己想干是关键。只要他自己想干了，我们的服务就必须跟上，给他们创造条件：需要租赁土地的，村里帮助拉线、协商；需要种苗的，村里帮助项目带头人一起推荐、解决；需要技术指导，村里及时组织搞现场操作。再比如，西瓜种植不能重茬，从事西瓜种植的专业户需要按照西瓜种植的土质要求至少在两三年就要换地。有些事个人没有能力协商的，村里就要做一些协调工作。

在谈及规划和目标这些问题上，韩湖村的负责人始终是沉稳低调的，认为再好的项目都不能一拥而上，切忌贪大求全。韩湖村的底子薄，村民家庭经济能力有限，尤其是搞专业种植，风险很大。我们本着条件成熟一户上 户，稳步推进，逐步扩大再形成规模。我们的方向是朝着“特色经济村”的目标迈进，相信在不远的将来，韩湖村会成为瓜果飘香、迎八方来客的美好乡村。

我曾经去过一些较高层次的美好乡村，常常看到的是一些老年人聚在一起打牌、下棋、聊天，理解为这就是幸福。看到年轻的农妇抱着孩子闲玩，优哉游哉，理解为这就是美好乡村的人们的生活。然而，在韩湖村，我没有看到有谁聚在一起悠闲打牌的，没有看到有哪个人闲溜达晒太阳拉呱的，用他们自己的话说，“闲着没事串珠子”。这里的人不浮躁，不怨天尤人，他们静静地坐着，默默地串着一粒一粒的珠子，闲暇时间就是这样度过的，难道这种生活不幸福吗？在我的眼里，这里的人们劳动并快乐着。

无言的“父爱”

吴洽兵　王　道

作家巴金曾经说过，生命的意义在于付出，在于给予，而不是在于接受，也不是在于索取。徐圩乡湾西村的宋在庆老人，用自己的后半生深刻地诠释了这句话的含义：他用26年的时光，诠释了跨越血缘亲情的大爱；用自己羸弱老迈的身躯，扛起了道德与责任，始终行走在行善的路上。

为他撑起一个家

深冬的皖北大地，茨河边的野风卷着刺骨的寒气，在徐圩乡湾西村肆无忌惮地舞动着。

今天是农历的腊月二十八。有钱没钱，剃头过年。一大早，村民宋在庆要带着宋家志前往集镇上，剃头、赶集，迎接新的一年到来。

宋在庆今年70岁，宋家志今年56岁。村里习惯地称宋在庆老宋，称宋家志小宋，虽然都姓宋，虽然看起来像一对父子，其实老宋小宋之间并没有血缘关系。但他们之间的默契和感情，却早已超越了血缘亲情，因为他们共同生活了26年。

动身出发了，宋在庆慢慢蹲下身，从床上缓缓地扛起宋家志，艰难地挪到他们刚赊账买来不久的电动三轮车旁。宋在庆一只手吃力地打开车门，又缓缓地弯下腰，直到把宋家志平稳地放到车座上坐定以后，宋在庆才直起佝偻的身躯，重重地喘了口气。

从卧室到院子前面的三轮车，只有二十米的距离，宋在庆扛着宋家志，放上三轮车，足足用了10分钟。

这是宋在庆和宋家志之间每天都要上演的场景。

今天要到新集去赶集，宋在庆特意为宋家志戴上了一双棉手套。尽管是两只不一样的手套，却是家中唯一的手套，宋在庆总是让给宋家志戴。寒冬腊月，风呼呼地刮着，宋在庆苍老而又黝黑的手，也冻得微红，他却乐呵呵地开着车，脸上洋溢着慈祥的父爱般的微笑。后面车厢里的宋家志，也露出了孩子般的微笑。

老宋和小宋这对特殊的“父子”结缘，还得从宋家志的身世说起。宋在庆总是说，小宋是个苦命的人。

1961年，依然是个寒气逼人的天气，徐圩乡湾西村村民宋国立和闫秀兰夫妻，意外地在自家门前发现了一个被丢弃的男婴。夫妇俩生有两个女儿，没有儿子，便满心高兴地把孩子带进家抚养，并给婴儿取名宋家志。

家里添了个男孩，宋国立和闫秀兰夫妇俩视若掌上明珠，把宋家志当成亲生儿子一样抚养。可是过了一段时间，夫妇俩发现，小家志和别的孩子有些不一样：到了走路的年龄不能走路，说话声音怪怪的，浑身也没什么力气，平时只能在泥地里摸爬着自己玩耍。随着年岁的增加，小家志的情况也没见好转，依然只能瘫坐在地上玩耍。夫妇俩带宋家志到大医院一查，得到的是一个晴天霹雳般的消息：宋家志患有先天性肢体残疾，下半身一辈子都不能动弹，说话也有障碍，生活也不能自理。

收养宋家志之前，宋国立夫妇本身就生育了两个女孩，家里经济十分困难。养育患病的宋家志，成为全家人的巨大经济负担。看着瘫痪在床的宋家志，想着漫漫无期的治疗，以及无法治愈的结果，宋国立夫妇俩产生了想要丢弃孩子的想法，毕竟，当初也是别人把孩子丢弃在自家门口的。宋国立把年幼的宋家志拉到荒郊野外，准备弃之不管。就在宋国立将要一走了之的时候，已经懂事的宋家志却死死抱住宋国立的大腿，怎么也不肯放手。看着宋家志渴望求生的眼神，以及苦苦哀求的样子，宋国立心生愧疚，又把宋家志带回了家。

宋家志和养父宋国立之间发生的这一幕，恰好被从一旁经过的同村村民宋在庆看得一清二楚。宋在庆受到深深触动，决心帮助家庭困难的宋国立夫妇一起抚养宋家志。宋在庆家与宋国立家相距不到500米，一有空，宋在庆便到宋国立家串门，了解宋家志的情况，帮忙照看宋家志的生活。

时间过得飞快，转眼间，宋家志已经年过30，养父母宋国立、闫秀兰夫妇也日益苍老。1991年，宋国立、闫秀兰夫妇相继去世，撇下瘫痪在床无法行走的宋家志，以及两个和他没有血缘关系的姐姐。两个姐姐出嫁在外村，很少过问宋家志的生活。无依无靠的宋家志，感觉天塌下来了，彻底成了没人过问的孤儿。

正当宋家志陷入绝望之际，养父母临终前无意中的一句话，把宋家志和宋在庆的命运紧紧联系在一起。

“当时宋家志的养父母跟我说，你看他一个瘫子，吃不上喝不上，你心好，可能答应我，我们走了以后照顾他呢？我讲他又不愣，又不傻，我要活着我就跟他搭伙，我要死了就没法照顾了。”

二十多年前的这段对话，宋在庆记得很清楚，说得也很轻松。可是为了兑现这句承诺，他用了26年的光阴。

超越血缘的亲情

在湾西村，宋在庆是一个普通得不能再普通的人。

但是生活的轨迹，却因为宋家志的出现，画出了一段美丽而曲折的轨迹。宋在庆把这归结为“缘分”。他相信冥冥之中，有一种力量，把他和宋家志的命运连接在一起。

每月赶一次集，为宋家志理发，总是他们最开心的日子。趁着宋家志在理发的间隙，宋在庆还会到集上的水果糕点摊旁转转，为宋家志买点好吃的。在水果摊前，宋在庆总要挑选一些宋家志爱吃的水果，让他解解馋。家里经济不富裕，宋家志爱吃橘子、香蕉，每次上街，宋在庆总要买点橘子、香蕉，小小的一袋，留给宋家志吃，自己却从来舍不得尝一下。

剃完头，宋在庆还要骑车带着宋家志，在集镇上溜达一会，让很少出门的宋家志看看热闹。

宋在庆像亲生父亲一样，对残疾的宋家志关怀备至，街坊邻居都看在眼里。一开始，大家以为小宋是老宋的孩子，时间久了，大家才知道，他们非亲非故，只是邻居。宋在庆的一举一动，更让十里八乡的乡亲们敬佩。“父子”俩在集市上溜达的时候，一些好心的经营户，为老宋的这种大爱竖起了大拇指。他们还会接济他们，送点吃的、喝的和用的东西。每当这个时候，宋在庆觉得，能得到街坊邻居的认可，再累也是值得的。

从集上回到家里，宋在庆又忙着烧了一盆热水，俯下身来为宋家志洗脚。宋在庆说：“宋家志的双脚不能运动，只有经常泡脚，这样的冬天，脚才不会生冻疮。”

从黎明到黑夜，从年头到年尾，穿衣、洗漱、吃饭、睡觉，每一件事情，已经70岁的宋在庆默默地做着，没有任何怨言，一心一意照顾着宋家志。而自己家里的事情，宋在庆却难得顾上，这也让他心生愧疚。

宋在庆自己有两个儿子，因为家庭贫困，大儿子没娶上媳妇，老二结婚生了两个孩子，家里里里外外都是老伴尚殿凤在照顾。宋家志养父母在世时，宋在庆只是偶尔去帮帮忙；养父母去世后，宋家志彻底离开了家，搬到宋在庆家中，由宋在庆一心一意地照顾他。尚殿凤一开始没少埋怨，可是反对也没见什么效果，最后也慢慢理解了他。尚殿凤说，说是理解，其实还是心疼老宋：“那以前家里忙里往外不伸手，他就在这边照顾，家里就累我一个。俺回家做好饭了，老宋都端来给他，老宋自己都不吃，就疼他，疼得很。”

宋在庆的女儿宋玉莲，曾经对父亲的所作所为十分不理解，一个那么拼命去照顾外人的人，为什么对家里的事却没有外人的事那么上心呢？时间久了，宋玉莲终于理解了父亲，她觉得父亲虽然平凡，却是个伟大的人：“你看我爸这个父亲是伟大还是不伟大？人家都讲我父亲一天到晚拉那个人，什么活也不干，你娘几个辛辛苦苦累这么狠，讲得我心里确实有点难过，但有时候想想，也为他感到骄傲。”

宋在庆把全部精力都放在照顾宋家志身上，疏忽了对家人的关心和照顾。亲朋好友对此不理解，议论纷纷。但在家人的支持下，宋在庆始终没有动摇。二十多年来，为了照顾好宋家志，宋在庆几乎没睡过一个安稳觉，没有休息过一天。每天早晨4点多，他就起床，煮饭、洗衣、上市场买菜；6点多，宋家志醒了，给他喂饭，帮他按摩。宋家志生病了，他在医院和家之间来回奔波，忙里忙外，腿都跑软了。

天气好的时候，老宋还要铆着劲强撑着腰，把小宋从屋里抱出来，放到轮椅上，推着他到村里走一走，晒晒太阳。宋在庆说：“现在抱他上气不接下气，跟不上。每天出来几次，五六次，要是太阳不好，基本就不出来了。”

平日里，宋家志虽然不能为宋在庆做什么事情，可是宋在庆对他的好，他都记在心里。一些好吃的东西，宋家志舍不得吃，比画着让宋在庆吃。

2012 年，湾西村村委会分配给宋家志 2 万元的农村危房改造资金。宋在庆帮宋家志盖起了 3 间近 60 平方米的瓦房。宋在庆想着，只要自己在世一天，就要兑现诺言，为宋家志撑起一个家。

人做一件好事并不难，可是像老宋这样，用半辈子的时光去照顾一个非亲非故的外人，常人实在是太难做到了。乡亲们说，老宋，就是一个大善人，照顾宋家志比亲人还亲呢。

是啊，26 年，10000 多个日日夜夜，上万次的翻身，30000 多次喂食……这个没有血缘关系的特殊家庭，却缔结了一份没有血缘关系的“父子”亲情。

小车不倒只管推

宋在庆离不开宋家志，宋家志更离不开宋在庆。宋在庆总是诙谐地说：“家志不能走路，生活不能自理，我就是他的腿。他想去哪儿，我就去哪儿。”

在宋家志遇到困难和危险的时候，也是宋在庆为他遮风挡雨。

2016 年 11 月 22 日傍晚，一场突如其来的大雪覆盖江淮大地，天寒地冻。下半夜，宋家志的肚子突然疼得厉害。看到宋家志疼得翻身打滚叫唤，宋在庆顾不上年事已高，跌跌撞撞背着宋家志赶到了湾西村卫生室，可是这寒冷的冬夜，村卫生室里早就空无一人。

不好意思惊扰邻居的宋在庆，用一床棉被包裹着发着高烧的宋家志，将他抱上了三轮车，拼命往徐圩乡卫生院骑去。雪越下越大，地越来越泥泞，宋在庆只得自己下车推着车子。在跌跌撞撞中，宋在庆怀抱着宋家志，带着三轮车出现在徐圩乡卫生院急症室，这让卫生院的医生郗长华大吃一惊。

郗长华至今清晰地记得当时的情景：夜里一两点钟，屋外下着雨雪，院里也没有了病人。宋在庆背着宋家志，浑身上下连头发都是雨雪和泥水，敲开了卫生院的大门。郗长华后来了解到，在泥泞而又漆黑的乡村道路上，宋在庆用了近两个小时，拉扯着宋家志终于走到了医院。

“宋家志患的是突发的急性胃肠炎，高烧不止，十分严重。如果再晚一段时间送来，宋家志肯定有生命的危险。”郗长华感叹地说，“如果不是亲眼所见，你很难相信，一个70岁的老人，会如此不顾一切地去照顾一个非亲非故的人。”

宋家志再一次转危为安，村民看在眼里记在心上，他们都说，要不是宋在庆，宋家志早就不在人世了。

今年已经整整70岁的宋在庆，身体开始渐渐不行了，照顾起来有些力不从心。前几年，宋在庆患上了风湿病，时不时地腰疼，就连走路也不利索了。“腰疼，胳膊疼，哪儿都疼，有时候扛不动他，俺就吃粒止痛药，缓缓再扛！”降压药、止痛药，宋在庆每天都要吃，他说：“为了有更好的身体去照顾宋家志，不吃药怕是坚持不住了。”

已经56岁的宋家志，身体有百来斤重，宋在庆每次把他从床上弄下来，都要费很大的力气。他扛着宋家志，曾经摔倒过三次，磕磕碰碰的更不计其数。

骑着赊账买来的车子，宋在庆在乡间道路上翻倒过三四次，每一次摔倒了，他都咬牙爬起来，坚持了下来。

“倒了也不能趴下，咬牙也要爬起来，不然谁来照顾他呢？照顾宋家志，已经成为我生命中的一部分，直到我老去的那一天。”他说：“面对遭遇命运不公的宋家志，即使不是亲生的，自己也有一份责任。我当初答应过他的养父养母的，如果做不到，心里也会不安的。”

为了让宋家志见识见识外面的世界，60岁之前，宋在庆脚蹬三轮车带着宋家志跑遍了怀远所有的乡镇。随着年纪增长，宋在庆体力难支，借钱买了辆电动三轮车，依旧带着宋家志到处跑。

“怀远的乡镇，淮北的香山，俺们都去过，最远还去了南京呢！”宋在庆自豪地说着，好像是在讲述别人的故事，那么平静，那么自然。这时，一旁的宋家志比画着双手，露出了开心的笑容。

“小车不倒只管推，人家能到的地方，我希望他能到那儿去看看。他想到哪儿去，我就朝哪去，让他看看这些稀奇好玩的地方。”说话间，宋在庆又蹲下身，佝偻着身子，艰难地把宋家志扛上了肩膀，朝着三轮车走去。

“如果自己走了，宋家志怎么办?”是宋在庆现在最揪心的事情。有时候，他自己什么也不去想，只想把眼前的事情做好。即便是照顾宋家志的事情，他也很少对外人说，直到电视台的一位记者意外得知了这件事，他照顾宋家志 26 年的事迹才逐渐为人所知。

“一句话嘱托，一辈子承诺。他，用羸弱的身躯推动生命的车轮，用单薄的脊梁为他人遮挡生活的风雨。一步步，一年年，默默负重。他走在向善的路上，伏地而生，踏石前行。”在 2016 年度蚌埠新闻人物颁奖典礼上，宋在庆当选为 2016 年度蚌埠新闻人物，组委会的颁奖词，浓缩了老人 26 年的苦辣酸甜。

“小车不倒只管推。”这是宋在庆常挂在嘴边的一句话。贫困和疾病，是宋在庆面临的巨大难题，但是，含着眼泪笑着活，已经成为他朴素的人生信条。他用自己的执着，坚守着当初的一句承诺；用 26 年的光阴，诠释了人间大爱。

这种跨越血缘的人间大爱，如同巍然耸立的大山，深沉而又坚毅；如同村前流淌的茨河，执着而又无声。

不忘初心

——好一只美丽的白凤凰

马倩芸

诺贝尔和平奖的获得者穆罕默德·尤努斯说："我理想中应该只有在博物馆里才看得到贫穷，……那才是美好的社会。"很多人从乡下往城里跑，向往着城市的生活，成了城市人，而白凤却又从城市回到了家乡——永红村。落叶归根回来，就是要做点实事，不仅仅让老百姓吃上放心食品，更要带领身边的人勤劳致富，为把家乡建设得更好尽绵薄之力。让家乡的父老乡亲，在乡下优美的环境中，过城市人享受的好日子。

4 月，和风习习，阳光如洒。

正是美丽的春天，笔者来到安徽诺阳禽业有限公司。公司位于怀远县徐圩乡永红村李西组，地处亚热带季风区，年平均气温 18℃，位置远离城市，周围环境优美，为泊湖水系岚杆湖梢，空气清新。

进入公司内，一排排整洁的建筑尽收眼底。场内道路干干净净，收拾得井然有序，棚舍主基调为白色，上半部饰以蓝色流线，望上去简洁大气，清秀明亮。给人的感觉不像是在畜牧养殖场，倒像是步入了一个清静优美的环境。池塘边的花草树木，苍翠欲滴，满眼秀色惹人醉。墙外的大片油菜花，花开正艳，让人不舍得移开脚步。

我正驻足沉浸在美丽的风景时，从远处走来一位年轻的女总经理，面目清秀，面含微笑，眼神纯净而沉着，举止端庄，气质高雅。她亲切地与我打着招呼，握手时，温柔而有力量，透露出一种精明干练的大度风韵。虽然她只有 32 岁，但已是徐圩乡小有名气的"女企业家"。她，就是白凤。

创业之初，任重道远

白凤，出生于怀远县徐圩乡永红村，在家中排行老大，既要帮父母分担家中事务，又要照顾年幼的弟弟妹妹，加之父母的严格要求，她从小就学会了自立自强。工商管理专业毕业的她，在安徽某饲料公司曾任行政管理和销售工作，凭借自己的用心、勤奋和努力快速掌握了工作内容，积累了丰富的销售经验。她从来不计较事多事少，每一项工作都尽全力做好。也正是因为这种坚韧不拔的精神和工作积累的宝贵经验，为她之后回乡创业打下了坚实基础。

回家乡做什么呢？如何才能实现自己的人生价值？刚开始白凤也有些迷茫、踌躇。当她走在家乡这方热土上，看到那些留守老家的孩子哭哭啼啼，拉着外出务工的亲人的衣裳不让走，大人也泪眼婆娑，年迈的祖父母更是声声长叹。面对这一切，喜欢思考问题的她陷入了深思：外出拼搏、创业、发展，是为了生活得更幸福，眼前的一切，就是想要的幸福生活吗？当她看到永红村的土地，世世代代滋养着玉米、小麦的生长，“原粮产地”的家乡也给她带来了致富的勃勃生机和希望。有着在饲料公司工作经验的她在想，为什么不能做养殖呢？工作一年有余，她毅然决定回到了老家，开始了养殖创业之路。

养殖需要资金、经验、管理技术，回乡后的白凤一切从零开始，她外出到各地的养殖公司考察，虚心学习、请教、取经。她也曾考虑过“养猪”“养鸡”“养鹅”等，由于刚创业，手头资金有限，白凤经过了深深的思考和艰难的选择，最终敲定饲养蛋鸭。因为只有蛋鸭投入成本时每天都在产出，每天产的鸭蛋就可以卖出用于买饲料。相对于其他养殖或项目投资，蛋鸭养殖资金回笼快，资金流动顺畅，企业压力较小。于是，养殖蛋鸭，就成了白凤决心创业的项目。

经过紧锣密鼓的筹备和家人、员工的共同努力，基地建设在2012年圆满完工。“一诺千金，把阳光播洒在家乡的每一块土地上”，诺阳禽业，寄予了白凤和家人深深的厚望。刚开始创业，条件非常艰苦，但工人们工作很积极。尤其是养殖区域的塑料大棚，夏天，蚊蝇飞舞炎热无比；冬天，寒风凛冽又冷又累；漆黑的夜晚，数着星星与荒地相依相伴。而且蛋鸭产蛋是在夜晚，有时候在凌晨两点，白凤还会起身看看鸭子产蛋情况。为了梦想，她和家人坚持了过来。

“企业要做大做强，必须优化环境。”在我夸赞厂区干净整洁时，白凤是这样告诉我的。和白凤一起先走入养殖区参观。原来蛋鸭棚舍的建造，远远不是看上去那么简单。鸭舍内设有通气窗，保证冬能保温、夏能防暑。鸭舍为半敞开式，舍外有运动场和水面。鸭舍、运动场、水面三者的面积比为1∶2∶3，活动场地在湖边。鸭子晚上睡觉，白天在活动场地里游泳，根据天气情况和温度每天至少要活动三遍。公司在活动场边栽了很多苗木、草丛，还有池塘，营造一个符合蛋鸭习性的生活环境。

关于引进棚舍问题，白凤边走边介绍说：“企业2012年初创建时，只建立6个塑料简易大棚作为鸭舍，建起来每栋投资2万元左右。但是这种棚舍下面需要垫草才能保证干净整洁，一年花费6~7万元，至少每个棚舍要聘请一个员工，人力成本和维护成本费用都很高。”养殖的第一年，企业盈利100多万。初尝甜头的白凤毅然决定淘汰塑料简易大棚，扩大养殖规模，扩建养殖区。现在厂区内总共有13栋标准化现代大棚，每栋建起来10~20万元。厂区近60亩，总投资500万元。虽然投资大，但是建起来后每年移动蛋鸭棚舍可节约20万元，其中棚舍垫草不需要了，节约6万~7万块钱，13个大棚也只需要两三个人，人工费也节省了。

交流中，我发现她思维缜密，言谈不俗，话语清晰。一问，她居然跟我年龄相仿，我很好奇地问为什么她会放弃稳定的工作，选择回乡养殖创业。白凤一句话道出了人生真谛：“活着，不是为了自己，而是为了体现自身价值!”至此，我方才明白了她的内心世界。这就是她创业的初衷。

防范风险，降低损失

在企业发展的过程中，白凤始终定期给鸭子防尘防疫，坚持生产无公害产品。让老百姓都能吃上放心食品，这是白凤坚持不懈的信念。

首先是蛋鸭的选择。创业之初白凤选择蛋鸭，没有选择肉鸭，就是考虑要选择抗病能力强的鸭子。果然，在沸沸扬扬的禽流感事件中，白凤养殖的蛋鸭非但没有受到影响，反而价格提升，利润提高。这让白凤不禁为自己的选择感到庆幸。

其次是饲料使用标准、药物使用管理、蛋鸭栏舍卫生要求等等，养殖场内，在白凤制定的管理规范中，大家进行严谨有序的经营。这离不开白凤对产品质量的严格要求。“苏丹红”鸭蛋事件，也让白凤对食品安全产生担忧。她常说：“大海航行靠舵手。企业的核心和灵魂人物都在于主导者。”一个企业，如果没有过硬的产品，是不可能在市场中站住脚的；一个企业的产品，如果没有较高的技术含量，不可能走在同行业的前列；一个企业，如果没有诚信，最终将会被市场淘汰。“人做好了，企业也就自然能做好了。”

给每一只鸭子上“农业商业保险”，她有自己独特的前瞻视角。果然，白凤对于风险的防范意识，让她避免遭受一次巨大的损失。那是在2016年12月19日至21日，养殖场进了一批鸭苗。白凤还记得那几天天气特别冷，最低温度为-12℃，进的鸭苗都是刚出壳的小鸭。日龄小，体质弱，不耐寒，再加上养幼鸭时经验欠缺，温控出了问题，当时就死了几千只鸭子。白凤在伤心之余，第一时间通知了保险公司，全额理赔，几乎没有损失。但是几千条小生命，让白凤伤心了很长时间。至此之后，白凤对于不同季节的温控制订了专门的管理办法，尽量杜绝此类事情再次发生。

努力耕耘，树立品牌

随着白凤不懈的努力，公司逐渐走向稳定发展，2013年年底实现扭亏为盈；公司也创建了自己的产品品牌“雁岛湖”。大雁思念的地方，是我美丽富饶的家乡；大雁飞落的地方，有我母亲温暖的毡房。品牌饱含着白凤对于美丽家乡的希冀和祝愿，亲近自然，回归自然。

鸭蛋系列产品的热销，让热爱学习的白凤，开始不仅仅满足于供应商的线下订购，而是做起了线上宣传推广。淘宝店铺、网站建设、百度推广、电商平台，在线上对于农副产品的销售，已经占了全年销售额的20%，也让更多采购商注意到了这个无公害品牌。来自山东、河南还有安徽的采购商纷纷而至，敲定了一笔又一笔订单，让白凤尝到了初步成功的甜头。

2015年，公司申报安徽省标准化养殖示范场，能获此殊荣的，在全市也是屈指可数。县农委、徐圩乡和永红村政府领导，亲自把红头文件发到白凤手上，主动帮助企业顺利申报26万元资金。紧接着，“无公害食品”认证，以及“三品一标”“沼气发酵补助”“市级林业产业化龙头企业”“菜篮子工程”等政策，让企业沐浴着实实在在的“春风”。白凤如数家珍，充满着感激之情。她暗暗下定决心，一定不负众望。

2016年，“诺阳禽业”销售额突破2000万元，年存雏鸭70余万只，蛋鸭年存量6万多只，年产鸭蛋1680万枚。企业还与安徽科技学院成立了“富硒鸭蛋”示范基地，成为徐圩乡蛋鸭养殖行业的第一品牌。

关心教育，关注儿童

在聊天的过程中，白凤的两个孩子从办公室旁边的卧室里跑出来，喊着：“妈妈，妈妈，我今天看了《超人》电影了。”白凤看孩子的眼神很温柔，她让我稍等一下，把孩子哄到卧室去，一边走一边说：“宝贝们先看，妈妈和阿姨在聊天，等一会看完电视后，再和妈妈聊你们看了什么好吗?”此时此刻，在她的身上没有了总经理的坚毅、果决，而是充满母性的光辉。

哄完孩子回来，白凤很抱歉地冲我笑了笑。也和我分享了平时如何和孩子交流。原来白凤的家里有一双儿女。她会经常和孩子聊天，带孩子去书店看书，陪伴孩子读“孔子”“论语”“弟子规”，孩子们基本上会背所看的内容，还会和白凤交流感想。

每个孩子都有自己的天性，孔子就是“因材施教”的。老师的评价仅供参考，有时候孩子的“不恰当”的举动反而是一种天性的表现，白凤觉得，要让孩子保持自己的童真和快乐。

说到这里，白凤深深表现出了对教育、留守儿童问题的担忧。“现在有很多空心村，留守儿童非常可怜，父母外出打工，孩子从小由奶奶爷爷带大。孩子的教育受到影响，性格也容易叛逆。周围村庄就有夫妻常年在外打工，孩子在家里特别不听话，其实就是缺乏父母陪伴和引导。我也是一个家长，能感受到家庭的和睦，孩子的教育是多么重要。培养孩子就是陪伴，父母陪在身边给予孩子正确引导是多么重要。昨天孩子的老师和我聊天，说到班里有一个孩子考了20分，怎么辅导成绩都上不去。我就问老师，是不是这个孩子的父母出现了问题，果然是父母离婚了，孩子的父亲二婚，把孩子给奶奶带。这样的孩子的教育很令人担忧，接受新事物、与人交往都可能有障碍，甚至走上极端。现在很多父母没有这种观念，因为家乡贫困，不想留下来，把孩子留下外出打工。习近平总书记在倡导“中国梦”。国家的细胞由家庭组成，如果家庭不幸福，国家必然要有动荡。如果我们在做事业的过程中，把成功经验、技术复制给其他需要帮助的人，给家乡的父老乡亲，让她们在照顾家庭的同时也能赚钱，该有多好哇！所以我选择回家创业，希望也能帮助到周围在外打工的人，和大家一起创业。

白凤的话深深打动了我，此时浮在我脑海中有这样一句话。诺贝尔和平奖获得者穆罕默德·尤努斯说：“我理想是只有在博物馆里才看得到贫穷，……那才是美好的社会。”该由谁把现实的贫穷赶进博物馆？又该由谁来建设那样的美好社会？我想，如果社会上有更多“白凤”这样的人，美好、和谐社会将指日可待。

在“一户一块田”的政策背景下，在当地政府的正确引导和帮助下，白凤带领乡亲们一起做养殖合作社，一起致富。目前合作社已经吸纳了一百多户养殖户成员，这已成为永红村一张靓丽的名片。

热心公益，不忘初心

然而，对于取得的这一切来之不易的成绩，用白凤的话来说，离不开政府有关部门的支持和帮助；离不开村里老少爷们的帮助，包括为了坚持自己创业而放弃了很多的丈夫；离不开客户和供应商的信任，他们为企业的创立和发展付出了心血和努力，可以说没有他们的帮助和付出，就没有“诺阳禽业”今天的成绩。

家乡的气候冬天寒冷，创业之初先要考虑把养殖大棚建设起来，资金是困扰白凤的最大难题。只能先从简易大棚开始做起。“建厂初期，村里的老少爷们没少来帮忙。厂里用工、绿化、修理设备设施等，很多都是乡亲们主动过来帮助公司，我们的企业能有今天，离不开乡亲们的支持。”白凤这样告诉我。

“先学做人，实在做事。”是白凤的口头禅。不仅仅是乡亲们，在企业起步困难之初，亲朋好友的融资，采购商的“先采购后付款”和客户的“预付款”，都给了白凤很大的支持。她始终认为自己是幸运的，客户的信任、供应商的信任、亲朋好友的帮助，都是对白凤极大的鼓励。

事业的稳步发展，让白凤一颗积极拼搏的心更加有动力。同时，她更加关注生活的点滴，关注自己能给生活、给社会带来什么。尤其是对龙亢镇、永红村等周边贫困地区老人的慰问。她带领企业不仅仅积极参与政府主导的慰问活动，逢年过节还自发组织资助山村孩子上学、看望慰问孤寡老人的活动。每次前去探望，企业总会带些米、面、油、养殖场的产品，还发 200 ~ 1000 元不等的红包给乡亲们。由于家乡信息落后，乡亲们对政策、外界信息了解过少，去探望时，白凤总是把有利于家乡建设的惠民政策和城市的发展情况告诉大家。

谈到这里，白凤有些不好意思：“我认为这是很正常的事情，不需要采访。建厂初期，乡亲们主动过来帮助，所以村子里有需要我们帮助的地方，我们也义不容辞，全力以赴。”

不仅仅如此，白凤一直是一个关注社会热点、热心公益事业的人。早在 2008 年汶川地震时，她就整理了一大包生活用品、衣物等价值万元的东西通过快递公司捐赠过去，没曾想在运输过程中发生了泥石流，货车上所有捐赠物品都损失了。快递公司打电话给白凤，要求补偿，补偿的一万元白凤又直接捐给灾区。后来白凤收到了汶川人民的感谢信和证书，字字深情让她非常感动。“赠人玫瑰，手有余香”。白凤觉得这样的人生才有价值。

不断学习，提升自己

白凤一直在坚持不懈地学习。她先后在培训机构学习了企业管理、卓越父母、传统文化、大脑银行、商业思维、养殖技术等课程，不断充实着自己的精神文化。

在这次人大会上，白凤首先提出了“家风建设”的建议：“小孝治家，中孝治企，大孝治国。”社会是以家庭为基本单位，因此，她提议：“通过每一个村，逢年过节在广播里弘扬传统文化。组织在外打工回来的乡亲们开交流会、传统文化学习会，宣扬家风建设，孝敬父母，关爱孩子。”

另外，白凤还考虑家乡未来的发展。由于徐圩乡有很多自然村落，有些已成为空心村，房子建造零散，特别浪费土地。白凤建议通过政府引导，建立集中行政村，把零散的住户纳入进来。节省出来的土地就可以用于发展经济，扶持创业。

“家”这个普普通通的字眼，已被她宏观的思维放大。小到家庭，大到家乡，到国家，白凤从未停止用她的视角、价值观来思考和看待这个世界。而她所坚持的梦想，终于成为自己心爱的事业。

未来，“国家级蛋鸭养殖科技产业示范园”，是白凤努力的目标。白凤在努力的过程中，感到一种从未有过的充实和满足，是一种“收获的喜悦”。在她的事业和人生目标里，一直在注入新的鲜活的理念和生命力，她坚信，只要努力地奋斗，她一定可以把这份事业做大、做好、做强。

油菜花开时，永红大地一片金黄色的芬芳，
有如凤凰般美丽高贵的鸟儿栖在枝头，
那是美丽的灵魂在歌唱。

蔬菜四季滴翠　瓜果千里飘香

——徐圩乡白湖村万亩蔬菜基地建设小记

张　冰

车子行驶在绿色的浓荫大路上，满眼都是宽广无垠的绿色田野，微风捎带着清新泥土的芬芳，从郁郁葱葱的林间吹来，初夏，我们带着新奇而兴奋的心情，走进了怀远县徐圩乡。

当我们来到地处怀远县大西南的徐圩乡白湖村时，我们惊奇地发现，在这座远离县城和其他闹市的小乡村，竟然拥有多处规模都在百亩以上的连片的塑料薄膜大棚，像一座座排列有序的军营，一排排、一行行，整齐划一，干净整洁，里面种满了芹菜、豆角、青椒、西红柿、西葫芦等各式各样的蔬菜品种，瓜果满架、清香诱人、绿意盎然，充满生机。这就是徐圩乡打造万亩蔬菜基地之一的白湖村。

沿着笔直的乡间小路，我们来到了白湖村的蔬菜基地，虽是初夏，但大棚内气温达到38 摄氏度，几百亩的基地里，绿油油的芹菜、青菜长势喜人。白湖村村委会主任张国林高兴地说："蔬菜基地的建设，可以给白湖村以及周边农民带来巨大的变化和收益，随着蔬菜基地的发展和扩大，可以带动上千人就近就业，也为周边居民和邻近城市居民提供了更多更新鲜的绿色蔬菜。"

说起白湖村种植大棚蔬菜的历史，不能不提到一个人，这个人就是白湖村中白生产组的白云山。他比一般农民更具商品意识、超前意识和敢为人先的勇气，早在1996 年，他就率先在白湖村开始建设塑料薄膜大棚，尝试种植各种蔬菜了。当时由于经验和资金不足，他就摸索着，先建起两个大棚，从日常的芹菜、上海青、大白菜开始种起。虽然数量很小，但在当时的白湖村还是一件新鲜事，引起了村民们的围观和议论，各种说法都有。可是他不为所动，一边学习，一边扑下身子，每天在大棚里忙个不停。功夫不负有心人，大棚种植当年就见到了效益，引起了周边村民们的羡慕和称赞。

时序更替，岁月如梭，一转眼，20 多年过去了，其间虽有曲折坎坷，艰难困苦，但欢乐大于苦恼，收入超过预期。虽说有苦有甜，但他从来无怨无悔。他不仅仅不断扩大了自己的种植规模，也带动乡里乡亲的一群人，通过大面积种植蔬菜大棚，形成规模效应，一起走上了脱贫致富路。

今年 46 岁的白云山，由于常年在大棚里劳作，显得黝黑、精瘦、干练，说起种植蔬菜经，就打开了话匣子。他一边抽着烟，一边回忆说：当年去南京打工，我和亲朋好友开了一家豆制品小作坊，给一家大型超市供应豆制品。他们是一年一结账，可是，还没到年底，超市就关门了，所有的投入和辛勤劳动，就这样打了水漂。

“那年回家，年都没过好，我就琢磨着，咱是农民，咱的根在地里，要是在地里能弄点经济作物啥的，又能照顾家，又不被人欺瞒多好啊。我想啊想，忽然想到，大城市附近有人种植大棚蔬菜这件事，给了我很大启发。咱们白湖村虽然不靠近城市和县城，离城市也比较远，但俺自己种

喜看我的新大棚

的，成本应该低一些，俺可以少赚点，何况俺们还紧挨着徐圩乡和龙亢农场呢，俺何不种点蔬菜试试?”

“说干就干，没有技术经验就找人学习，没有资金就找人筹借，先建两个大棚，一面不断积累经验和技术，一面不断积累资金。刚开始规模小，我先从简单的家常蔬菜开始试种，说来很幸运，种的芹菜、西葫芦很快就卖完了，而且价格也不错，菜贩子也欢迎，老百姓也爱吃。很快就收回成本了，还有赚头。于是我就不断地扩大大棚规模。就这样一步步发展起来了。”

目前，白云山不仅仅自己种植蔬菜大棚，他还通过土地流转，在中白、萧湖建起了五六百亩大棚，出租给附近的农户，并指导他们开始种植蔬菜瓜果，产品远销到南京、合肥、阜阳、蒙城等地，带动了身边的父老乡亲，一起走上了种植致富路。自己也在前白街上，买了上下各三间的楼房，购置了新的农用运输车。

为了扶持蔬菜基地建设，徐圩乡和白湖村都给予了很大的支持，每亩大棚，乡里给2000元补助，村里出资十几万元，买来煤矸石，平整道路，把路修到地头，方便运输车辆运送蔬菜。

蔬菜基地仅仅是徐圩乡现代农业综合开发示范的一个折射，徐圩乡正积极通过整合土地、资金、科技、人才和市场等发展要素，统筹谋划，打造万亩蔬菜基地和绿色长廊等特色经济，有效集聚各方优势，促进地方经济整体性、全局面、集约化的建设与发展，全面推动徐圩乡现代农业生产向规模化、集约化、高效化的方向转型升级，努力提升地方经济发展之路，目前已经取得了可喜的成绩，但与发展目标相比，仍然有较大的改进空间。

如何更好地促进徐圩乡蔬菜基地建设，菜农们纷纷提出了自己的希望：多出改革利好，加强统筹管理，加大扶持力度，谋求多元发展，提升科技水平。

在白湖村蔬菜基地里，50多岁的白云爱，正在给蔬菜大棚施肥。他说：“青菜萝卜无正价，种植蔬菜，最难把握的是产品价格，效益是一年好一年孬。今年畅销品种，来年大家一窝蜂地上，价格立即下跌。农民们缺少市场营销经验和推广渠道，而且徐圩乡地处偏远地区，运输距离远、成本高、运输时间长，农民们基本上是头天夜里下地起菜，第二天一清早运送到市里，扣掉人工成本和运输费用，利润比较微薄。加上销售渠道有限，我们的蔬菜到市民的餐桌，中间至少有五个环节，要倒卖四次手，我们大棚批发价0.25~0.3元一斤的芹菜，到菜市场菜贩子的手里，就可能卖到1.5~2元一斤。这主要是人工和运输成本高，以及销售信息不畅造成的。”

在中白村蔬菜基地，15岁的少年方雨强正在帮母亲种植“8424”西瓜，他们是龙亢人，在这里承包了25亩地，从事大棚蔬菜生产。他母亲说：“由于缺少销售经验，今年开始种植普通蔬菜，效益不好，现在改种西瓜，希望有个好收成。”

白云山说：“普通农户，由于把握不好市场行情，容易一拥而上，扎堆种植，对市场冲击较大。如果乡里和村里能够把大家组织起来，合理规划种植品种，建设统一地网上销售平台，种植高附加值蔬菜新品，比如香椿、薹菜、药材、车前子等等，并提高蔬菜深加工水平，就可以极大地提高大家的经济效益和种植积极性。”

多少年来，在淮河流域这片肥沃的土地上，村民们习惯了在小麦和玉米之间切换种植的模式，农闲时外出打工，可在白云山看来，这块土地下埋藏着宝藏和“金子”。白云山在脑海中琢磨着，怎样通过差异化种植来实现效益最大化。“除了种植反季节蔬菜、和反反季节蔬菜外，还要掌握市场变化。大棚蔬菜的品种也要多样化。”

“我现在最缺的是资金，最大的期盼，就是让自己种植的蔬菜等农产品，让市民们吃起来更安全、更放心。”白云山同时在强调，“先进地区的大棚已经开始实现智能管理，质量可追溯，产品有品牌。”变频式微滴灌和蔬菜简易包装机，以及大棚智能管理系统，是他心中默默念叨的更高追求。

白云山热切盼望着国家出台更多扶农惠农政策，造福农业和农民。让他把蔬菜基地做得更大，农民兄弟钱袋子更鼓。白云山对未来充满了希望。

据了解，针对徐圩乡万亩蔬菜基地建设，乡和村政府正在针对缺少品牌效应、市场流通体系建设滞后、农副产品加工企业不多、农产品质量安全生产体系尚不健全、农业科技推广服务体系不完善等问题进行思考，打算通过打造农业绿色品牌，推进绿色转型，加快无公害农产品、绿色食品的申报、认证工作，增加自己的特色品牌，扩大基地规模，并加大政策扶持力度，典型带动，示范引路，推动“菜篮子”工程建设更上一层楼。

徐圩乡政府目前正在积极探索建立健全农业科技服务体系，拟通过建设网络销售推广平台，培育多元化的农技服务组织，加快农民专业合作组织的发展，鼓励农民们探索农产品初加工和深加工之路，全面提升徐圩乡万亩蔬菜基地科技发展水平，提高规模效益，造福更多的村民，促进徐圩乡和谐小康社会健康快速发展。

丰收的蔬菜

以粮为本　展翅高飞

尹若康

四月春风拂面来，百花随波十里香。蓝天下的绿色景观大道，引领着车子缓缓驶入怀远县徐圩乡的安徽雁飞粮油有限责任公司。在前往公司的路上，我与徐圩乡人大常委会王主任说："你们乡里这绿色的景观大道真是美丽啊！你看道路平直，绿化整齐，我没想到你们乡有如此高标准的景观道路！这样的道路应该能达到4A级吧？""当初修路之时就是按照4A级的示范园区道路建设修建的。"王主任一边开车一边回答。我望着车窗外的景观不禁赞叹道："哇！太美了！"

进入厂区，一阵阵麦香从精加工车间飘然而出，我深深地吸吮着面粉的芳香。在王主任的带领下，笔者对安徽雁飞粮油有限责任公司的建设发展和未来的前景进行了全面采访。

安徽雁飞粮贸有限责任公司的一排排厂房、一幢幢粮库，着实让我震撼。在公司办公室楼下，一位身材适中、穿着时尚裤裙的女士，满面春风地迎接我们的到来。原来她就是安徽雁飞粮油有限责任公司董事叶金侠女士。就在我们刚坐下交谈之时，在蚌埠办事的董事长尚燕飞接到电话后立即开车赶回了公司。尚董事长身材魁梧，一看他的外形和神态，应是一位雷厉风行之人，但说起话来却不紧不慢带着亲和力。采访中得知尚燕飞和叶金侠是一对恩爱夫妻，交流中两人慢慢进入角色，不知不觉中谈起了创业路上的艰辛历程和勇敢拼搏的精神。话匣子一打开，那滔滔不绝的往事和酸甜苦辣的历程就像放电影一样展开了画卷……

借助东风　顺势创业

人生几何，粮为根本。不管社会发展得快慢，人的生存要靠粮油为之维持，粮油始终是人类的生命之源！

随着中央对农村产业发展扶持政策力度的加大和国家对粮油食品安全度的提高，农村的土地生产结构也随之发生了重大变革，借助改革的东风，尚燕飞、叶金侠这对风华正茂的伉俪，在对怀远徐圩当地粮油资源和地理位置进行分析研究后，抓住了有利时机，成立怀远鑫辉粮贸有限公司。为以后的企业上市打下了坚实的基础。

安徽雁飞粮油有限责任公司位于徐圩乡陆湖新村（原名怀远县鑫辉粮贸有限公司），于2009年7月正式成立，占地22708.90平方米，建筑面积16849.2平方米。公司成立前，法人自筹资金于2008年8月购买土地，年底动工建设，于2009年4月一号仓、二号仓相继竣工，6月投入使用；年底，公司自筹资金建设三号仓，于2010年4月竣工。

公司主营粮食。粮为本，诚是金，怀远县是全国粮食生产先进县，国家商品粮基地，建成了多个小麦、水稻、玉米、大豆生产基地，优质粮食誉满全国，每年粮食总产量达数百万吨，号称皖北大粮仓。怀远的大河湾被誉为“百万粮仓”之称谓，只要不受灾、不被淹，丰收一季，大河湾人几年不愁吃与穿。怀远龙亢农场是具有现代化生产水平的国家级粮仓，年产数万吨粮食供给全国人民。安徽雁飞粮油有限责任公司选择在种粮大县安徽省蚌埠市怀远县落户生根，真是明智之举。

鉴于公司地处徐圩乡通往外界的交通要塞，徐圩乡十万亩土地，当年是所产原粮外出的唯一通道。创业之初，2009年，公司收购原粮3.5万吨，一号仓、二号仓存储原粮1.5万吨，余下做贸易粮2万吨，年纯利润260万元。随着业绩年年攀升，丰收时周围乡镇的粮食源源不断涌入，2010年收购原粮达到5万吨。

2013年5月15日，公司升级成功，占地面积35865.9平方米，注册资本5500万元，法人代表叶金侠。公司主要从事小麦粉的生产、销售和粮食仓储等，拥有标准化原粮仓库5栋，仓容5万吨，成品仓库3栋，配粉仓

24 栋，面粉仓容 4 万吨，150 吨电子汽车衡 1 台，30 吨电子汽车衡 1 台，公司距 307 省道 2 公里，交通十分便利。

公司现有员工 85 人，其中本科学历 10 人，大中专学历 30 人，专业技术人员 20 人。公司拥有先进的全套数控日处理小麦 500 吨专用粉生产线一条，具有先进的技术设备和生产工艺，选用优质进口、国产小麦生产一系列高、中、低筋系列面粉品种达二十多种，产品品质优良，质量稳定，适应性强，各项质量指标均高于国家和行业标准。产品自投放市场以来，受到广大客户的广泛好评，产品供不应求。至 2014 年，利润额突破 1000 万元大关，公司注册资本也由原公司成立之初的 50 万元，变更增资为 2200 万元。

由于产业的发展，公司盖起了综合性生产大楼，增添了大批现代化的设备，现拥有移动式输送机十几台，移动式清粮机 4 台，补粮机 2 台，扒粮机 4 台，熏粮机 8 台，抽风机 6 台，地笼若干。公司还拥有自己完善的车队，可以保证运输的及时与便利；完善的机械设备，为每年的原粮收购和存储奠定了基础。公司历经六年持续的资金投入，使仓容达数万吨，方便了本地农民售粮，为剩余劳动力提供了就业岗位，年上缴利税 100 万元，受到当地政府的大力支持。2011 年年初，公司投资 20 万元，为徐圩乡修筑了进乡大圆盘及标志性路灯等建筑。

公司的规模经营，使公司的产业越做越大。夫妻双方以股份比例的方式注入资金，完善的管理制度和“以人为本，内抓管理，外拓市场，创优增效”的经营宗旨，使公司走上了科学发展的轨道。

2014 年，企业要升级发展，尚燕飞向企业增资 1700 万元，增资后尚燕飞占股 95.46%、叶金侠占股 4.54%；2015 年 5 月 26 日上海雁高飞粮油股份有限公司正式在上海注册成功，2015 年 6 月 16 日尚燕飞出售怀远县燕飞粮油有限公司 49.46% 股权给上海雁高飞粮油股份有限公司，叶金侠出售怀远县燕飞粮贸有限公司 4.54% 股权给上海雁高飞粮油股份有限公司，交易完成后尚燕飞在上海雁高飞粮油股份有限公司占股 54%。2015 年 5 月底，经股东会研究决定以上海雁高飞粮油股份有限公司收购安徽两家子公司。2016 年 1 月 26 日，公司以 4000 万元人民币的注册资金在上海挂牌上市。目前公司面粉日产量达 500 吨，投资 800 万元兴建的挂面厂，日产量可达 100 吨。目前公司业务发展势头迅猛。

诚信为本　打造品牌

众所周知，粮油公司的生产原料是粮食，有了粮食的原料就能用高科技对其进行深加工、精加工和研究生产高附加值的产品。

公司本着以人为本，诚信经营，用户至上为宗旨，坚持科学管理，各级导入VI识别系统，做到内抓管理，外拓市场，创优增效。公司紧紧依托市场，开展技术改造，技术创新和新产品开发，实施品牌战略，与时俱进，开拓奋进，并利用现有先进的仓库及配套设施，开展多种经营，走企业可持续发展之路，提高企业形象，为中华粮食行业的发展做出自己的贡献。

随着业务的发展与开拓，公司开发的业务包括小麦、小麦面粉、面条和粮食仓储等粮食产业多元化发展和粮油深加工及粮油产品向安全、优质、营养、方便的方向发展。

小麦：椭圆形籽粒状，符合国家G1351—1999标准，粗蛋白质含量不小于13.5%，符合国家标准，湿面筋不小于28%。玉米：扇贝形籽粒状，粗脂肪4.26%，粗蛋白12.59%，氨基酸0.288%，总淀粉66.88%。水稻：长圆形籽粒状，出糙率不小于77%，整精米率不小于55%，杂质含量不大于1.0%，水分含量不大于14.5%。特一粉：粉末状颗粒，取自麦芯，色泽亮白，面粉中的精品，粗蛋白含量不小于13.5%，湿面筋不小于28%，适合做各种高档面食。特二粉：粉末状颗粒，取自小麦核心部分，色泽亮黄，粗蛋白含量不小于13.5%，湿面筋不小于28%，适合做各种家用面食。饼干粉：粉末状颗粒，取自小麦核心部分，色泽亮黄，粗蛋白含量不小于13.5%，湿面筋不小于28%，适合做各种饼干及油炸食品。麸皮：大叶碎片状，水分小于14.5%，能量220千卡每百克，蛋白质占15.8%，脂肪占4%，碳水化合物占61.4%，膳食纤维占31.3%，灰分不于天4.3%，并富含各种微量元素。雁飞面业生产的面粉有各种精美包装的水面专用粉、高级特精粉、超级特精粉、超级雪花粉、面点粉等几十个品种，尤其是公司的主打特色产品“水面专用粉”具有爽滑筋道、久不褪色的特点，适合做不同地区的拉面、切面、碱面、线面，深受广大客户的喜爱。绿色有机营养挂面将是公司以后发展的亮点。同时公司还以战略的眼光把国家粮食储备作为企业发展的目标。企业先后荣获蚌埠市放心粮油生产先进企业、蚌埠市粮食行业龙头企业、蚌埠市全省粮食经纪人培育发展工作先进单位、蚌埠市粮食行业十大龙头企业、蚌埠市粮食诚信企业、蚌埠市第八届安徽省消费者满意单位。逐步完善的上海雁高飞粮油股份有限公司极力打造产品的品牌，行走在激烈竞争的粮油市场前列。

“走出去”建立高端客户

随着国家对粮油购销企业要适应市场化的改革政策出台，国家在保障国内粮食基本自给的前提下，合理利用国际市场进行进出口的调剂，达到强化粮食安全的要求。国家与部分产粮国建立长期、稳定的农业合作关系，实施农业“走出去”的战略方针，鼓励国内企业“走出去”，建立国外粮食进出口贸易体系，发挥企业在粮食进出口中的作用。公司紧紧抓住国家政策，不失时机地与全国多家高端粮油客户建立长期粮油项目合作关系。

与中粮集团建立粮油合作。中粮集团有限公司是全球领先的农产品、食品领域多元化产品和服务供应商，集农产品贸易、物流、加工和粮食食品生产销售于一体，为全球四分之一人口提供粮油食品的中资企业。中粮的业务布局全球，实现从田间到餐桌的全产业链。目前，中粮拥有资产超719亿美元、336家分公司和机构覆盖140多个国家，国内超过180家工厂，230万家终端售点遍布中国952个大中城市。其旗下有八家上市公司：中国食品、中粮控股、蒙牛乳业、中粮包装、大悦城地产、中粮屯河、中粮地产、中粮生化。

与中储粮合作。中国储备粮管理总公司是经国务院批准组建的涉及国家安全和国民经济命脉的国有大型重要骨干企业。中储粮总公司受国务院委托，具体负责中央储备粮油的经营管理，同时接受国家委托执行粮油购销调存等调控任务，在国家宏观调控和监督管理下，实行自主经营、自负盈亏。中储粮总公司成立于2000年，注册资金166.8亿。总公司在国家计划、财政中实行单列。

与上海农好饮料合作。上海农好饮料有限公司，位于上海黄浦江支流秀洲塘河畔的枫泾工业园区。占地面积 5 万多平方米，总投资 1 亿多元人民币，是一家集研究、生产、销售、养殖于一体的上海市农业产业化龙头企业。公司需要大量的粮食产品和饲料。

与万雄集团合作。万雄集团股份有限公司是经国家工商总局批准成立、无行政区域、无行业类别的综合性商业组织，主要从事产业投资、钢铁贸易，并致力于国内中小企业的整合和运营模式的创新。其投资领域涉及金融业、地产业、农业、传媒、法律、旅游和快速消费品等行业。现境外拥有 36 家子公司，贸易总额超 200 亿元人民币。

2017 年公司与以上几家高端客户签订长期合作关系，首批合同金额就超过了 1000 万元人民币。企业的发展在智慧和科学的引领下，就好比奔腾的淮水融入浩瀚的大海源远流长……

孝感天地　爱心永驻

安徽雁飞粮油有限责任公司以怀远的大粮仓为资源宝库，打造粮油产品品牌，发展企业文化，树立企业形象，坚持走出去，对接高端客户，不断发展壮大企业实力，为企业腾飞已打下良好的基础！今天的公司已稳步地走向良性循环道路。

公司壮大了，不忘故乡情！在深入采访中，笔者了解到，尚燕飞夫妇在事业上成功之后，不忘家乡，敬老敬孝，为家乡的城乡建设多次捐款捐物奉献爱心，一串串的爱心数字永远载入史册。

在尚燕飞、叶金侠刚刚创业过程中，母亲生病住院八年。八年里，不管工作多忙，夫妻两人每周都会轮流前往医院看望老母亲。每到过年过节，无论人在何方，都会把一家人邀到母亲住院医院的旁边，订一桌酒席，一家人陪同母亲热热闹闹过个团圆年。有一年春节，尚董事长、叶总在上海处理事务，客户单位热情地安排在上海过年，尚董说："不行啊！我要回蚌埠陪母亲过年。"客户再三挽留，他们还是连夜赶回到母亲身旁。当他们风尘仆仆地站立在母亲身旁时，母亲激动得流下了幸福的泪水！

孝心感天的人，心中一定藏着无尽的爱；在百姓心中的一串数字中，彰显无尽的爱。

公司从2013年开始每年捐助乡村贫困儿童5000元；多次为特困户送面送油，数量从300包、500包到1200包不等。为乡村修路捐2000元，修桥捐6000元，兴建陆福村大转盘广场和灯塔捐款50000元。多次向地震灾区捐款每次10000元、5000元不等。这发自内心的爱心数字是德与爱的交响曲、是灵魂深处的阳光雨！

爱与成功是有因果关系的，人有多大的爱心，就有多大的回报。安徽雁飞粮油有限公司从成立到崛起，短短几年时间，能把公司打造成国家标准的现代化粮油公司，这是智慧和实力的结晶、爱心与梦想的呈献！

土地芬芳　耕耘梦想

——记怀远县盛世兴农现代农业示范产业园理事长尚跃

胡蔚林

2016年的秋天，怀远县徐圩村里一片丰收的景象。那是一道自然的、美丽的风景线。挺拔的玉米铺开一道绿色的青纱帐，沉甸甸的玉米穗，高傲地昂着头颅；金黄的稻穗，压弯了腰肢，迫不及待地等着稻农们收割；大豆滚圆，粒粒饱满；萝卜青、辣椒红、茄子紫，醉脸含笑；七彩的秋天，用酣畅淋漓的画笔，描绘出绚丽斑斓的丰收的画卷。

徐圩乡盛世兴农现代农业示范产业园区的1300亩“旱改水”的试点种植基地里，阵阵清风伴随着馥郁稻香，片片金黄诱人不禁驻足观赏。田间地头，稻农们开着收割机忙着收割水稻，忙碌的身影融于稻田，呈现出一派丰收的繁忙景象。机械的轰鸣声打破稻田的宁静，拉开了水稻收割季的序幕。

站在田间地头的盛世兴农现代农业示范产业园理事长尚跃，热泪盈眶地注视着这一幕喜庆的场景，这是他经过了多少坎坷、多少风雨之后，苦苦期待的任何隆重盛典都无法比拟、幸福快乐的场景：苍天有眼。

汗水凝聚的成绩

怀远县徐圩村农民尚跃，在群众的眼里，永远是充满爱心、充满智慧、充满活力、敢闯敢干的人。在怀远县农村，只要提起他和他的盛世兴农现代农业示范产业园，大伙儿没有不竖大拇指的。在市场经济的大潮中，绝不满足于小富即安的尚跃，是一路风雨一路愁地走过来的。

怀远县徐圩乡现代农业示范产业园位于怀远县西部，距县城 35 公里，西与蒙城县接壤，东临河溜镇，北与龙亢农场相连，是以粮食为主导产业的现代农业示范产业园区。示范区以怀远县盛世兴农农机专业合作社为核心，向周边辐射带动，共涉及徐圩、陆湖、褚湖、韩湖、梨园、黄元、湾西、新集、永红 9 个行政村，共计有 32974 人、7384 户，土地面积 70300 亩。其中，核心示范区位于徐圩、陆湖、梨园 3 个行政村，涉及 1356 户、6065 人，规模 13000 亩。

2010 年 10 月，合作社理事长尚跃等六位核心成员出资 600 万元，在怀远县西部、毗邻龙亢国家农村综合改革示范区、蚌埠市国家级农业科技园区核心区的徐圩乡，注册成立怀远县盛世兴农农机专业合作社。合作社现有社员 752 户，流转土地 2500 多亩，入社面积 15300 亩，注册了“荆淮”牌农产品商标，部分产品通过了无公害农产品认证，拥有大中型农机 150 余台件，农机固定资产 800 万元，建有机库棚 2400 平方米、容积 1 万吨的粮食仓储库，可为入社社员及周边 3000 余户农户提供耕、种、管、收、烘、储、售一条龙作业和全程服务，以及土地托管、代耕代种等农业社会化服务，年作业服务面积 6 万亩。2012 年，盛世兴农专业合作社被评为蚌埠市市级示范社，理事长尚跃被授予“蚌埠市十大土地流转大户”荣誉称号；2013 年获评省级示范社、安徽省农民专业合作社示范社、第六批安徽省供销社级农业产业化龙头企业，蚌埠市十佳农机专业合作社以及蚌埠市十大万亩土地流转示范片；2014 年被评为国家农民合作社示范社；2016 年以合作社土地流转基地为核心的怀远县徐圩乡现代农业示范区，被认定为蚌埠市第一批市级现代生态农业产业化示范区。

作为怀远县乃至安徽省的优秀农业合作社之一，目前示范产业园主要经营以小麦良种繁育、玉米青储饲料种植、化肥种子农药等农资产品采购销售、西瓜蔬菜等绿色农产品种植、加工销售为主的农业种植业务，以牛羊和水产养殖为主的养殖业务，以及以观光休闲农业庄园为特色的观光旅游农业业务。

艰难的起步

今年52岁的尚跃，兄弟姐妹6人，二姐一哥二妹，他是老四，家中22亩土地，分为7块。他的父亲尚殿荣，曾参加抗美援朝战斗，荣立过三等功，转业之后，在徐圩乡供销社工作；母亲蔡立绣，是乡妇联干部。

1991年，尚跃成为徐圩乡供销合作社职工，26岁的他，年轻有活力，积极肯干，加上供销社的效益好，衣食无忧，空闲之时，他还能捧着书本学习一些农业知识。

随着市场经济的迅速发展，供销社的业务开始走下坡路，渐渐地无所事事的尚跃，心思开始活跃起来，他不甘心被市场淘汰。他想，本身就穷，折腾对了就成为富人；折腾不对，大不了还是穷人；如果不折腾，一辈子都是穷人。于是，尚跃和朋友一起卖化肥，由于亲朋赊欠货款太多，三位股东撤资，欠债共20万元。债主不断上门催债，老婆埋怨；大儿子尚庆争在怀远县中学上学，一天只能吃两顿饭；小儿子尚庆林正嗷嗷待哺，日子真是愁啊。成长的很大一部分是接受，接受分道扬镳，接受世事无常，接受孤独挫折，接受突如其来的无力感，接受自己的缺点，然后发自内心地改变，找到一个平衡点。跟生活相处，首先是和自己相处。

此时的大环境是，计划经济解体了。

徐圩乡的主导农产品是棉花，种植面积占地90%，使得徐圩乡成为安徽省的产棉大乡，每年出产100万斤棉花。为了还债，尚跃开始卖棉花，没有本钱，他只能向亲朋赊货。12吨一车的第一批棉花是尚殿坤、施长国、尚殿文等几位亲朋帮助的，他将棉花卖到江苏的常熟市，扣除成本，挣了5000元钱。于是，他通过分析朋友提供的各种信息，又将棉花卖到江苏东台市，以及浙江的宁波、慈溪和安徽的芜湖、蒙城。2001年至2005年，他卖棉花还清了20万元的欠款。

2005年，尚跃开始做粮食生意。在乡粮站工作的哥哥尚永借了2万元钱给尚跃，购买了徐圩乡的第一台农用车，从此，尚跃成了粮食经纪人。这是季节性的生意，装卸都是他一人，一车12吨，一趟赚500~600元。

接近什么样的人，就会走什么样的路。人最大的幸运，不是捡钱，也不是中奖，而是有人可以鼓励你、指引你、帮助你。其实，限制人们发展的，往往不是智商和学历，而是他所处的生活环境，身边的人很重要。所谓贵人，并不是直接给他带来利益的人，而是能开阔他的眼界、给他正能量的人。安徽三高种业集团老总郎群就成了尚跃的贵人。

这是一个偶然，郎群，在农亢农场做农资生意，从事种子基地生产，负责小麦良种繁育。有朋友为郎群引荐了尚跃，两人一见如故，谈成合作，于是尚跃开始销售种子。因为尚跃的人缘好，有200多户农民购买了种子，种植玉米面积达3000亩。由于品种统一供应，产量保证高于其他品种，收获季节，尚跃上门收购玉米，每斤比市场高5分钱，因而农户每亩可增加收入60元；同时，他使用现金收购，并负责农技推广、病虫害防治。

做生意久了，就会发现，其实最开心的不是赚了多少钱，而是赚到了多少陌生人的信任，久而久之成为朋友，并且一直信任他、支持他、选择他。这是用金钱买不到的人格魅力！永远不能失去别人的信任，因为别人的信任，是尚跃心中最大的价值。

第二年，看到收益的农民主动购买了尚跃的种子，张湖小村负责人尚灯军全力支持，4000亩土地用他的种子；7000人口的徐圩村1.1万亩土地都种植他的种子。

此时，尚跃开始萌发土地流转的念想，得到了哥哥、村副主任尚元卫的鼎力支持，为了良种繁育基地，尚跃自己出面，做了5~6户农民的思想工作，流转了500亩土地。

10月15日上午，正赶上天下小雨，开始种小麦，县农委主任张国强正好来参加小麦种植现场会。他听了尚跃介绍自己流转500亩土地的情况后，十分惊喜，同时告诉尚跃，流转土地面积达到2000亩，国家有政策扶持。徐圩乡党委书记褚作敏及时汇报，与张国强沟通，当即表示坚决坚持尚跃拥有2000亩土地。

及时雨啊，小雨转大雨一直下到16日下午。也就这两天的时间，徐圩村村主任徐刚、书记马晓林和其他村干部一起，刻不容缓地一家一户进行宣传，耐心细致地做思想工作，结果，成效显著，80户1500亩的土地成功流转。

正式土地流转形成规模终于获得成功。这是由下岗职工进行土地流转达到2000亩规模的典型事例。这些土地分别种植小麦和玉米。

转型扩大土地

2012年，尚跃成立了怀远县盛世兴农农机专业合作社，采取带资入社的方式，实行农机社会化服务，主要是耕种、播种、打农药、收割。合作社有社员46人、成员487户。土地范围是徐圩村的丁庄组、后秦组，梨园村的大郢片组，陆湖村的范湖片组，共有7600亩土地。合作社被评定为国家级、省级农业产业化合作社，提高了徐圩乡土地流转的知名度和影响力。

合作社成立以来，依托区域粮食生产等主导产业优势，立足农机作业、土地流转、技术服务、生产资料供应、良种繁育等五大领域，强化协作，采取“龙头企业+合作社+示范基地+家庭农场+农户”的经营模式，实施农业规模化、标准化生产、产业化经营和农机专业化、全程社会化服务，推进农业信息化建设，逐步由小变大、由弱变强。

县农委经管站纪学宝站长亲自指导合作社的工作，县供销社副主任、纪检宋书记在检查工作时，惊奇地发现这是全省第一家农民规范的合作组织。于是，县农机局副局长朱新涛带领县骨干力量前去调研，确定盛世兴农合作社具有正规化专业合作社资质并予以备案，作为扶持重点。

2012年，怀远县盛世兴农农机专业合作社作为全省供销社系统农业产业化的龙头企业，成为安徽省供销系统的一张名片。安徽省供销社主任王守盟带领全国知名企业辉隆集团董事长李永车一行前往考察，寻求合作。后来，蚌埠市供销社主任刘明每年两至三次带队前往指导调研。

2012年，怀远县盛世兴农农机专业合作社开始进行品种展示，凤阳农科院的教授玉米试验示范、土肥试验示范，省农科院的20个品种小麦承租万亩小麦示范，因此，盛世兴农农机专业合作社流转的土地成为盛世兴农现代农业示范产业园。

2013年10月7日，梁卫国副省长在怀远县进行农业生产选点，以筹办2014年全国农业生产现场会。他调研了宿州的几个村，又到怀远的褚集乡考察，听说徐圩乡现代农业示范产业园的情况，便乘兴前往。当时，徐圩乡大型农机收割正在热火朝天地进行，梁卫国十分高兴，当即拍板，确定了2014年全国农业生产现场会的地点。

于是，市、县、乡政府积极引导示范区开展土地流转，以合作社标准良田基地为依托，建成市级万亩土地流转示范片，并整合农业综合开发、土地整治等项目资金5000多万元，加强示范区规模化治理，核心示范片基本形成“田成方、路成网、林成行、沟相通、渠相连”的高产高效生态农田，大大提高了示范片农业机械化生产水平和劳动生产率。示范区启动农业物联网建设，渐渐改变了古老农业“靠天吃饭”的传统。农机物联网赋予拖拉机“智慧”，大田四情监测物联网“让土地说话”“让庄稼说话”，更好地实现精确作业与管理。农产品溯源物联网建设，实现农业生产全过程追溯，重大灾害信息互联互通。徐圩乡发生了翻天覆地的变化。

2014年10月17日至2015年6月8日，梁卫国副省长先后四次来到项目区指导，每次都让尚跃面对面地汇报项目建设和农业生产情况，并对尚跃提出要求：一定要用心把农业做好，以后还会关注你。

2014年，县农机局、县财政局拨款118万元，支持合作社农机装备大型化，新添置4台约翰迪尔C110大型收割机、2台凯特1804大型拖拉机。合作社拥有大中型农业机械150余台件、农机固定资产800万元，其中联合收割机24台、拖拉机22台、青饲料收获机1台、秸秆打捆机1台、大型植保机6台、200吨烘干机1座，配套机具100台件，承担实施县级小麦玉米连作全程机械化示范片建设、全国小麦和夏玉米万亩高产创建示范片建设的重大任务，可提供耕、种、管、收、烘、储一条龙作业，实行全程社会化服务。

2014年，高标准农田建设工程竣工。合作社建设的水利工程有：辐射2万亩的电站，建造了长7.8公里、宽10米的大干渠，解决了示范区的供水问题。

合作社秉持农机农艺化、农艺农机化的发展理念，依托现代农机装备，以小麦、水稻、玉米三大粮食作物农机农艺一体化技术集成推广应用为主线，坚持“优质高效品种+秸秆还田+深耕旋耕整地+测土配方高效施肥+旋耕复式条播+播后镇压开沟+病虫害绿色防控+机械收获”的技术路线，推进标准化种植，实施绿色增产模式攻关，依靠科技创新，转变增长方式，实现了环境生态友好、生产节本提质增产增效的目标，小麦、玉米亩产吨粮以上，高产田块突破1200公斤/亩。

痛心的转型

2013年7月20日，工人正在将丰收的200万斤粮食运进仓库，容纳不了如此庞大数量的仓库突然倒塌，其中100万斤粮食被压在水沟和泥石之中。郎群赶来，将这100多万斤连泥带土的粮食运进了他的容纳6000吨的仓库里。于是，尚跃四处借款建仓库。朋友到县城投担保，使合作社得以借款300万元，其中200万元用来建宽28米、长68米的仓库，100万元添置烘干流水线。

2015年10月21日，徽商银行的贷款到期。尚跃借的200万元高利贷还未到账，高利贷一天的利息就是2万元。此情犹如泰山压顶，尚跃一夜急白头，一分钟都没睡，血糖速升到16，140多斤的体重骤降到120斤。

2016年夏季，1300亩“旱田改水田”的尝试正式启动，即原来种植大豆、玉米、小麦的田地尝试种植水稻，实现当地民众多年来种水稻的梦想。尚跃积极推进生产经营结构调整，实施“旱改水”，建立1300亩稻鱼、稻鸭生态种养基地和300亩稻薯轮作试验示范基地，以标准化生产为主线，安装40盏太阳能杀虫灯、1000个诱捕器，严格按照生产技术规程组织现代农业生产，生产的农产品全部达到无公害或绿色食品标准。5月10日，开始育苗，25厘米×60厘米一盘的种苗，共计6万盘，每亩需要35盘，为品种粮食打下良好的基础。尚跃经常穿行在禾苗之间，晒得一身黝黑。大田里阳光跳跃，脚下泥土暗涌，大地最强大的力量不是地震，而是万物的生活。

王诚市长视察时，对示范区的工作十分肯定。作为农业示范区的特色，尚跃利用稻田养鸭、养鱼，目的是让水稻少打农药，保证绿色增长模式。2016年，合作社合作服务面积达到10万亩，在全市农业领域创下最高位。

好事多磨。6月，水稻苗种好了，渠里无水，因为原来投资80万元建成的电管站只适合2000亩的用水供应，现在提高到20000亩，电管站项目的投资提升到480万元。

渠无水，徐圩乡政府协调，怀远县政府协调，及时向蚌埠市副市长反映，郑书记立即让市有关部门解决。第一天浇地的日子最漫长，闸门一开，水"哗哗"而下，顺着地面的横渠如多米诺骨牌般一道紧挨着一道淌进水渠。尚跃和分管农业的党委委员施传义一起，跟着水走，缓缓的流水，真让尚跃着急，他站在7.8公里的末端，急得跺脚，结果脚下松软的泥土一塌，尚跃结结实实地摔进了80厘米深的沟渠里。众人急忙把他拉上来，结果全身湿透，令他十分尴尬。

离水稻田还有800米的距离，水渠坝塌了，淹了村民300亩的庄稼。尚跃急忙赶到一看，那么多的水静止于前方，仿佛走到了世界的尽头，不见飞鸟，不生植物，和荒野一样空旷，仅仅是水，一大摊明晃晃的水，像镜子一样平平摊开在大地上，倒映着整片天空，又像是天空下的一潭深渊。

见此情景，尚跃的心冰凉冰凉的，他急忙与县水利局陈长利局长联系，经过协调，借了一台吸污泵抽水。可是柴油机没电缆，他从蚌埠市光彩大市场买了1000米的三相电缆，使吸污泵得以运转。从早上8：00到中午12：00连续抽水，结果吸污泵烧了，修理需要三天时间。他只好又到光彩大市场，用7000多元购买两台湖南生产的大功率水泵继续抽水。由于白天是用电高峰，只能在晚上7：00到深夜1：00抽沟水。这个时间段，尚跃随水流缓缓而行，见到阻滞处就挖一锹，有跑水的缺口就补块泥土，并将吃饱水的埂沟一一封堵。那么广阔的土地，那么细长的水脉，他几乎是看着每一株水稻充分吮吸水分。水稻庞大的根系吮吸得滋滋有声，地面之上越发沉静，水在艰难跋涉。

世间哪有那么多天才，还不都是孤独地翻山越岭；每一个行业里都有"会当凌绝顶"的人，每一个从平凡走到卓越的人，哪一个不是忍受着寂寞，一次又一次地把自己逼到绝境，坚持不懈地追求完美，才创造了大家有目共睹的奇迹。

每天40℃的高温，尚跃整整坚守了60天。高地干死，洼地涝死，100多亩地的损失，每亩1200斤的产量，每亩2000元的收入，损失是巨大的。

每个轻松的笑容背后，都是一个曾经咬紧牙关的灵魂；每个华丽转身的背后，都有一段不为人知的辛酸往事；每个站在高处的人，都为他现在所站的位置付出了很多。

2016年，由合作社牵头，组织6家专业合作社和公司及5家家庭农场，共同组建盛世兴农农业产业化产业联合体，以粮食生产为主导，以合作社为龙头，制定优质良种供应、测土配方施肥、深耕细作、机械施肥、病虫草害统防统治、机械收种、抗旱保苗、订单预约出售、烘干、仓储等十个方面的统一服务菜单，对内开展统一耕作、统一种植、统一管理、统一施肥、统一防治、统一销售“六统一”服务，对外开展全程或半程代耕、代种、代管、代收、代烘、代储托管式服务；同时，与伊利集团、安徽中粮生化、雁湖面粉等国家及省大型龙头企业结对协作，开展农超对接，农产品基本实现直供直销。

致富思源

2012 年，尚跃被蚌埠市人民政府授予全市十佳农机专业合作社领办人，荣获蚌埠市人民政府授予的“2011 年度全市十大土地流转大户”称号。

2016 年，尚跃被中国绿色食品发展中心评选为绿色食品企业内部检查员。

安徽省植物保护总站授予专业合作社“2016 年度全省农作物病虫害专业化统防统治示范服务组织”。

尚跃曾对大儿子讲：“一滴墨汁落在一杯清水里，这杯水立即变色，不能喝了；一滴墨水融入大海里，大海依然是蔚蓝色的大海。为什么？因为两者的度量不一样！不熟的麦穗直溜溜地向上挺着，成熟的麦穗低垂着头。为什么？因为两者的分量不一样！宽容别人，就是度量；谦卑自己，就是分量；合起来就是一个人的质量。”大儿子尚林争 2001 年在怀远实验中学读书时，每学期考试成绩都是前十名。他从上海外国语大学毕业后，考上复旦大学的硕士研究生，现在中国国际金融投资有限公司工作，年薪百万。

尚跃曾对小儿子讲：“这个世界上没有不带伤的人，无论什么时候，你都要相信，真正能治愈自己的人，只有自己。不去抱怨，尽量等待；不怕孤单，努力沉淀。因为当你不够强大的时候，你想要一个小小的机会，都没有；当你足够厉害的时候，你的面前有一万个机会，挡都挡不住；当你足够优秀的时候，你想要的一切，都会主动来找你。”小儿子尚林庆本科毕业，喜欢农业机械，现任安徽群发农业科技服务有限公司总经理，注册资金600万元，是怀远县人大代表。

目前，尚跃扶持两个贫困村的农业生产（宗庙村2000亩、黄元村2000亩），实行全程社会化服务，即品种管理、播种、打农药、机械自动化收割；同时，与现代牧业签订5万吨青储玉米饲料、2万亩玉米的订单：3个贫困村（宗庙村5000亩、永红村5000亩、殷尚村5000亩），合作社周边一个自然村5000亩。

带动现代农业发展，让很多人脱离繁重的体力劳动，合作社党支部成员5人，经常出去观摩学习。

合作社运用互联网+注册食品厂，生产礼品大米；此外，还有四种产品即怀远龙虾、螃蟹、鸭子、泥鳅等食品生鲜类进入蚌埠市高档小区专营店、大型超市专营柜。合作社对食品厂共投资30万元，产品可通过二维码追溯源头，进行线上线下推广销售。

长风破浪会有时，直挂云帆济沧海！

一座座大棚如雨后春笋般在盛世兴农现代农业示范产业园拔地而起，产业发展、科技推广、示范带动，进一步加大农业招商力度；引进徐圩粮食产业化龙头项目，加大粮食科技创新和推广应用力度，加快农业科技成果转化，基本实现农业试验示范、标准生产、辐射带动、科普教育、休闲观光和生态保护等功能，逐步形成“创新、集成、示范、辐射”的聚集农业高科技成果和农业科技成果对外推广示范产业园。

尚跃正在努力拼搏，一步步实现自己的梦想。

故乡回望（代后记）

金　萍

引子：

涡河南、淮河北，一季杂粮一季麦。
荞麦花、萝卜花、六月豆棵里逮鱼虾。
有雨淹、没雨旱、大湖小湖连成片。
有湖没有水，泥淤半截腿！
广播响、电灯亮、
黄毛丫头都到淮南找对象！

——选自久远的故乡童谣

对故乡最初的记忆就是湖。

懵懂中，我总是听奶奶说，你娘下湖去了！于是，嗷嗷大哭立刻变成委屈的抽泣，我再也不敢放赖。根据以往的经验，那湖总是离村庄很远很远的地方。

慢慢长大，我才知道：老家的湖其实就是低洼地。老家满眼都是湖！湖与湖相连，湖与湖相牵。连绵几百里，举目望不到边。外边的人都称我们那大片大片的低洼地是“湖坑塘眼”。就说咱那大大小小的村庄名吧！出了淮河边的古县城怀远朝西看，大湖小湖连成串，四十五里烟袋湖，韩湖楮湖小赵湖，李湖钱湖邵大湖，肖湖杨湖白家湖，张湖马湖钞家湖。除了湖，就是圩子、浅子、台子、畈子、洼子、窝子、湾子、套子。小时候上学，我一路就走过支圩子、徐圩子、陈浅子、李畈子，同班同学的家就住在王台子、尚洼窝、鄢家湾、沟套子。

村名地名的衍生最大程度反映出历史上地域的自然进程和人文遗存，老家的这些地名村名大多与淮河流域频繁发生的水涝灾害有关。

涡河以南，淮河以北，东迎荆涂山麓，西接庄周故地，基本上是属于淮河流域多灾多难的低洼地带。低洼地、野湖滩，十年倒有九年淹，不长庄稼不长粮，遍长茴草苫茅房。这里就是我今世今生常常念及割舍不下的故乡。故乡地处淮北大平原，人少地多庄子稀，碰不巧，人走上几十里不见人烟。草蒿连天起，野兔四处奔。村里人下地，顶着朝露出，披着星月归。不是去了南湖，就是下了北湖，庄稼地离家常常七八里甚至更远。下地干活要带着水，带着干粮，一般中午不回来，顶着日头，吃口干粮垫着就过去了。庄稼长得像秃子头上的毛，稀稀拉拉几根根。离家远的地块差不多都是茴草，几百亩几百亩地生长着；秋来风起，汹涌澎湃，很是壮观！这些茴草的作用，就是苫房子。农村都是泥巴房土坯墙，歪歪倒倒泥抹光，一辈子盖的几间茅草房就是靠这些茴草苫顶。农民自己用不完，秋后割了拉到集上卖。就这也比种粮合算。那时候，故乡的各个村子都有大片大片的波涛汹涌的茴草地。秋天一到，铺天盖地的茴草，秸秆黄亮，花絮飞扬。漫无边际的茴草地包围着一座乡村小学，那就是我的母校——赵庙小学，

我在赵庙小学度过了童年的快乐时光，那时我的父亲是学校校长，他拼命地工作，把那样偏远的一个不显山不露水的小学办成了一所乡中心小学，全乡所有的教研活动、节假日联欢、集会、大小通考，全在这里。乡亲父老多自豪啊！在赵庙小学读书的孩子们多自豪啊！

那时的赵庙小学就是十里八村的乡间政治经济文化中心，是周围乡村孩子十分向往的地方！一说是赵庙小学的学生，别的大人孩子立刻刮目相看。

那时的赵庙小学四边有流水沟，沟边绿树成行，沟里溪水欢畅，鱼虾嬉戏，清波荡漾。树上有很多的鸟，春光明媚时，到处都是鸟语花香。

我父亲在世时，每到一所学校，最喜栽树，正合了那句话：种桃种李种春风！

那时的赵庙小学，真可以算是一座绿色的学校：桃、李、苹果、槐、椿、桑、枣、杨、柳……

数不清的鸟儿在树上做窝、成家、生子。

数不清的花儿在溪边闹嚷嚷地含苞、绽蕾、怒放。

我们在树荫下读书。

我们在花丛中成长。

我父亲那时常说：树是人身上的毛，树旺人气旺，前人栽树，后人乘凉，这是积德行善啊！

那时乡村生态好，每次周末，父亲总是带领全校老师和学生一起到田野里打野兔。打野兔的情景特别的壮观：几百号人，有大有小，扛网的，拿棍棒的，还有队旗，红红绿绿。五颜六色，五彩缤纷……

田野就像无边的大草场，几百号人大声地吆喝，震耳欲聋。打兔子的季节大多在秋后，大片大片的茴草已经枯黄了，有一种衰草连天的阔大莽远，天显得很高、很蓝，有白云在高天上静止般的定格，很写意。

我的父亲总是将军般地走在最前边，他大声地呼喊指挥着师生们，让大家东进西去，南下北上，队伍庞大、人声鼎沸。日欲落，天将黑，草丛中的孩子们笑闹一团，丰硕的成果吸引了所有人的目光，大孩子的棍棒上挑起了一个个肥嘟嘟的草黄兔子，那都是师生们奔波一天的战利品。

打兔子的季节是乡村小学盛大的节日，节日过后，总会有一些孩子的书杂费被学校免去，孩子的家长感激不尽，然后就是要孩子好好学习，我父亲不喜欢听前面的话，只喜欢听后面的。我父亲常说："少年不努力，老大后悔迟！"

那时，因为我父亲的缘故，我在学校是很受宠爱的，但是父亲从不溺爱，对我比对别的孩子更严。他的口头禅是：棍棒底下出孝子，严师出高徒。那时的调皮学生大都怕我父亲。我父亲喜欢打篮球，带领学生挑战蒙怀两县边远地区，给枯燥的乡村生活带来了许多欢乐。我是父亲自行车后座上的篮球宝贝，每场都跟在后面呐喊助威。就在那时，我也参加了学校的女队，主打控球后卫，虽然个子矮小，但是控球有力，投篮准确。像子弹头一样在球场上神出鬼没，常常把对方的大好局势搅得乱马营一样的糟糕无序。

我父亲喜欢武术，从小习武不间断，在赵庙小学时，还开着长拳、棍拳等武术课。在冬日夜凉如水的夜晚，常见父亲在校园里飞奔腾越，棍棒"唰唰"的响声，惊动檐下的窝鸟仓促逃窜，古树间的铜铃叮当作响。我常在梦中醒来，望着窗外父亲矫健的身影，心中充满了崇拜、自豪和骄傲，也充满了对未来生活的无限憧憬和向往。

那时，中心校经常举办年级赛考，我们学校是常拿前几名的，如果有一次没拿到，我父亲就会几天不开心，就像生了一场大病。父亲说，成绩上不去，湖坑塘眼里的孩子就没有出路了！是啊，那时唯一能改变湖洼地孩子命运的就是发奋读书，走出去，走得远远的！上大学、当兵、嫁人，最后一招就是当盲流了。那时还没有打工之说。外流的名声是很不好的，弄不好哪一天还可能被押送回来。押送回来的人，一股脑儿钻进茴草地，仿佛一辈子再也不愿意出来，一躲许多天，茴草地里都睡出了一个平坦的窝来。那时，故乡的茴草地，就成了失意人的防空洞，只有它才知道故乡孩子的心痛，只有它才能最大限度地包容落难的故乡人。

“大雨大灾，小雨小灾，无雨旱灾”，就是淮河流域多年来的真实写照。“水尽平沙向浅泥，轻车飞过大堤西。茫茫旧馆无寻处，红树夕阳鸦乱啼”记载的就是大灾过后的荒凉景象。

我的故乡地处皖北平原，皖北是一个大的地域，从北到南，从东到西，在水文、气象、土壤、水资源、农作物、农村经济水平和自然灾害特点等方面，都存在一定的差异。专家提起皖北，曾经归纳划分为三类地区：一是北部黄泛平原区，那里地势较高，旱的问题相对突出；二是中间河间平原区，这里的土壤为瘠薄的砂姜黑土，地形平缓，地下水埋深浅，涝渍灾害比较突出，同时也存在旱的问题；三是南部岗洼平原区，南部多岗地和湾地，湾地土壤肥沃，大多种植小麦和大豆。我的故乡属于之二的中间河间平原区，土壤为瘠薄的砂姜黑土地。黄河夺淮入海，淮河水系遭到严重破坏，夺淮的路线有汴水、颍水、涡河，我的故乡就在涡河南、淮河北，一年就一季杂粮、一季小麦。洪水一过，颗粒无收。“千村霹雳人遗失，万户萧疏鬼唱歌。”

“湖坑塘眼里穷啊，湖坑塘眼里苦！苦累一天的工分价值也就一毛五！”想想看，一毛五分钱够干什么呀？我的故乡本是亚热带与温暖带的过渡区,，资源丰富，水系众多，却因为自然灾害多发，长期遭受水灾的困扰，洪水泛滥汪洋恣肆，久旱无雨赤地千里。皖北平原的历史，就是一部与自然灾害的斗争史，是平原里的芸芸众生用血泪和汗水描画的这部血泪史。我的先祖父兄谁也没有逃出水患终生的悲情命运。“小小的鲤鱼红红的腮，上江游到下江来，上江吃的灵芝草，下江吃的老青苔，莫笑穷人穿破衣。早就想把禹王拜。揭不开锅盖我懒动弹，腰也疼来腿也酸！”“锣鼓一打头对头，一阵焦来一阵愁。焦的是罐里没有米，愁的是壶里没有油。借来锣鼓包上头，唱段灯歌解忧愁。”一声叹息，两眼泪花，一代代的期盼与梦想、苦难与衷肠，都深深地掩藏在年复一年久玩不衰的花鼓灯灯歌里了。

满眼是湖不见湖，遍地的湖都只是低洼地和盖在低洼地里的村庄。为什么高筑台，坚打圩，设套子，垒湾子，祖祖辈辈就是和水涝灾害较上了劲！围堰越筑越高，石墙越垒越重，那都是先辈们的智慧和力量，写满了淮河流域的人民在洪水面前的无奈和抗争。

由于淮河流域地处长江、黄河两大流域的过渡地带，很自然地在南北分裂时期成为战略要地。著名的淝水之战就发生在淮河岸边。淮河流域的特殊地理位置，注定它成了南北之间的要道和军屯与内战的中心。淮河流域早已成为战神的祭坛之地。淮河流域，地势低洼潮湿，自古以来，水泽纵横。河间平原草莽丛生，低山台地茂林遍布。那时的淮河流域是鸟类栖息的天堂，以至于我们的先祖自古就以鸟为图腾。淮河之“淮”所从之“隹”的本义，就是一种短尾鸟。

淮河流域人民与水打交道的历史十分悠久，大禹治水，人人皆知；楚国令尹孙叔敖兴建了大型水利灌溉工程安丰塘，至今还发挥着显著的效益。还有齐国的管仲、北宋的欧阳修、苏轼，都曾为淮河的治理出力、吟诵、作赋、作论。只可惜，历史没有让淮河之水静静地流向大海，黄河挟带的大量泥沙冲向淮河，淮河从此失去了往日的宁静。黄水侵扰，河床淤浅，积涝成灾，禾苗减收，田地荒芜，民不聊生，手打花鼓走四方，拖儿带女去逃荒。淮河终于成了举世闻名的害河。一代代兵水混战，一代代血泪横流。

从远古时期的“水利盟约”，到现代的“一定要把淮河修好”，我的远古先人，近辈乡亲，无不在这块土地上爱着恨着，哭着笑着，痛着乐着，活着受着。

蛤蟆打哇哇，六十天吃粑粑。正是青黄不接的时候，蛤蟆咕呱咕呱的叫声中，饥肠辘辘的村民就数着日头等，期盼着收获的来临。老天的脸，孩儿的面，说变就变！一场大雨，倾缸而下，遍地白花花的一片汪洋！灵动无比的小青蛇昂着头在水面上横冲直撞；鸡上树，猫爬杆，小老鼠抓着电线打秋千。湿了老鸹毛，麦在水里捞。一村子人的期待就这么简单地毁了。

蛤蟆撒泡尿，漫了驴磨道。连驴子推磨的地方都上水了，还有啥地方干呢？

就因为烂泥巴，黄土路，行路难，小时候村里的孩子都会唱："走路的，你歇歇，硌疼了的小脚俺捏捏；走路的，你停停，崴瘩了的小脚俺拧拧。"

走路的人高声骂一句："湖坑塘眼里的畜生！"之后他便不屑一顾地昂首而去。那时候，我们一群赤身露体的小孩子不知好歹，听到后还哈哈欢笑。可是不久，就笑不出来了。因为我们突然发觉，那其实不是一句好话！

"湖坑塘眼儿"在以后的岁月里，几乎成了我们家乡的代名词。家乡的土地碱性大，含氟量高，村里的孩子十有八九是黄牙。上中学时，同学讥笑我们是"湖坑塘眼里的四环素"！大哥结婚娶了外乡女人，每逢日子过得不如意，那个袖珍女人就会撮着嘴，有滋有味地扬声大骂："湖坑塘眼里的穷种！"那时，我大哥委屈地蹲在门口的老石磨上，一口又一口地抽着自己卷的旱烟卷儿，龇着一嘴的黄牙，出着愤怒的长气，几次高高地扬起蒲扇般的大手，却又无力地放下。露皮的衣衫、四只眼的稀饭，还有那空空的粮囤，媳妇骂的有错吗？我大哥悖理得很，羞惭难言地扛起锄头下地去了。同是正当年的好劳力，他可没少干一点活啊！可是拼命地干活，收获的却是贫穷和更加贫穷。大哥他们有错吗？这挨千刀的水涝干旱！我大哥打心眼里骂了无数遍，可是管用吗？在天灾人祸面前，作为一个人的个体是多么渺小无助啊！

仿佛"湖坑塘眼儿"就是镶嵌在我们身上时时犯疼的伤疤。揭开一层薄皮，就有血水丝丝地渗出。那疼痛，是打心眼里抽动着泛出来的。

淹了，一片汪洋；干了，地冒火星。涡之南，淮之北，时干时淹，地如漏斗，真是一片灾难与泪水黏合的土地！儿时的记忆总和饥饿相连：一天十分工，一天只挣一毛五分钱。"四只眼的稀饭糠菜馍，冬瓜葫芦杂草棵"。那年月，能吃不能吃的，都吃了。一个字：饿！两个字，很饿！三个字，实在饿！有一年大旱，沟里没有水，田里冒青烟。树叶子都像生虫似的打着卷。一天早晨醒来一看，院子里爬满了大青虫！家家都在吃惊地喊：豆虫，大豆虫！可是，不久就发现，门口院外，田间地头，树上水里，全是大青虫！虫把为数不多的青绿吃个一干二净，然后一夜间消失得无影无踪。后来还闹过蝗灾，蝗虫在天空翻滚成团儿，疙疙瘩瘩、密密麻麻地落在屋顶树梢、田野溪畔，庄稼吃成秃梗，树木啃成光杆。青虫来的时候，村里人躲都没地方躲，床铺锅里蠕动着都爬满了，走路脚底下啪啪作响；蝗虫来的时候，孩子们不怕，戴着草帽看热闹。伤心的是那些大人们：这一年的日子又被啃光了！“地光场光粮囤光，老人孩子泪汪汪，两眼巴巴朝上望，家家等吃救济粮。”那些年，国家对家乡农民发的救济粮还是不少的，但也只是活命而已。人太多啊，救急不救贫！

村里的男子娶不到媳妇；村里的女子死活也要嫁出去！那时村里的小孩人人都会唱：“广播响，电灯亮，黄毛丫头都到淮南找对象；淮南对象也好找，就是户口不好搞！没人接，没人瞧，眼泪哭了十八瓢！”淮南是淮河岸边的一个煤炭城，是乡下人心里的大城市。我们的村子离淮南城直线距离也就是八九十里路，但城里乡下两重天，生活的差距就是这么大。小时候的远大目标就是这一辈子拼死也要嫁到淮南去！生女当嫁淮南郎，吃喝不愁住洋房！或许就是那时大人们无数个梦里的奢望和荣光。因为那时的淮南城：电灯电话，楼上楼下，到处不见泥糊子，人人都穿囫囵衣服，洗手打肥皂，刷牙嘴冒泡，新奇新鲜！那种生活是仙境，是人过的日子。我的一个姑妈就是在挖河打坝筑圩的时候，挑泥累得实在受不了，就在一个月黑风高的夜晚，跟着一个淮南郊区的农民走了，再也没有回来过。我奶奶生大病危急的时候，家人怪起她，奶奶还说，不要怪她，不回来受罪就好！可怜天下父母心，甘为儿女操断筋。

湖坑塘眼里受穷受罪，是我们自己祖祖辈辈不得不咬紧牙关承认的现实。现实是残酷的，但也是无法改变的，生于此、长于此，作为生命的个体，实在是无法选择！

少年时，阴雨天气总是很漫长，一场水涝灾害，最短也要延续三至五个月。夏天，日头晒在泥地上，又黏又烫；翻红芋秧，打小秫秫叶，脚丫巴全在泥糊里泡，一天下来，沤烂得稀乎乎的，又痒又疼；冬天也不好受，太阳一出来，冻地化稀，一脚下去，泥水涌到膝盖头，走不得，挪不动，十一二岁的小小年纪，只能猫在屋里纳鞋底。一个冬天纳的鞋底几乎够穿一辈子。美好的青春岁月就这样在呼呼啦啦的纳鞋底拉线绳中溜走了。

冬天是兴修水利的季节。年年如此，打河坝，挖天沟，挑河网化，垒灌溉渠。总之，没有闲时候。新中国成立初期，毛主席提出“一定要把淮河修好”的号召。治淮有了良好的开端，淮河是我国第一条进行全面治理的大河。当时正值抗美援朝战争，有一句口号叫：“跨过一条江，保卫祖国；修好一条河，建设家园。”治淮的最终目标，就是既要消除水灾，又要照顾防旱与兴办水利的长远需要。上边有号召和要求，下边群众就得积极跟上，一层一层布置，一层一层落实。整个淮河流域千军万马兴修水利上战场，男女老少齐动员，不分季节，不分钟点，条件艰苦算个啥？活着干，死了算，小车不倒只管推。与天奋斗，其乐无穷！与地奋斗，其乐无穷！与人奋斗，其乐无穷！我三哥那时在水利工地上做个小干部，还发了一把手枪，听说只要碰上不执行命令的人，就可以先斩后奏开枪警示。有一次洪水来袭，全体壮劳力上大堤。听说有一个人因为老婆孩子在家熟睡，慌慌张张又跑了回去。工作组不愿意了，让我三哥向风雨中向回跑的那个乡邻开枪！我三哥两手哆嗦了老半天也没有打响。工作组气得夺了我三哥的枪、撤了我三哥的职，还给了我三哥一个小处分。三哥说："处分就处分吧，都是救人啊！谁个能没有老婆孩子呢？老婆孩子都不顾，还能顾到其他人吗？就是开除我，也下不了手啊！"那时治水真是提到了日常行政的头等地位啊！有时就是大战来临呢！

全民齐动员，抗水灾、抗大旱。不论酷暑盛夏，还是三九严寒，说上就上，说干就干！在我牙牙学语的时候，我奶奶上河工扒河网化，日夜不停地搬冻泥，最后冻掉了三根手指头。那时我奶奶不觉疼，她说冻木了，就跟蚂蚁咬的差不多，哪里还知道疼呢？男女搭窝棚，连身歪，浑身生满了虱子，人骨瘦如柴，虱子却肥得很。只要有太阳出来，民工们就一排排地躲在窝棚后面，用手掐虱子，用牙齿沿着衣服对边的缝隙咬虱子，喀喀嘣嘣的声音一清二楚。一干就是几个月，密密麻麻的沟渠扒出来了，它就是二十世纪六十年代初期赫赫有名的河网化。

那是一个寒冷的冬天，大雪如席封住了门，我奶奶从河网化工地上回来了，还带着一根通红的胡萝卜，那就是她全部的劳动奖励。我奶奶用舌尖舔了几下不舍得吃，她知道家里人都在饿着，她得想尽办法赶回家来。一路上大雪茫茫，狂风肆虐，她拖着冻僵硬的双腿扑倒在雪地上，遥望着眼前二十米处白雪笼罩的家门，最终没能说出一句话来。那根扔在惨白雪地上的红胡萝卜，多少年之后依然如旗帜般地时常在我眼前鲜亮着，与胡萝卜一同鲜亮的还有我奶奶那冻得黑红发紫的脸颊。

治淮曾经走过了一段弯路。治淮最大的教训莫过于淮北的河网化了。二十世纪五十年代末到六十年代初，淮北平原上实施的河网化工程，虽然有其明显的时代特征，但河网化过程中暴露出的许多问题值得后人反思。河网化时期的印记就是：忽视客观的经济规律，根据局部的需要、一时的分析判断，提出了不符合实际、口号式的治水要求。调查不深入，规划不讲究经济效益，缺少正规设计。不讲基本建设程序，不顾农民的利益。决策者主观上想在短期内改变皖北面貌，把指标定得过高、摊子铺得过大，结果适得其反。土方工程做了，建筑物跟不上；骨干工程做了，配套跟不上；工程做好了，管理运行跟不上；有些工程规划不当，成了无效工程；有的打乱了水系，带来了新的灾害。如：“三年实现淮北河网化、水稻化”“三年实现淮北井灌化”等等，主观上想“大干快上”，结果却是“少、慢、差、费”，带来了巨大的损失和浪费。一个设计性的失误，带给农民的就是血汗和泪水，甚至生命的代价。我的乡亲们饱尝了这些后果带来的酸楚和疼痛。毛主席说：“一定要把淮河修好！”二十世纪九十年代，中央领导同志指出：对安徽来讲，最大的事情就是治淮。新中国成立多年了，治淮取得了很大成绩，但是还没有根治。淮河不根治，安徽无宁日。

低洼地，老湖滩，年年治理年年淹；年年淹，年年歉收，年年还要前仆后继搞冬修。到了我母亲打河坝挑天沟的时候，涡河以南的军垦农场已修起了横七竖八的沟渠。那时的军垦农场已经有了东方红拖拉机，火红的庞大身子，链轨履带好像电影里的坦克车，轰轰隆隆地开起来，力气大过一群老水牛。农场的水利活都是大机器干的，村里人叫那些棋盘一般纵横有序的沟渠是“河网化”。涝地实现河网化，这也是二十世纪五六十年代治理低洼地最典型的水利工程之一。四十五里烟袋湖被“河网化”分割成一块一块的规整田。但是，这些田归了军垦农场。旱了可以灌，涝了可以排！四周的农民呢？依然是水来了淹着；天旱了干着。砂姜盘不长粮，

茅草青了又变黄。奶奶的墓地才落好，母亲就顶着寒风又出了门。还是年年修水利，依然冬春挖天沟。家家都有出工任务，论人头分土方。因为父亲在学校工作，我母亲不得不连天加夜在工地上忙，就连孩子们生了病，也不能缺工停下来。我的哥哥一连高烧五天五夜没有人得闲送去看病，最后不治夭折；我和妹妹病得说胡话，只有趴在乌黑的土屋里无助地哭泣。冬尾春头大干三个月，村人累得跪地爬。完成了挑天沟的土方，我母亲在惊天动地的锣鼓声中戴上了大红花，公社书记还亲自将一条浅灰色的毛毯放在我母亲的手中。这是一条记载着母亲血汗荣耀和刻骨的治水痛楚的毛毯，直到我母亲逝世后，还静悄悄地保留在我的柜子里。我不敢说它有着怎样的意义，但这至少是上辈人和土地之间多年博弈的遗存。每年晾晒的时候，我轻轻地抚摸着毛毯上一丝丝绒絮，就像又一次抚摸到了母

亲那双与天斗、与地斗、与洪涝灾害斗的粗糙的大手；那种活着干、死了算、小车不倒只管推的治水豪情壮志。我的父辈娘亲们，一生都饥肠辘辘地活在这些沁入骨髓的豪言壮语里。他们吃得比猪还差，干得比牛还累，起得比鸡还早，得到的比鸡毛蒜皮还少！可是，他们豪情不减、信心不灭，建设改变新家园，百姓平民意志坚，前仆后继斗水灾，堪比愚公能移山。

为了改造这片辽阔无边的低洼地，为了村人吃饱饭，我的乡亲父老兄弟不怕流血流汗，因为我们生在这里，长在这里，活在这里，别无选择！渠堰堤坝水利工程，共修共享。但因为所有制不同，农场的河网化常常只是服务于农场本部。周围的农民不干了！一场血腥大战正在悄悄酝酿。

寂静的乡村，平时无事，安然无恙。一旦有事，如爆竹连响，如炸雷惊天。头一天里，各村接到密令：准备好锹锨杠子抬筐，凡是能打能跳的，能叫能闹的，不管男女，一律出动，目标就是农场总部边的南北大沟！

总场边的河网化紧连着附近农民的田块，眼看着旱天里河网化里的水流哗哗响，农民的田里却干得冒青烟。时常会有农民忍不住偷偷去扒豁子放水。赤日炎炎似火烧，野田禾苗半枯焦。农民心里如汤煮，扒开豁子放水浇。农场看田的人不愿意了，逮住就没好果子吃，挨一顿揍是常有的事。场里还常常找到公社干部告状，调解几次不见效果，公社提出水利设施共享，场里又不干了！公社终于抱不住火气，当夜研究以硬对硬。准备强行在场总部边上挖一条南北大天沟。这条天沟的开挖，可以直接提起涡河水灌溉农场南部农民的田地。但是大天沟必须从场部的地里走！挖的是场部的地，没有场部的同意肯定是不行的！但是要从场部的田里挖一条大天沟，农场肯定是不会轻易同意的！两家利益相撞，怎么办？只有“拼了！”

公社干部不能看着农民颗粒无收，做出如此决定也是迫于无奈。农民和农场的打打闹闹大小摩擦早已是家常便饭了。为了一口活命的饭食，为了粮食庄稼，顾不上什么叫尊严之说了！村民为了偷偷放水，派上亲姐妹或小媳妇，去和场里看水人鬼混，有时还不得不动真的，只要那边水声哗哗一响，这边立马提裤子走人。水是放了，仇也结了，面对气派的场子，村人不由得放声大骂：上边一句话，我的土地就变成你的了！还不准我从你的地里走水、我操你个八代祖宗！男人们窝火，憋足了一口气，所以只要一提打大架，大家都像过年一样激动欣喜，摩拳擦掌，呼朋唤友，攒足了一包包吃奶的劲。

天刚擦黑，数万人悄没声地朝场部运动。锹锨扁担大抬筐，杠子绳索架子车，那家伙，真像淮海战役时的后勤部队。靠近场部还有站岗放哨的“消息树”，只要场部有人出来，“消息树”依次放倒，出来的人逐个捆起来看押。一公社好几万人齐上阵，各大队的任务黄昏前就用白石灰粉画好了线，不用招呼，不用喊叫，各就各位，动作干净麻利。谁说农民无组织无纪律，只要目标明确，只要人心齐整，那就是一整个铁血军团！这个军团不得了！抗日战争跟彭雪枫牵过马、解放战争用手推车、独轮车、太平车硬是推出了淮海战役的伟大胜利。别看乡亲们脸黑、牙黄、佝偻着腰，可是只要干起来，那真是个顶个的没话说！趁黑夜动手，挖的挖，甩的甩，抬的抬，平的平，既无鸡狗叫，也无车马喧！天亮时，一条十几里路长的大沟懒龙一样地横在农场边的土地上。沟边的泥土垒得像一座座小山，那新鲜的泥土还泛着黏糊糊的湿气，在晨光里黑乎乎地显摆着。年过半百的公社书记抹着额头淋漓的汗水，按住胃部新开刀的伤疤，铁青着泛紫的脸孔，等待着事态发展的严峻后果。大队干部们也开始抽烟喝水，谁也不讲话，天地间一片寂静、沉默。只有那些不知天高地厚的女孩子们望着彼此抹得猫猴子似的泥脸，扑哧扑哧地捂嘴偷笑。不久，就有人来了，汽车也来了，许多衣着光鲜、油头粉面的大人物也来了。不管三七二十一，农民们扛着杠子，光着膀子，打着号子，撕破着嗓子，蜂拥而上，里三层外三层，吵得什么也听不清！就这样闹哄哄地对峙了五天五夜，谁也不肯先松口，老书记胃痛得冷汗淋漓，始终没有离开半步。最后一天，武装部长挥着枪拿着大喇叭喊：各大队干部都听着，把你的人马统统带回去，回到村里等候消息，等候省里来处理！

为了保住地里的庄稼不再干死绝收，为了保住那糊口的粮食，几万人拼死相争，那条连夜挖就的灌溉大沟终于留了下来。直到今天，我偶尔回老家，还从它的旁边走过，不过，已远不如当年威严险峻，连年的犁耙耕种，沟沿坍塌如平地，沟底长满荒草，堆满淤泥，恐怕灌溉排涝的作用已起不到多少了。

为治理连年的涝灾旱灾，村民们不仅要挖好近处的沟壑渠坝，还要年年上河工，到遥远的异地去挖河。村里称这些工就叫“上河工打河坝”。

我们村子的男劳力差不多都去过泗洪县挖新汴河，去过固镇县挖怀洪新河，去过山南挖茨淮新河。一条河不是一年就能挖成的，年年都要抛妻别子，年年都要离乡背井。打着背包穿着棉猴麻窝儿离家的时候，总是天寒地冻，呵气成霜，草黄水瘦大雁成行。小燕来时笑眯眯，大雁来时哭啼啼，背着媳妇的泪眼，听着孩子的呼唤，望着娘亲的白发，冻得哆哆嗦嗦地爬上了笨重的四轱辘太平车，远行从此就多了几分凄迷，几分酸楚。秋尾出行，深冬返归，好几个月的重活下来，男人们几乎变成了刀郎小鬼，也有撑不住的倒在外乡。我堂哥第二年去新汴河，就累犯了癫痫病，吐着白沫翻着白眼，啥也不知道被送回了家，直到现在还没好清。男人去挖河，女人守着家。就像现在的留守妇女，大事小事一肩担。男人累，女人苦，一年挣钱还不到二百五。有个天灾人祸，东借西挪，腰里有钱的没几个人。每年出外打河坝，总是不能回来全乎，除了累倒，也有混得好走桃花运的。一连几年都有人倒插门，做了当地人家的上门女婿。村里人就说，还是人家精明，有本事啊！不仅自己不受苦了，连下一辈子的问题都解决了！那口气里充满了羡慕和嫉妒的酸味。

不是咱不干呀，是咱这地盘不争气呢！三锹下去就是砂姜盘，天王老子也没本事把它变成丰产田！漏斗地，砂姜盘，鸡毛收成一年又一年。那时我们家那个村子才几十口人，却有一千多亩土地，人均几十亩，更有的村子合到四五十亩。村稀人少地亩多，地薄收头小，靠种地吃不饱饭，家家都有人出外逃荒。那时的逃荒，并不都是单纯的要饭，很多人收破烂，补锅掌鞋，玩猴算命，剃头理发，摇着拨浪鼓换荒挑。外出找食不容易，干一顿，湿一顿，还有风风雨雨一天摸不着饭的时候。临出门抱着一腔希望，赶回来却瘦得像个猴精。鞋壳儿里摸出血泪积攒的几个钱，颤巍巍地递给老婆，啥话也说不出口了。还要说啥呢？眼珠子都掉进坑里了，要不是还有那一丝期盼的灵光，哪里还像个人啊？尖嘴猴腮胡子像荒草，其实就是一个抹得看不见鼻子眼睛的猫猴子啊！

男人出外难，女人在家也难！村里改造砂姜地，翻遍了闲置的春地，让留守在家的妇女小孩下地拾砂姜，再把拾来的砂姜送到公社去修路。那时的老家真是个砂姜窝，田边地头，沟壑渠畔，随便走到哪里，都可看到大大小小的砂姜，小的如豆粒，大的像磨盘。有这些家伙在地下撑着，有水就漏了，没水就干了，易涝易旱，难种难耕。土层薄地不肥，再加上三天一小旱，半月一大淹，怎么能长出好庄稼？

家家分任务拾砂姜，谁也不敢怠慢。有条件的人家拉着架子车，没条件的推着三轮车，扛着麻袋，分布四野，一连多少天下来，村里的砂姜堆得像一座座金黄的小山。等到男人回来，再送去公社修路。

冬天的冻土硬邦邦的，想把泥里的砂姜抠出来可不容易，我二嫂抠得十指出血，用自家织的老粗布挨个包起来，就像拎了两把小棒槌。田里的砂姜仿佛是拾不完的，今年拾了，明年一耕地，又翻了许多出来。年年拾，年年长，这故乡的土地啊！为什么不长粮食只长砂姜？

年年拾砂姜，年年铺路忙。一直铺到二十世纪七十年代末，湖坑塘眼里总算有了一条通向省级公路的乡村大道。大道上还逐渐有了飞鸽、永久、凤凰牌的自行车铃声。那铃声带着乡村的泥渍味道，带着妇女儿童的向往期盼，欢快地飘向远方。

生活有了些许的变化，但和水的较量远远没有结束。在淮河流域，管理基本属于条条块块，属地管理。小到生产队、大队、公社，大到区县地市。看好自家渠，管好自家水，浇好自家田，种好自家地，收好自家粮。有的县水利设施好些，有的县水利设施差些，由于各种原因不够均衡。我的家在蒙城县和怀远县的交界处，蒙怀二县的中间，有一条大沟叫炮台沟。抗日战争时期，这里曾经修筑过炮台，敌人来到蒙城县，蒙城县的老百姓就跑到怀远县这边来；敌人来到怀远县，怀远县这边的老百姓就跑到蒙城县那边去。两县人民携手并肩，共同抗日作战。

历史的烟云散尽，炮台沟成了一条泄洪的通道。每当大雨洪涝灾害之时，沟两边的群众都悄悄出动，守点观动静，看准机会，到对方扒豁泄洪。几锹下去，那满沟浩浩荡荡的洪水就像野马脱缰，沿着新扒的豁口吼叫着夺路奔腾。村庄田亩立刻一片汪洋。等到睡梦中的村民惊醒过来，对岸的放水人早已关门上栓，一根老烟袋在黑暗中忽闪忽闪地亮着，说不准是忧愁还是窃喜。第二天，天一放亮，沟对岸就会站满了人，骂声哭声喊叫声，声声不绝于耳。

年年抢放水，年年都打架。那架打起来真是惊天动地，男女老少抄家伙，杈把、扫帚、扬场锨！打得最厉害的时候，拉了几车上医院！我舅舅家住在炮台沟西，一到打架就犯难，上还是不上？真打还是假打？上吧，亲家面前难动手；不上吧，队里不发救济粮！我舅舅一出门说打架，我外婆就吓得哭，年年放水年年哭，火气攻心，眼睛都哭瞎了。我外婆年年烧香就说一句话：哪一天沟东沟西还能像当年打鬼子那样齐心合力对付洪水就好了！两岸结了仇，亲朋失了和，就是为了水！排涝排涝，涝在田地里，淹在人心里！

湖坑塘眼里水多，水鬼也多，我的青少年时期几乎都被水鬼的故事包围着。越穷孩子越多，家家大人出门挖沟，大大小小面疙瘩似的孩子都由奶奶辈的带着。老人们一遍遍地告诉孩子们水鬼的模样：绿眼红鼻子，四只毛蹄子，走路啪啪响，专吃小孩脓鼻子！天黑夜雨，孩子们哭时都知道捂着嘴，不敢出声，害怕被哪个遛夜的水鬼听到了，会龇着牙钻进屋里来！村人遭水害没辙了，就遍地盖小庙，逢年过节，烧香拜龙王，拜风神雨神，拜菩萨保佑，求神灵多一些风和日丽，少几次水患灾害。我上小学的时候，小庙都改成了小学。赵庙小学、宗庙小学，张庙、徐庙、阜庙、尚庙，都是小学校。更可笑的还有一座大水庙小学，我叔叔他们去上学的时候，教室里还有泥塑的风雨雷电四大神仙，活灵活现地在墙角蹲着。有一次语文课，老师讲到歇后语“大水淹了龙王庙，一家人不认一家人”的时候，问同学们可知道“龙王”？一个学生跑到后面抱住泥塑说：不就是它吗？老师觉得这些泥塑放在教室里影响不好，才叫大队干部把泥塑都搬走了。砂姜坝、老水牛洼、漫水桥、四眼井、六里沟，桑树底下王老坟，众多的地块名都是出自鬼故事。我上小学每天要经过漫水桥和老水牛洼，晚上回家不敢自己走，回回都要白家湖的同学送；若有一次没人送，就只好遛弯去了同学家。村人告诉孩子们，走在鬼故事的地方，有动静不能回头看；走夜路的时候，每人肩上都有两盏灯，回一下头灭一盏！因此，从小时候起，洼地里的孩子走黑路从不敢回头。有一年发大水，为了抗洪，公社书记半个多月没回家，老婆抱着孩子来送换洗衣服，下傍晚赶回去，到了一号大沟砂姜坝，水流湍急，把娘俩冲得无影无踪。书记听到传信，泪水还没来得及擦净，就拿着手电筒，带着哨子连夜上了抗洪大堤。此后这个坝子就成了鬼坝子，传说每当夜深人静，坝子上就有女人哭。有人为了打赌，曾去听过，说那的确是一老一少的哭泣声。从此很少有人敢在坝上夜行。有一次我问奶奶，为什么我们家乡有这么多的鬼故事？奶奶说，家乡的鬼都是水鬼，一发大水，他们没处躲，不找人来闹腾怎么办呢？什么时候不发大水了，水鬼也就没有了！什么时候才能不发大水呢？这个始终没有答案的问题一直在我幼年的心里纠结了多少年。

故乡终于迎来了二十世纪的八十年代。那是一个重生的年代，那是一个乡村巨变的时期。那时的故乡开始了历史上少有的深呼吸，焕发了低洼地从来没有过的容颜！大干快干拼命干，我的父兄终于得意扬扬地分到了写在自己名下的土地。乡亲们在属于自己的土地上，第一次挺起了坚实的腰杆！家家分到责任田，户户有了新打算。那时，我的叔叔大爷们、姑姑大嫂们，一个个欢天喜地地用红红绿绿的毛线绳子、碎布条子，打成结，在一块块田地上拉起了绳缆，标志着一家家的田块的隔离。打墒沟、埋地契、家家开始了自己的耕作新安排。

“伸着头、张着嘴、前头冒黑烟、后头淌黑水、上面还坐着一个冒失鬼。”这是当年故乡非常流行的一首儿歌，唱的就是家乡人新买了手扶拖拉机的情景。我大叔家新买了一台手扶拖拉机，那家伙真管用，比老牛的力气大多了！一家买，千家馋，家家都盖起了机房，买起了机器。那时，我家乡的手扶拖拉机数量竟然居全国第一。各大报刊不停地报道，故乡人为此增添了许多新富的自豪。记得我第一次坐到手扶拖拉机上时，害怕得很，连眼都不敢睁呢！我大叔大声呵斥：“怕啥？稳得很呢！赶明儿，我家地里收成好了，我还要买个小包车玩玩！”坐在我后面的大婶笑骂：“吹牛吧！别听他瞎胡嚼舌头！”我大叔立刻反驳：“骑驴看唱本，走着瞧！看我怎样把小包车开回家！”不料这话真被我大叔言中，多少年以后，我大叔的儿子真的开回了一辆乌黑发亮的大奔来家。那时，我大叔已经老得走不动了，满嘴的牙齿基本脱落光了，他探头看车，呵呵地笑着说：“不服不行，还是儿子比我厉害！”

家家有余粮，温饱不再难。腰里不缺钱，活得有尊严。湖壳塘眼里土地多，地多人少好发展！男孩子不愁找媳妇，女孩子找婆家挑了又挑！家家买了手扶拖拉机、四轮拖拉机、收割机、播种机，还有那各种型号的摩托车、三轮车、大大小小的皮卡车。多少年的土地被唤醒了，多少年的活力被激发了！一代一代的期盼终于变成了现实，乡亲们终于解决了温饱问题。那时的乡亲们，活得丰富多彩、欣欣向荣。以前没吃过的吃了、以前没穿过的穿了、村村时兴花的确良、的卡、三合一；找婆家、谈对象、大都少不了三转一响，还带一个方向盘。外乡嫁过来的女人再也不敢骂家乡的男孩子是“穷种”了。广播响、电灯亮，已经在家乡常态化了，家乡的黄毛丫头再也不用挖空心思去淮南找对象了！淮南对象算个球！就在邻村找一个，那也是从此吃香的、喝辣的、大红皮鞋子穿得嘎嘎的，走起路来唰唰的，风凉头剪得短短的，小蛮腰扭得转跩的，路边汉子看得傻傻的。老人们都说，村里的女孩子都变成仙女了，也有人看不惯了愤愤地说：还不是钱烧的了。家乡叫显摆的人“烧包”、叫“骗”、叫“跩”。烧包的何止是女孩子呢？还有那些个半老不少的妇女们呢！她们才是雨过天晴极力地想挽住青春的小尾巴呢！那吃穿住行，全都是朝上走了！电视普及、信息瞬间传递。网购遍地，没有啥买不到的。城里有啥，村里有啥；城里穿啥，村里穿啥。城乡真的实现一体化了。有时，我偶尔回去，和村里人在一起聊天，免不了常常聊起那些曾经过去的日子，那些流逝的岁月，真叫人感慨万千呢！

素心如简，草木清明。这是过去那个年代村子里物质贫乏、生活简单的素描。那时候，守着祖先留下的百年老屋，过着春种夏长秋收冬藏的日子。时光慢慢悠悠，总是那么漫长。草青草又黄，大雁飞来又飞去。那时候，外婆和奶奶一年年还是老样子，看不见变化。那时候，盼过年就像盼长大一样艰难，等啊等啊！太阳东升西落，刮风下雨雪飘霜降，还有那些收入我们记忆的婚丧嫁娶，打灯笼、撂火把、摸秋、跳鞋排、熬红芋糖。时间包裹着我们，走着走着，很快就走到了爷爷奶奶的分上。可是那些旧日生活里的记忆依然不能忘却。那些小小的生活智慧，常常化作温馨的回忆，湿润着我们的传统情怀。

刚刚分到责任田的时候，不再割资本主义的尾巴了，家家都开始喂了几只鸡，东邻西舍都喂鸡，那些鸡常常不分彼此地在一起打闹。下了蛋也不分你我。为这事几家人经常发生争执，吵得面红耳赤。后来我母亲就想了一个办法，把我家的鸡全部染成大红色。邻居家一看也跟着染了。有的染成绿色，有的染成黄色，还有的染成紫色，各种颜色都有。这下可好了，只要我们村的鸡一出来，一定是五颜六色的。那些色彩斑斓的鸡一飞出院，就像解放了似的大呼小叫、呼朋唤友、吵吵闹闹震天响，一直飞到村人看不到的地方，才静下来找虫拉屎，玩得开心极了。设想一下，红红绿绿的鸡群四处乱飞是何等的壮观？因此，别的村子都叫我们村是浪鸡村。那些五颜六色的鸡，一到春天也会发情，鸡发情，忍不住嘎嘎大叫不算，还到处乱飞。意思就要抱窝了。小鸡一抱窝，就不再下蛋了。那对家庭来说几乎就是一大损失呢！每天一开鸡窝，就可以收获一扁筐子鸡蛋，那是何等地喜欢人啊！各家女主人打心里不想让小鸡抱窝，终于找出一个据说很管用的法子，那就是在母鸡的尾巴上绑上一个用高粱秸秆做成的旗子，旗杆上粘贴着红红绿绿的布条或者纸条。那些尾巴上绑了红绿旗杆的母鸡很不适应，先是大叫抗议，跳上房顶、草垛、树杈上，甚至爬上了烟囱。可是尾巴上的旗杆最终还是没有跑掉。母鸡终于筋疲力尽，不再抗议，最后老老实实地蹲到窝里继续下蛋去了。

鸡老实了，女人们又开始活泛起来。周围村子都说，不仅是鸡浪、人也够浪！因为那时我们村人少地多，一分责任田，我们村地多，平均收入大大超过了邻村。新富了的村子总是很显山露水的招人眼，一连娶了几个新媳妇。新娶的几个新娘，每天都打扮得山清水秀的招惹人眼球。所以引得别村人眼红，就没好话地说我们村人也浪。我们村的几个新娘就发誓：钱是自已扒土挣的，又不是偷来抢来的！浪就浪，看能把咱怎么样？出门时，要么一身红、要么一身绿、要么一身紫，头上都扎蝴蝶结，有兰花的、有玫瑰色的、有紫罗兰的、有粉色的、有橘黄色的，要扎什么都扎什么，仿佛就代表我们村的记号。吃开心果零食，抹欧莱雅香香，洒迪奥香水，穿超短舞裙，每天跳广场舞，疯到夜深人静。那屁股扭得天昏地暗，人都像脱节了似的。那时我们村真是有名了！因为我们村过去就有记号。我们村不仅人有记号，连农具也有记号呢！

都是左邻右舍的，一到忙天，都要开镰收割。家家都有镰刀、磨刀石、扁担、扬场锨等农具。模样都差不多。忙大忙、乱打场，一忙起来，乱拿家伙的也不在少数。东西一丢了，还分辨不出来。各家就别出心裁地做记号了。什么法子都有，在镰刀把上刻印记，在磨刀石上敲个豁子，在木掀把上用火烙个痕迹，黑乎乎的一块。这些记号省了很多麻烦。一看记号，村人都知道是谁的东西。小狗家的黑把子、菜花家的缺个口、梅英家的拴根铁丝、小桃家的打个窟窿。所有的记号都是为了引起注意，帮助识别，便于记忆。更好笑的是村东头一家人生了个双胞胎，怎么也分不出大小来，就在一个孩子耳朵眼上扎了个洞，另一个不扎，每天就看着洞眼辨别出大小。别的村人都说我们村会烧包，袋里有钱浪腚作反！我们村人可是想得开：烧包就烧包！要是以前年年淹得出不过来气，想烧也烧不成呢！我大叔捋着胡子，望着鼓鼓的粮仓说："烧吧烧吧，就烧包了，这日子火火的，不烧白不烧！咋也不能让孩子们再受流眼泪的憋屈了！"

那时候，乡村有专门做红白喜事生意的，又叫锅长。锅长出门，基本上是自带用具。那些锅长时常都是从村里借的盆盆罐罐。为了分清谁家的东西，家家都把自家的碗盆勺做了记号，有在碗底打眼的，有在盆底涂彩的，还有的把勺子把上拴上绳子。主要是做个记号。那些五花八门的记号由不得叫人想起祖先的结绳记事。有一天，我带作协的同志们参观淮上区双墩考古遗址，看了那些刻画符号，心想，过去老家的那些记号，原来在淮河流域七千多年前就有了啊！原来二十世纪八十年代的结绳记事、刻画符号，竟然是传承七千多年前的最初的文化足迹呢！锅长结束了当天的生意活，就会给大家分那些碗筷瓢匙，就是因为有了那些记号，各家的分给各家，一个也不会错。简洁的智慧，凝聚了当时特定的社会生活状况。

乡村记号还有很多。比如，村头有个石碓，用的人多，每天一大早需要排队。于是头天晚上就有人在上面做了记号，放一个秫秸锅盖、放一块大石头、放两把干草，甚至有的人还早早放了黄泥巴堵上。第二天你就听有人在村口大骂了。

我上学的时候，一到放假，外婆就来我家看门。说是看门，其实没什么东西，主要是看孩子。我们家孩子多，房子又紧靠大甲溪，每到夏天，大甲溪的水满满当当，水波打着卷儿，一晃一晃的，就要漫出沿来。娘要出工，没空管我们几个，我们就造反下沟摸鱼，把外婆吓得腿都打抖。后来外婆想起一个好法子，就是每天在我们的腿上用蓝墨水打上记号。等娘回家来，看不见那些墨水记号，就使劲地打我们。这一招真管用，我们想去玩，可是又害怕水把墨水冲掉了，只能在水边眼睁睁地看别人玩。后来村里的大人见了，就都是这样去做，村里的孩子都不敢下水玩了。娘说，那个夏天，村里没有一个孩子淹了。

上学的时候，班里时兴画界河，也有人叫“三八线”。一个男生和一个女生坐一张桌子，就在中间画一条线，谁都不准越过线。那条“三八线”，有的是粉笔画的，有的是钢笔画的，还有的是小刀刻的，什么样的都有。还有的在线上刻上花纹。青春的敏锐和禁忌都在这里凸显了。

最大的记号是在田头地拐的。刚分了责任田，家家都像宝贝似的。打木桩子、竖木橛子、立石头碑子，拉直了线，在田边地头，直了眼看、斜了眼瞄，唯恐弄不准吃了亏，这可是写在自己名头下的领地啊！

记号真的还有很多，过年了，红红的春联贴起来，外人一看就知道这家人小日子过得不错；办喜事结婚，大门上就有大红的喜字，看到喜字，讨饭的都喜欢上门说几句吉言；若有的人家有丧事了，主事人就会腰系草绳，满门磕头报丧，草绳报丧是多少代人的老规矩了；谁家的儿媳妇生了，男人就要系红绳端红鸡蛋报喜。还有呢，天久不下雨，村里人就会摆阵求雨，那供果摆得老整齐了；久雨不晴，妇女们就会用秫秸秆扎成一个个小人儿，穿上花布剪的衣服，插在屋檐下，女人们念念有词：勺子扒扒天，老天就变脸；今天下大雨，明天就晴天。据说还是很管用的，过了之后就真的晴了。

以上这些故乡习俗基本上是淮河流域的习俗，很多都牵扯到民俗。民俗是千百年来的民间文化传承和积淀，在那个时代里有一定的存在道理。许多年过去，岁月流逝，白云苍狗，随着社会变革，许多的民间记号习俗都已经流失了。但是，那些或沧桑、或澎湃、或凄凉、或美好、或笨拙、或机智或零碎模糊的记忆，却时常在心底泛起。那些都是我们故乡的祖先用心做出来的，是我们心头的温暖。

我的故乡文化生活是很丰富的，只是年成不好时，规模就会小些，年成好了，那就不一样了！一季小麦丰收了，一季杂粮又见了收成，村民们就会放假收工乐他个多少天不收手。涡河南，淮河北，花鼓灯玩得震天响，伞把子转得彩云飞。我的故乡是花鼓灯的发源地，这个融“歌、舞、乐、戏”为一体的民间艺术历史悠久，蜚声海内外。千般锣鼓万般灯，淮河两岸的玩灯人，玩起灯来就发疯。我大哥就是一个灯迷。

自小就在花鼓灯之乡生活，耳濡目染，因此我大哥从小便学会了玩灯，成了一个小灯迷。到了大哥能够缓缓撑开蒙着红布的彩伞时，已是方圆几十里小有名气的“伞把子”了。我大哥不仅是一个绝好的伞把子，而且“小鼓架子歌”“兰花歌”，也唱得迷死活人，称得上多面手：独唱对唱，扮男唱男，高亢激昂，豪放嘹亮；扮女唱女，悠扬甜美，委婉缠绵。无数次演出中，我大哥还能运用自如地演唱其他歌曲，不但能够娴熟地演唱传统灯歌，还能够“望风采柳”，即兴编词，见人唱人，见物唱物，思绪泉涌，妙语连珠，时常间以乡音、俚语和衬字听起来亲切感人，乐得乡亲们心花怒放，鼓掌叫绝。

“正月十五月当头，玩灯的都是光蛋猴，一无银钱买灯草，二无银钱去打油，玩灯全靠月当头。”农闲时，我大哥就是唱着这支歌凑来七八个灯班子“抵灯”，或是进行激烈的赛打。大哥是灯班的头儿，不仅领舞的“伞把子”当得好，而且“鼓架子”“兰花”也演得极妙。大哥的“风摆柳”“上山步”“遮阳伞”曾使多少光棍害了单相思，大哥的“单拐弯”“双拐弯”“小花场”一钱没花领回了我大娘。大哥能舞且能歌，或杨柳春风，或离愁别恨，或嬉笑怒骂，见什么唱什么一唱三天不重样。凡是听过大哥唱歌的人都说，那是仙气！少油无盐不要紧，花鼓灯不玩急死人，我大哥说，玩灯就是苦中作乐。为玩灯，我大嫂节衣缩食，在古老的纺车上抽出长长的棉线，在高高的织机上织出匀细的土布，千针百线缝成灯衣，染成头巾。鼓槌打折了多少根，汗水将伞把子浸润得油光可鉴，花鼓灯成了大哥生命的一部分，他把所有的心血爱恨都融了进去。尽管我大哥有精湛的鼓技、火热的真情、迷人的歌喉，可是玩灯的仍被视作下艺人。故乡自古就有“好女不看灯”的说法，大哥对此愤愤不平，总梦想有一天花鼓灯能登大雅之堂，歌颂幸福欢呼太平，可是大哥没能等到这一天，最后竟死在祭神拜佛求雨的赛打台上。临死前，我大哥带着深深的遗憾，又将彩伞交到二哥的手中。二哥没能完成大爷的重托，先是当了“右派”后又当了“牛鬼蛇神”直到十多年前的一天，那把残色的彩伞才又在二哥儿子的手上旋转起来，这一转就再也没有停止过。先是村里乡里舞，后是县里省里舞，最后一路舞到北京城。“小白鞋”“石猴子”这些大哥当年的诸位灯友如今全都走了，新一代的玩灯人正在故乡的土地上接过前辈的花伞和鼓槌，开始以这种方式歌唱新生活。各种媒体为他们录音录像登报上电视，旧貌变新颜的故乡出现了“千班锣鼓百班灯”的盛况，一批又一批新玩灯人踩着幸福的鼓点成长起来了，他们满怀丰收的喜悦和美好的憧憬东进西去南下北上，夺魁京都享誉南国。这就是名不虚传的东方芭蕾——来自于涡淮两岸的汉民族民间舞蹈花鼓灯。世界舞蹈家理事会主席哈格评价说：花鼓灯不仅属于中国，而且属于世界！老一辈玩灯人的终生梦想终于变成了现实，花鼓灯不仅登上了大雅之堂，而且走出涡淮，走出皖北大平原，走向世界舞台。时至今日，花鼓灯已经成了淮河两岸的非物质文化遗产，既有无数的专家研究，又有领导机构的资金扶持，一代代玩灯人正在大好时光里把花鼓灯艺术传承下去并且发扬光大，这也是我大哥那一代人做梦也想不到的吧！这些都是国富民强实力壮大才会出现的盛景，我的先辈们可以安息了。

2000 年之后，淮河治理迎来了新一轮机遇，2007 年，治理淮河的 19 项骨干工程提前完成。淮河流域低洼地治理提上了日程。在我们乡村也发生了巨大的变化。由于我们皖北地区收入比外地相对较低，资金短缺，生产规模和效率难以提高，家乡人均收入跟不上时代发展，仍属于普遍较低的水准。生产水平规模效率都受到极大的限制。家乡的一批批年轻人开始走出去到南方发达地区打工了。

一代又一代的孩子在鬼故事里长大；一代又一代的孩子从这鬼故事的湖坑塘眼里出发。如今的年轻人早已不像我们少年时那样，一心向往淮南城了，如今他们都像候鸟一样，年年农闲飞向南方，农忙飞回故园。西方不亮东方亮，家里不收外乡收！打工的钱是家庭里的主要收入，打工的钱常常用来作为家庭的基础建设。他乡的钱难挣，他乡的饭难吃，吃苦受累看白眼，全都为了日子过得有尊严！血汗钱，建家园，盖新房，娶新娘，二脚踢放得震天响，摩托车摆满了小村庄。年轻人头也不回地走了，走不开的还得琢磨土地的事。风筝飞得再高，最后还得落在地上，生命里那根长长的线还在村头的老榆树上紧紧地拴着。

横穿家乡的一号沟、二号沟、大清沟，年年挖，年年冲；年年冲毁，年年修。解决了一些小型的内涝灾害问题，逢到大灾水患还是干瞪眼；提涡河水灌溉依然是难圆的旧梦。家乡的父老乡亲、干部群众为了向土地要粮，不断地改变种植方式，改变产业结构。上级提倡立体种植，提倡多种经营。但土地依然是农民的生存之本，若是土地没有根本的改变，农民收入的根本改变也是不可能的！一步跨越两千年，农民种地不交钱。不光是不交钱，国家还颁布了一系列惠农政策，发放各种补贴。但是沿淮总面积将近 6 万平方公里的低洼地、易涝区仍然没有得到根本上的治理。小打小敲可以有一些成效，可以管温饱，但最终却无以致富。许多年来，不断地修茨河，治理淝河，挖新汴河、怀洪新河、茨怀新河，可是低洼地依旧是低洼地，改造滞后，灾害连年发生。每逢涝灾，粮食产量明显降低。粮食减产，民心难安。这几年，青壮年外出打工，老弱病残妇女儿童留守，延续多年的冬修也逐渐减少了。2009 年春季大旱，问题凸显，农田水利设施超期服役，各类泵站老化毁坏的现象随处可见。风灾、冰雹、洪水、干旱，在淮河流域低洼地肆虐地发泼撒欢。连续不断的自然灾害成了解决“三农”问题的发展瓶颈。仅从 2006 年的统计数字就可看出今日之差距：这一年，沿淮易涝灾区农民人均收入不足 2000 元，比全省人均收入低 1500 元。流经安徽境内的淮河长 431 公里，其中低洼地涉及耕地 2830 万亩，涉及人口 2200 万。两项数据分别占全省的 46% 和 33%。这不是一个小数字！低洼地不治理，安徽难腾飞！如何保证粮食安全？如何保障淮河安澜？一民之力，一村之力，一乡一县一省之力与大自然相比，是多么微不足道！淮河流域低洼地治理关系重大势在必行；淮河流域低洼地治理期待大动作、呼唤大投入！

生于斯，长于斯！心系于斯！回想起高速公路从家乡穿过征地的时候，我的婆婆小叔子全都流着眼泪拒绝签字的悲壮场景，不是他们顽固不化，不是他们自私落伍，实在是他们不舍得那块土地！不管那块土地是多么贫瘠，也不管那块土地曾经给他们带来过多少苦难，但无论如何那是他们赖以生存的根本！没了土地，他们不知何以立足？没了土地，哪里还有恒久的家园？

今天，当我坐在明媚的阳光下，回望着有关故乡有关亲人的的点点滴滴，内心涌动着莫名的酸楚和温暖。酸楚的是：外婆奶奶和父母双亲，还有那些与水患涝灾搏击了一辈子的老一辈草根人物，都已先后离世。他们来自于土地，又无声无息地回归于土地。他们本就是一捧泥土，只有那片多灾多难的土地才是他们的前世今生；温暖的是：前几年春天，由淮河水利委员会在2007年12月编制完成的《淮河流域重点平原洼地除涝规划》，正式通过水利部审批。整合资源，加大投入，一场根治低洼地水涝灾害的战役打响了！父辈的血汗不会白流；先人的遭遇不会重演！把淮河流域低洼地改造成丰产田，促进淮河流域社会经济良性发展！我们有理由相信水利部的正确决定；我们更有理由相信国家的强大实力！

在我的故乡，在涡之南，在淮之北，不！在整个淮河流域，一场根治低洼地、把低洼地变成丰产田的战役打响了！动员所有的人力、财力、利用一切的条件，向千年的旧习开战！向束缚农民手脚的田边地拐开刀！故乡开始了规划土地。一个田成方、渠成网、树成行、路路通的新土地规划出现在决策人的土地治理规划中，出现在故乡人的心中眼里！

可是，新的规范标准的农业示范田的诞生并不是那么容易的事情。分田到户已经过去几十年了，那些因束缚太久而迸发出来的能量逐渐在新形势下淡化，新的弊端又出现了！越来越多的青壮年外出打工，农村剩余的大多是老弱病残，劳动力明显不足，科学种田缺少生力军；过去分田到户，采取的是抽签摸条子，田地大多化整为零，农户一家分到的土地常常有几十块之多。一来耕种成本高、花费大；二来不利于机械化操作；三来田边地拐意见多。乡村的矛盾也多了。

我家大叔常常忧心忡忡地说：“你看这些地怎么办？这几年，我们费尽心力把土地才算整理好，挖沟晒墒、平整调养。现在哪块田不好啊？哪块田都是一样种了，只要肯上化肥，哪块地的庄稼都拼命地长！可是地好了，种地的人却越来越少了！就拿我家来说吧！老大‘70后’不愿意种地；老二‘80后’不会种地；大孙子‘90后’从来不提种地，大学毕业了，宁肯就在城里飘着，家里供吃供穿，还得供手机游戏钱！等我们老了，这地只好抛荒了！”说这话的时候，我大叔满眼都是浑浊的泪水，这一代人对土地的深情溢于言表。可是刚近不惑之年的我家老四却不这么看！读过一些书的她认为：“种地的人少了，并不代表地就一定种不好了！人家美国作家韩素音，一个人经营着上千亩上地的农场，还不耽误写作和交朋友呢！将来我们的家乡也实现了农业机械化和农业现代化，实现了土地承包和流转，哪里需要这么多的人呢？一个农场几个人就足够了！其他的人该干啥就干啥去吧！有多远就滚多远！说不定哪一天，哭着喊着想搞一个农村户口，比吃屎和登天还难呢！我们不走！我们哪里都不去！我们就铁了心和土地在一起！”

我家老四就是这样一个铁了心种田的人，村里人都去打工了，她不去；村里人都去城里买房子了，去城里定居了，她不去；她说，会打仗的人，不在乎哪个战场！能干在乡下种地也照样发财！不能干的人到哪里都是二撇子！她养猪、养牛、养羊又养鸡，大家都称她是三军司令，因为她养鱼养虾又养鳖，还养着几百只肉鸽。天上地上和水里，家里找了几个工人，每天忙得脚打腚蛋子。家里新盖的三层小楼，装修得新潮富丽。老四说：“咋了，我住的比市长还好，是我自己累的，心安理得！三十年河东转河西，等着瞧吧，还有城里人挤扁头超向乡下跑的那一天呢！”邻里都说：“做梦吧！”老四说：“是的，就是做梦，这就是我一个农村妇女的中国梦！”

我的父母、外婆、叔叔大爷都先后去世了，生命的最后时刻，他们都有一个共同的嘱托，就是走后要把他们埋在村里的庄户地上，那里地势高，不会被洪水淹了、渍了。那里地势高，他们可以躺在高岗上，看到一代代人吃苦受难、与洪水奋力拼搏抗争、久久不舍的土地发生的变化。老四年年春节都带着一批留守的妇女儿童去坟地烧香祭祖，告慰先辈：放心吧！我们不走，我们要坚守到胜利之日！美丽乡村遍地开花。改水改厕改危房，村村绿化、硬化加亮化。三化就是道路硬化、村庄绿化，还有亮化。你现在走进每一个村子，一抬眼就可以看到新办的民俗馆，新做的文化墙。民俗馆里摆放着过去的旧农具、旧家具、农村的旧物件，让孩子们记住先辈们的过往，记住曾经的峥嵘岁月。那些老水车、老纺棉车、老马灯、老渔网、老独轮车，都写满了农耕文明的痕迹，写满了祖辈的风雨沧桑。还有那些色彩鲜艳，造型奇特的文化墙不光画满了村庄里的新风俗、新生活，更是写上了流传几代的乡风民谣。你看看其中的几首吧：

月佬娘，八丈高，骑白马，带腰带；腰刀快，切白菜；白菜老，切红袄；红袄红，切紫菱；紫菱紫，切麻屎；麻屎麻，切豆芽；豆芽豆；切腊肉，腊肉腊；切苦瓜；苦瓜苔，切老虎；老虎一翻眼，七个碟子八个碗。

小巴狗，上南山，南山开满了红杜鹃，红杜鹃；红满天，天上有把大蒲扇；大蒲扇，扇一扇，扇得云彩一片片；伸出小手摘一朵，给咱的娘亲擦擦汗，娘亲夸咱小乖蛋！

美好的乡音在文化墙上出现，美好的乡风得以代代相传。几乎每个村子都有了自己的文化广场。每当夜幕降临，明月东升，村子里就响起了欢快的广场舞曲，一群群穿着亮丽光鲜的留守妇女和孩子们呼朋唤友，叽叽喳喳，走向广场。乡村也有了健康热闹的夜生活，旧日的宁静寂寞终于被新的生活方式彻底打破了。

“好！好！”我二大爷已经年过八十了，老人家早已见怪不怪。他抽着新版的黄山烟，拿着孙子刚给买的小米手机，在广场边上为孙媳妇漂亮的舞姿叫好呐喊。“你看看，这个叫太阳能的电灯真亮，比过去最大的马灯亮了多少倍呢！”我二大爷穿的是柞蚕丝纺绸，脚蹬一双“阿迪达斯”运动鞋。二大娘说他烧得就像烂红薯一样。他说，这个年头谁不烧啊？吃好穿好过得好都成新常态了！

村子里，像二大爷这样的烧包老头老太多的是！不怪他们烧包，是儿子孙子有钱，逼他们就范，用他们的话说：不烧也不行啊？那就奥特了！

美丽乡村建设彻底改变了农民的生存环境。一村一品，一户一品，丰富多样，自然清新。煤水电气、宽带排污，能做到的尽量做到，不留遗憾，不欠新旧债。村民们住进新居，依然可以看得见青山绿水，听得见鸟叫蛙鸣，记得住乡愁，说得出乡音。这才是故乡亲人们期盼已久的家园啊！这才是对那些乡村坚守者的最好回报！

美好的日子就在眼下，幸福的生活已经启程。坚守乡村的乡亲们没有停滞不前，改革永远在路上！

正是这一批乡村坚守者在2014年又干出了一件轰动全省、全国的大事！2014年3月，怀远县徐圩乡殷尚村在进行土地确权时，东邵和大一两个村民小组自发地开展了“小田并大田”、土地互换工作，79户村民把1280亩农田归拢，预留好沟渠路等公共用地，按照各户农田亩数重新划分，通过两轮抓阄的方法，平均每块田10亩至30亩不等，由原先的1000多块小田，合并成79块，实现了“一户一块田”的耕种格局，摆脱了农田零碎分散、耕作不便、成本增加、纠纷不断的困扰，为适度规模经营、农业机械化、集约化打下了坚实的基础，还盘活了土地，一个村就新增有效耕地54亩。

这一经验引起了徐圩乡党委和乡政府的高度重视，在充分调查研究、总结经验的基础上，他们进行深入的政策探讨和理性分析，认为这一做法是打造家庭联产承包责任制的“升级版”，坚定了深化土地承包制度改革的信心。2016年3月份开始在全乡推广。宗庙村、钞湖村、白湖村、高庙村、徐圩村都紧紧跟进，到2017年5月份为止，全乡完成了91个村民小组，占全乡229个村民小组的40%；涉及农户3531户，占全乡12046户的近30%；合并土地49057.85亩，占全乡土地确权面积12.5万亩的40%。增加农民有效耕地5000亩，增加4%。省里派农调队前来测算，每亩耕地每年节约生产成本60元，户均增收1300元。乡里计划到2018年，全面实行“一户一块田”制度。巴掌田、碎片田没有了，乡亲们种地的劲头大增。万亩绿色长廊遮天蔽日地在故乡的土地上彰显雄姿；万亩蔬菜瓜果在标准化农业示范田里流金吐翠。

故乡新来的带头人也是农民的儿子，一门心思要创新发展。跨越发展，新的理念、新的规划、新的思路、新的举措，一百条、一千条、实现农民世代梦想第一条！敢想、敢闯、敢做敢当！有如此的头雁领航，想不发展都难！

那一天，我去故乡采访，见到了新来的主政人，为他的谈吐和貌不惊人却意志坚定所惊呆了！碰到一个好的领航者是一个地方百姓的幸运！有了这样的领头人，才会有故乡发展变化的今天。

殷尚村两个村民小组的经验和徐圩乡的做法，产生了轰动效应和社会影响。周边的乡镇农村纷纷前来学习取经，新华社和《人民日报》《光明日报》《经济日报》《安徽日报》《蚌埠日报》等多家新闻媒体相继报道，有关专家、学者给予高度评价。2016年的中央农村工作会议指出：“安徽的一户一块田土地制度改革，在降成本、补短板等方面起到了积极作用。”我的故乡声名远扬，一次次登上了央视和主流媒体。

对于故乡的亲人们来说，土地依然是他们的命根子。不同的土地生产经营方式会产生截然不同的经济效益，这已是不争的事实。家庭联产承包责任制已经实行近40年了，人们不能总是靠这一改革红利吃老本，应当探索新的出路。“小田并大田”，看来这是个小题目，实际有大学问，能作大文章，是家庭联产承包责任制改革的继续和升级。要把农村改革这篇文章作好，从“一户一块田”选择突破口，从这里起步，思路是正确的，想法是实在的。如果这个问题解决不好，下一步深化农村改革就无从着手，就谈不上做好适度规模经营、建设高标准农田、调整产业结构和土地流转这块大文章。

正是在这种情况下，故乡的农民们总结出“一户一块田”的七大好处，同时也归纳了农民中十个方面的思想问题。其实说起来容易做起来难。因为出现了“关键少数”的难题，毕竟有一些人受利益驱动，不同意这一做法。在这种情况下，乡党委和政府提出，一定要尊重民意，要做过细的思想工作，村民通过算账对比的方法、一把钥匙开一把锁的方法，春风化雨，润物无声。整个操作过程没有行政干预，没有实行“少数服从多数”的表决，没有压制不同意见。虽然村干部也参与其中，但是他们只是敲敲边鼓，做好服务工作，帮助解决群众自己不能解决的问题。这是一次自我教育、自我疏导、自我服务、自我管理的尝试，是尊重农民意志的一次历史性突破。

在推行“一户一块田”的过程中，故乡的党委和政府注意把“限于看得见、摸得着的小利益的浅层次的改革，逐步深化和提升，把土地的文章做活，把改革的利益放大”。他们通过算“三笔账”，提出了实施“三项土地治理工程”、打造“田成方、林成网、沟相通、路相连”的高标准农田的设想；进行“三大调整”、补齐“两个短板”的布局；作出“1381”战略远景发展规划。

他们有改革的紧迫感和危机感。他们认为，现在遇到了一个干事业的好时代，机遇稍纵即逝，不干，就是错失良机，贻误百姓，就是失职，就是不作为。要敢于担当，总结经验，鼓足勇气，继续探索，就能达到目的。

我家老四就是坚定的留守者和创业者。就是这些留守在家乡的创业者和开拓者，在家乡开创一片新天地，创造的收益，并不亚于在城市里打拼的收益，其改革的意义更大。同时，也有一些有志、有胆、有识之士，抓住农村发展的商机，到农村投资兴业，开创现代化农业的新局面。新形势催生新变革，新问题召唤合作经济的到来。农民对新出现的专业大户和专业公司寄予希望，希望他们能够建立“公司+农户”或者是“互联网+”的合作生产经营组织，村民把土地流转给他们，或入股分红，或成为这些专业公司的员工，或承接科技项目，不仅收入有了保障，而且还是土地经营的参与者，是互相了解、互相信任、利益均沾的共同休成员。这是他们最实际的选择。

在这次变革中，基层党组织和党员们起到了先进模范作用，在土地确权工作中，处处有党员和干部起带头作用的身影，涌现出许多感人肺腑的事迹。“一户一块田”推行中，站起了一批老党员和退伍军人，这才是当下农村发展的希望！农村基层党组织建设是进行农村改革的关键。农村工作需要老党员的带动作用，也需要年轻人的蓬勃朝气。

改革总是在路上，改革是“现在进行时”，不能希图一切都很完美，也不能苛求在各方面都很先进，也许他们在某些方面还比较落后，他们自己也认为与周边地区或其他先进地区相此还有很大的差距，但是他们不甘心落后，他们要奋起直追，迎头赶上，用自己智慧的头脑、聪明的才干、务实的精神、团队的合力，去完成美丽乡村的理想境界。有这样一批批农村建设者，我的家乡未来一定充满希望！

那一天采访归来，正是夕阳西下的时候，几个放学归来的孩子蹦蹦跳跳地边走边唱：“太阳红、太阳亮，春风送我回故乡。青山绿水多宽广，张开翅膀飞凤凰！凌云志、心里藏、要将故乡变模样！”

一阵童声传来，两行热泪溢出。那正是多少年前我初中毕业回乡唱过的一首歌。今天竟然还有孩子在唱！生生不息的期盼啊、代代传承的梦想！

辽阔中原腹地，千里长淮奔流。淮水流，涡水流，稻花香里说丰收！鱼米之乡这四个朴实而又浪漫的字眼，对于湖坑塘眼里的孩子们来说，不再是一个遥远的梦。

故乡是孩子们生命初始的地方，故乡是孩子们心中永远的国！因为有了故乡，千万里我们日夜期盼归航；因为有了故乡，漂泊的游子不再流浪。听一听故乡的呼唤吧，让我们驾着温暖的太阳车，乘着皎洁的月亮风，一次又一次地返回故乡、走进故乡。去栽一棵树，去种一粒籽，去体验一把故乡的春种夏长、秋收冬藏。来吧，金萍的故乡欢迎你！

尾声：

涡水长、淮水长，涡淮之间是故乡。
栀子花、茉莉花，草鞋底、大蚂虾。
张家买的是宝马，李家开的是桑塔纳。
杏花寒、梨花满，燕子不归春事晚。
不是燕子不想归，找不到旧巢找不到北
一条条大路宽又广，一排排太阳能灯明又亮，
一座座小楼拔地起，一团团绿树行对行。
美丽乡村我的家，涡淮之间是故乡。

——选自故乡新童谣

图书在版编目(CIP)数据

风起徐圩:乡村深入改革纪实/金萍主编. —合肥:合肥工业大学出版社,2017.9

ISBN 978-7-5650-3567-8

Ⅰ.①风… Ⅱ.①金… Ⅲ.①报告文学—作品集—中国—当代 Ⅳ.①I25

中国版本图书馆 CIP 数据核字(2017)第 233226 号

风起徐圩

——乡村深入改革纪实

金 萍 主编　　　　责任编辑 郭娟娟

出 版	合肥工业大学出版社	版 次	2017 年 9 月第 1 版
地 址	合肥市屯溪路 193 号	印 次	2017 年 10 月第 1 次印刷
邮 编	230009	开 本	710 毫米×1000 毫米 1/16
电 话	人文编辑部:0551-62903205	印 张	14.25 彩插 0.25 印张
	市场营销部:0551-62903198	字 数	230 千字
网 址	www.hfutpress.com.cn	印 刷	合肥现代印务有限公司
E-mail	hfutpress@163.com	发 行	全国新华书店

ISBN 978-7-5650-3567-8　　　　定价:39.00 元